길 위의
가족

길 위의 가족

권태현 장편소설

문이당

나는 경제적인 이유 때문에 뿔뿔이 흩어져 살았던 한 가족을 알고 있다. 단란하고 화목했던 그들이 집 밖으로 내몰린 것은 한순간이었다. 그들은 가정을 지키지 못한 대가를 혹독하게 치러야만 했다. 우리 사회에는 그들을 보호해 줄 아무런 장치도 없었다. 다만 가족이 함께 살지 못하면 이 세상이 얼마나 살벌한가를 생생하게 보여 줄 뿐이었다.

나는 또 형편이 어려워서 떨어져 살지 않으면 안 되는 몇몇 가족들의 이야기를 들었다. 그들의 사연은 저마다 달랐지만, 그 사연이 가족과 헤어져야 할 만큼 심한 경우는 없었다. 환경이 조금만 좋았더라면, 상황이 등 떠밀지 않았다면, 하다못해 주위에서 작은 도움의 손길만 내밀어 주었더라면 무력하게 해체되지는 않았을 것 같았다. 하지만 그 가족들은 속수무책으로 무너졌다. 그들 중 일부는 극단적인 선택을 해서 많은 사람들을 안타깝게 했다.

나는 보고 들은 내용 모두를 소설로 쓰고 싶었다. 그래서 더 많은 사람들을 만나 취재했다. 그 과정에서 나는 또 하나의 사실을 알았다. 온전히 잘사는 것 같은 가족들이 실제로는 그렇지 못한 경우가 많다는 것이다. 그들은 평화롭게 보였지만 자세히 보면 애써

불안을 감추고 있었다. 그들은 행복한 것처럼 행동했지만 속으로
는 불행한 일이 일어날까 봐 전전긍긍하고 있었다.

나는 결국 이 모든 가족들의 모습을 다 담아낼 수 있는 유형을
만들었다. 이 가족을 통해 우리 시대의 가족들이 처한 보편적인 위
기를 말해야겠다고 생각했다. 전하고자 하는 메시지를 위해서 나
는 문장에 색깔을 입히지 않고 단순한 구성을 택했다. 이야기의 힘
만으로 가족이 어떤 존재인지를 알리고 싶었다.

나는 소설을 쓰고 다듬는 동안 우울하고 고통스러워 한동안 밀
쳐 두기노 했다. 그러나 소설의 완성을 독촉해 준 고마운 분들이
있어 겨우 끝낼 수 있었다. 특히 가족 문제에 특별한 관심을 갖고
독려해 주신 임성규 사장님께 깊이 감사드린다. 이 소설이 만일 힘
겹게 살아가는 이 땅의 수많은 가족들에게 조금이라도 위로가 된
다면 모두 그분들 덕분이다.

2007년 1월

권 태 현

1

지난밤부터 쏟아지기 시작한 폭우는 아침이 되어도 멈출 기세가 아니었다. 바람이 사납게 불고 있어 굵은 빗방울들이 베란다 창문을 향해 거칠게 달려들었다. 어지럽게 달라붙던 빗방울들은 몇 개가 모여 일정한 무게가 되면 아래로 미끄러져 내렸다. 그럴 때마다 눈물이 흘러내리는 것처럼 삐뚤삐뚤한 자국이 남았다. 그 위로 빗방울들은 계속해서 몸을 부딪고, 그 흔적들은 불규칙한 얼룩을 남기며 베란다 창문을 가득 메웠다.

담배를 피우기 위해 베란다로 나온 민시우는 그 광경을 멍하니 바라보았다. 빗방울들이 미끄러져 내리는 베란다 창문이 마치 속으로 울고 있는 그의 마음을 형상으로 보여 주는 것만 같았다.

「결국…… 결국 이렇게 되고 마는구나…….」

시우는 참담한 심정으로 중얼거렸다. 집을 내놓을 때까지만 해도 가족이 모두 흩어져야 한다고는 생각지 않았었다. 집을 팔아서

급한 불을 끄고, 사글세 보증금이라도 만들어 이사를 하려고 했었
다. 그러나 상황은 뜻대로 되지 않았다.

　처음 집을 내놓을 때와 계약서를 주고받을 때의 액수는 무려 2천
만 원이나 차이가 났다. 급매로 내놓아 살 사람이 없어서 자꾸만
가격을 내려야 했기 때문이다. 게다가 이사철이 아니어서 집을 보
러 오는 사람조차 없었다. 정해진 기간 안에 집을 팔지 못하면 경
매에 들어갈 처지였기 때문에 시우는 집이 나가지 않을까 봐 피가
바싹바싹 마르는 것 같았다.

　시우는 하루에도 몇 차례씩 공인 중개사 사무실에 전화를 걸어
집을 보러 올 사람이 없느냐고 물었었다. 그러면 공인 중개사는 가
격을 좀 더 낮추라는 말만 되풀이했다. 그때마다 아내 지은은 원망
에 찬 목소리로 언성을 높였다.

「당신, 내가 이 집을 어떻게 장만했는지 알기나 해요? 쥐꼬리만
한 월급을 가져올 때부터 그걸 쪼개고 쪼개서, 먹을 거 못 먹고
입을 거 못 입으면서, 온갖 고생 다 해서 마련한 집인데…… 아
무리 사정이 다급해도 그렇지, 그렇게 어렵게 장만한 집을 헐값
에 못 팔아서 그렇게 안달을 해요?」

　시우가 회사에서 어이없게 밀려나 방황할 때도, 어렵게 시작한
사업이 연쇄적으로 부도를 맞으며 넘어졌을 때도 지은은 남편을
원망하거나 불평을 늘어놓은 적이 없었다. 오히려 시우를 위로하
며 그가 용기를 잃지 않도록 온갖 배려를 아끼지 않았다. 그러나

집을 팔아야 하는 상황이 닥치고, 시우가 집이 팔리지 않을까 봐 초조해하자 지은은 평소의 침착함을 잃고 말았다.

「그저 당신 급한 생각만 하지 식구들은 안중에도 없어요? 누가 당신한테 사업을 하라고 했어요? 이렇게 될 줄 알고 내가 말렸는데, 당신 하고 싶어서 한 일 아니에요? 사업이 망해서 집을 파는 것까지는 좋아요. 하지만 적어도 우리 식구가 비를 피할 단칸방 하나 얻을 돈은 있어야 되는 거 아니에요? 그렇게 헐값에 팔면 우린 어디로 가죠? 당신 한 사람 때문에 온 가족이 길거리에 나앉아야 돼요?」

시우가 조급해할수록 지은의 서운함은 점점 더 커져 갔다. 시우도 아내의 심정을 모르는 것은 아니었다. 지은 역시 남편의 사정을 충분히 알고도 남았다. 그러나 아는 것과 행동하는 것은 서로 다를 수밖에 없었다. 시우는 앞뒤를 생각할 수 없을 정도로 절박한 상황이었고, 지은은 애지중지하던 집을 팔고 식구들이 오갈 데 없는 처지가 되는 것을 견딜 수가 없었던 것이다.

예상보다 2천만 원이나 적은 액수로 계약이 이루어졌을 때, 시우는 그나마 최악의 사태만은 면했다는 안도의 한숨을 내쉬었다. 그러나 가족이 옮겨 갈 방 한 칸 얻을 돈은 끝내 건질 수 없었다. 그뿐 아니라 당장 해결하지 않으면 난리가 날 다급한 불을 끄기에도 부족했다.

계약서에 도장을 찍고 온 날 저녁, 지은은 안방 문을 걸어 잠그고 소리 내어 울었다. 문틈으로 새어 나오는 울음소리가 집안 구석구석으로 스며들었다. 아이들 역시 제 방에 틀어박혀 숨을 죽였다. 시우는 거실 소파에 앉아 연신 담배를 피워 댔다. 가슴이 미어지는 것처럼 아팠다. 집 안 전체가 깊은 수렁으로 한없이 가라앉는 것만 같았다. 그런 분위기를 견디다 못한 어머니가 거실로 나오셨을 때, 시우는 자신도 모르게 흘러내린 눈물을 옷소매로 닦아 냈다.

「우찌 됐길래 에미가 저카노?」

「집이…… 팔렸어요.」

「언제까지 비워 준다 캤는데?」

「한 달도 안 남았어요. 우리가 급하니까…… 하루라도 빨리 비워 주겠다고 했어요.」

「에미가 을매나 마음이 아프겠노. 애비가 드가서 좀 달래 주거래이. 우짜다가 이 지경이 됐는지, 원…… 그나저나 우리도 빨리 방을 얻어야 안 되겠나.」

어머니 역시 아들이 집을 팔면서 방 한 칸 얻을 돈도 남길 수 없었다는 건 생각지 못하고 계셨다. 그러나 시우는 차마 그 말을 할 수가 없었다. 나중에 며느리한테서 그 이야기를 들은 어머니는 노발대발하셨지만, 시우로서는 속수무책일 뿐이었다.

쉴 새 없이 부딪치며 미끄러져 내리는 빗방울의 얼룩 너머로 시우는 하늘을 올려다보았다. 어두운 회색으로 뒤덮인 하늘은 좀처

럼 갤 것 같지가 않았다. 그러잖아도 식구들의 마음이 무겁고 침울
할 텐데, 날씨까지 우중충하니 더 청승맞은 느낌이 들었다. 시우는
식구들이 비를 피할 방 한 칸도 마련하지 못하고 사태를 이 지경까
지 몰고 온 자신이 한심스럽고 답답하기만 했다.

베란다에서 내려다보이는 아파트 광장은 자동차들로 가득 들어
차 있었다. 몇 차례에 걸쳐 기름 값이 큰 폭으로 오르고 나자 움직
이지 않고 그 자리에 붙박여 있는 차들이 많았다. 시우는 차들이
늘어선 광장을 내려다보며 자신이 뛰어내린다면 어느 지점쯤에 떨
어지게 될까 가늠해 보았다. 검은색 그랜저와 초록색 소나타 사이
쯤 될 것 같았다.

부도를 맞아 더 이상 회사를 꾸려 갈 수 없게 된 다음부터, 시우
는 아파트 광장을 내려다보며 자신이 뛰어내리는 광경을 수도 없
이 떠올려 보았었다. 베란다 문을 열고 방충망을 밀어젖힌 적도 있
었다. 거기서 허공으로 한 발만 내디디면 그는 그 많은 빚과 걱정
으로부터 달아날 수 있는 것이다. 그러나 그는 생각만 할 뿐 그것
을 행동으로 옮길 수가 없었다. 그가 죽은 후에 아내와 가족에게
남겨질 짐 때문이었다.

경제가 어려워지면서 스스로 목숨을 끊는 사람들이 많았다. 보
도되는 내용을 보면 안타깝지 않은 사연이 없었다. 시우는 그중에
서도 사업이 망해서 자살하는 중소기업 사장들의 이야기가 가장
가슴 아팠다. 그들이 자살을 선택할 수밖에 없는 상황을 충분히 이

해할 수 있었고, 자신도 언제 그들을 따라갈지 모른다는 생각을 떨쳐 버릴 수가 없었기 때문이다.

그러나 자살로 모든 것이 끝나지 않는 경우도 많았다. 들리는 말에 의하면, 사장이 목숨을 끊고 나면 채권자들이 빚을 받아 내기 위해 가족이나 보증인들을 괴롭히는 일이 적지 않다고 한다. 심지어는 부모가 빚 때문에 자살하자, 고아가 된 아이들을 다그치는 바람에 견디다 못한 소년 가장이 뒤따라 죽은 일도 있었다.

빚에 시달리는 것이 얼마나 고통스러운 일인지 잘 아는 시우로서는 그 괴로움을 아내와 자식들에게 떠넘기고 혼자 편안히 죽을 수 없었다. 어떻게든 살아남아서 자신이 그 고통을 감당하는 것이 마지막으로 가족을 위해 할 수 있는 일인 것 같았다. 하지만 수시로 자살 충동이 찾아들어 그를 윽박질렀다.

「꼭 필요한 것들만 싸도록 해. 남의 집에 가 있는 것만 해도 눈치보이는데, 짐까지 잔뜩 싸들고 들어가면 안 되니까.」

지은은 각자 자기 짐을 꾸리는 아이들한테 여러 번 되풀이해서 말했다. 그녀의 목소리는 아무런 감정도 담기지 않은 것처럼 메마르게 들렸다. 그러나 지은은 애써 그런 음성을 지어내고 있을 뿐이었다.

아이들은 무엇을 가져가야 할지 잘 모르는 것 같았다. 하지만 어느 누구도 선뜻 제 엄마에게 그것을 물어보지 못했다. 아이들은 서로 눈치를 보며 물건들을 넣었다 뺐다 하면서 엉성하게 짐을 쌌다.

「나중에 쓸 것들은 책꽂이 있는 쪽에 갖다 놔. 박스로 포장해서 다른 데 맡겼다가, 방을 얻게 되면 다시 가져올 거니까. 그리고 별로 쓸모없는 것들은 다 버려. 짐을 맡기면서 무한정 갖다 놓을 수도 없고, 나중에 방을 얻는다고 해도 지금보다 훨씬 좁아질 테니까 둘 데도 없을 거야.」

지은이 하는 말을 들으며 아이들은 묵묵히 짐을 쌌다. 그러나 무엇을 보관해야 할지, 무엇을 버려야 할지 구분을 못하기는 마찬가지였다. 아이들은 마치 당장 짐을 싸라고 강요받고 있기 때문에 그저 시늉만 하고 있는 것처럼 보였다. 그 모습을 바라보는 시우의 콧등이 시큰거렸다.

아이들에게서 애써 고개를 돌린 시우는 책꽂이에 가득 꽂혀 있는 책들을 뽑아 내기 시작했다. 우선 그 책들부터 버려야 한다는 생각이 들었다. 짐을 가져다 두어야 할 장소는 개를 키우는 막사 옆의 비닐하우스였기 때문에 겨우 비를 피할 수 있을 뿐 들판에 내다 놓는 것이나 다름이 없었다. 그렇다면 책은 들쥐들이 갉아먹을 것이 틀림없었다. 설사 보존이 잘 된다고 해도 편안하게 거실에 앉아서 그 책들을 다시 볼 날은 찾아와 줄 것 같지 않았다.

「다 같이 한 곳으로 이사 가는 게 아니니까 꼭 가져가야 할 자기 물건은 확실하게 챙기도록 해. 괜히 이리저리 섞여서 나중에 찾느라고 난리 피우지 말고.」

엄마의 말이 떨어지자 다예가 자신의 옷더미 속에서 슬그머니 바지 하나를 꺼내 석빈에게 내밀었다. 석빈은 지은이 볼까 봐 힐끔거리며 제 누나로부터 그 옷을 빼앗듯 받아 상자 안에 구겨 넣었다. 큰아들 석진도 잠바와 셔츠를 꺼내 시우 쪽으로 밀어 놓았다. 어느새 시우보다 키가 더 커버려 제 아빠의 옷을 아무 생각 없이 꺼내 입었던 석진이 이제 그것들을 골라내는 것이었다.

시우는 책을 뽑아 내다 말고 그 옷들을 다시 석진의 짐 위에 가져다 놓았다. 그 순간 아버지와 아들의 시선이 허공에서 잠시 얽혔다. 그러나 둘은 누가 먼저랄 것도 없이 황급히 시선을 피했다. 그 모습을 목격한 지은 역시 얼른 고개를 꺾었다. 먼지 때문에 조금 열어 둔 베란다 창문을 통해 사납게 퍼붓는 빗소리가 들려왔다.

자꾸만 눈물이 쏟아질 것 같아서 지은은 아이들로부터 돌아앉았다. 그러곤 어지럽게 늘어놓은 부엌살림을 싸려고 신문지를 꺼냈다. 석진과 다예는 언니네 집으로 보내고 자신과 석빈은 오빠네 집으로 들어갈 것이었다. 시어머니 역시 시동생 집에 가 있기로 했으니 따로 그릇을 챙길 필요가 없었다. 결국 부엌살림은 버릴 것과 비닐하우스 안에 보관할 것만 구분해서 싸면 되는데, 어떻게 나누어야 할지 얼른 판단이 서지 않았다. 그래서 그녀는 우선 그날 아침까지 식구들이 사용하던 그릇부터 신문지로 싸기 시작했다.

'이 짐을 다 싸고 나면…… 한동안 식구들이…… 함께 밥을 먹지 못할 거야……'

지은은 그릇을 싸며 속으로 중얼거렸다. 그런 생각이 들자 신문지 위로 후드득 눈물이 떨어져 내렸다. 지은은 그 모습을 가족들에게 보이지 않으려고 무릎걸음으로 싱크대 쪽으로 다가앉았다.

솟구쳐 오르는 눈물을 참기 위해 지은은 아랫입술을 힘껏 깨물었다. 그렇게 한참을 앉아 있으니 입술에서 느껴지는 통증 때문에 눈물이 마르는 것 같았다. 그러자 이번에는 가족을 이 지경으로까지 내몬 남편에 대한 원망이 다시 치솟아 올랐다. 또한 가족이 뿔뿔이 흩어질 지경이 되었는데도 차갑게 외면하고 있는 시집 식구들에 대한 원망도 걷잡을 수 없이 솟구쳤다.

다급한 상황에 쫓겨서 집을 헐값에 넘기기로 한 후, 지은은 혹시나 하는 기대를 갖고 시동생한테 전화를 해봤었다.

「죄송해요, 형수님. 그러잖아도 지난번에 형한테서 돈 좀 구해서 보내 달라는 전화가 왔었어요. 당장 막지 않으면 구속될지 모른다는 말을 듣고 저도 좀 알아봤는데, 끝내 못 구해 줬거든요. 지금도 사정은 마찬가지고요. 저도 아직 잘리지는 않았지만 회사 사정이 엉망이라 여간 불안하지 않아요. 도움이 못 돼드려서 정말 죄송해요.」

시동생은 죄송해서 견딜 수 없다는 목소리로 말했었다. 하지만 지은은 서운한 마음을 감출 수가 없었다. 아무리 어렵다고 해도 시동생한테는 분양받은 아파트가 있으니 그걸 담보로 해서 조금이라도 대출을 받을 수 있을 것이었다. 그리고 대기업에 다니기 때문에 사원 금고 같은 것이라도 이용할 수 있을 터였다. 결국 마음이 없다는 소리였다.

지은을 더 서운하게 한 것은 시동생 내외의 태도였다. 금전적으로 보태 주지 못한다고 하더라도, 형네 가족이 모두 흩어져야 할 처지라면 얼굴 한 번쯤 내미는 게 사람의 도리일 텐데, 그렇게 전화 통화를 한 후 짐을 싸는 날까지 전화 한 통 없었다.

소용이 없다는 걸 알면서도 지은은 시누이에게도 전화를 걸었었다. 시누이 남편이 인색한 사람이라 도움을 받으리라고는 기대도 하지 않으면서, 그저 답답한 심정에 다이얼을 누른 것이었다.

「어머, 어떡해요, 언니? 안 그래도 걱정이 돼서 전화를 하려고 했어요. 그럼 식구들이 모두 어디로 가는 건가요? ……언니, 사실 애들 아빠하고 이야기를 좀 했었어요. 우린 그래도 형편이 좀 나은 편이니까 어떻게 좀 해보자고요. 그런데 이 인간이 오히려 전에 오빠한테 꿔준 돈 못 받을까 봐 펄쩍 뛰고 난리를 치는 거예요. 제가 이래요, 언니…… 오빠네가 그렇게 된다는데…… 아무런 힘도 못 되고…….」

시누이의 마지막 말은 끝내 울음으로 변하고 말았다. 오히려 지은이 괜찮다고, 걱정하지 말라고 달래야 할 지경이었다.

「엄마, 나하고 오빠가 이모네 집에 얼마나 있어야 해요? 그걸 알아야 그때까지 입을 옷을 가져갈 거 아녜요.」

옷을 싸면서 아이들은 일절 아무 말도 않았었는데, 아니 어떤 말도 할 수 없는 무거운 분위기에 억눌려 있었는데, 다예가 그 침묵을 깨고 말문을 열었다. 지은이 돌아보자 다예는 계절별로 나누어 옷을 쌓아 놓은 채 난처한 표정을 짓고 있었다. 석진과 석빈도 제 엄마가 무슨 말인가를 해주기를 바라는 눈치였다. 그러나 지은도 다시 가족이 모여서 살 수 있는 날이 언제인지 확실하게 알 수가 없었다.

「우선 당장 입을 것만 가져가. 집에서처럼 계절에 맞게 일일이 다 챙겨 입을 수는 없잖아. 여름옷하고 속옷만 여러 벌 넣고…… 청바지 같은 건 사시사철 입을 수 있잖아.」

「그래도 대략 언제까지 있을 거라는 예상은 하실 거 아녜요. 무한정 있을 수도 없고…….」

이번에는 석진이었다. 변성기 지난 큰아들의 목소리가 다소 신경질적으로 들렸다. 말투가 좀 거슬렸지만, 지은은 아이들의 기분을 짐작하고 있었으므로 그냥 아무렇지 않게 넘기기로 했다.

「우선 올봄과 여름에 입을 옷을 챙겨 가도록 해. 가을에는 봄옷을 같이 입을 수도 있고…… 겨울이 되기 전에는 무슨 수를 내봐야지.」

그렇게 말하며 지은은 남편 쪽을 돌아보았다. 시우는 어정쩡한 자세로 책꽂이에서 책을 뽑아 바닥에 내려놓을 뿐 가족의 말에는 전혀 귀를 기울이지 않는 것 같았다. 그러나 그렇지는 않을 것이었다. 가장으로서 가족이 주고받는 대화를 고통스럽게 듣고 있을 것이었다. 사태를 이 지경으로까지 만든 것을 생각하면 남편이 원망스러워서 견딜 수가 없지만, 힘없이 축 늘어진 모습을 보자 측은하다는 생각이 들었다.

「석진 아빠, 다른 짐부터 싸요. 책은 나중에 박스에 담으면서 정리해도 되잖아요.」

남편이 안됐다는 느낌이 들었는지, 지은의 입을 열고 나간 말은 조금 전 아이들에게 했던 것보다 훨씬 부드럽게 들렸다. 시우는 동작을 멈추고 돌아서서 아내를 바라보았다. 그러곤 힘없이 대꾸했다.

「이 책들…… 버리려고…… 버리려고 골라내는 거야.」

「어머, 아빠. 아빠가 제일 아끼는 게 책인데, 책을 왜 버려요?」

「그래요, 아빠. 책은 언제든지 다시 볼 일이 있으니까 다 본 책을 잘 보관하라고 그러셨잖아요. 버리지 마세요, 아빠.」

시우의 말에 다예와 석빈이 거들고 나섰다. 그 순간 지은은 침통하기만 했던 아이들의 표정이 조금 풀어지는 것을 보았다. 그녀가 남편에게 말을 건넨 것이 무거운 분위기에 답답해하던 아이들의 숨통을 터준 것 같았다. 그런 느낌이 들자 지은은 몹시 가슴이 아팠다.

「애들 말이 맞아요. 될 수 있으면 책은 버리지 말아요. 책은 부피도 얼마 안 되고 박스로 잘 묶으면 되니까, 필요 없다고 생각하는 것만 골라내요.」

지은의 말에 아이들의 표정은 조금 전보다 더 밝아졌다. 큰아들 석진만 여전히 입을 다물고 있을 뿐 다예와 석빈은 짐을 싸면서 어느새 재잘대기 시작했다. 두 아이가 주고받는 말 때문에 무겁고 칙칙하던 분위기가 부드럽게 풀어졌다.

그러나 그 분위기는 곧 깨지고 말았다. 두런거리는 말소리에 어딘가에 틀어박혀 있던 강아지가 꼬리를 흔들며 나타났던 것이다.

「엄마, 외삼촌네 갈 때 촐랑이도 데리고 갈 거죠?」

「안 돼. 촐랑이는 강아지 좋아하는 사람한테 주고 가야 돼.」

석빈의 말에 지은은 다소 단호한 음성으로 대답했다. 아직 초등학생인 석빈은 곧 울상이 되더니 촐랑이를 안아 들었다.

「데리고 갈래요, 엄마. 앞으로는 제가 목욕도 잘 시키고 사료도 꼬박꼬박 줄게요. 데리고 가게 해줘요, 엄마.」

「글쎄, 안 된다고 했잖아. 남의 집에 얹혀살면서 개까지 데려간다는 게 말이 되니? 안 된다면 안 되는 줄 알아.」

그럴 생각은 전혀 아니었는데, 지은의 음성은 그만 날카로워지고 말았다. 자신이 말하면서도 '남의 집에 얹혀살면서'라는 표현이 가시처럼 목을 찔러 왔다. 그 말을 들은 석빈의 눈에서 닭똥 같은 눈물이 흘러내리기 시작했다.

막내의 눈에서 흘러내리는 눈물이 지은의 가슴을 싸하게 만들었다. 그런데 동생이 우는 모습을 본 다예가 훌쩍이기 시작했다. 두 아이를 번갈아 바라보던 지은의 눈에서도 눈물이 솟구치고 말았다. 한번 눈물이 터지자 지은과 두 아이는 마치 단단히 벼르고 있었던 것처럼 울음을 쏟아 냈다.

「야, 넌 왜 쓸데없는 말을 해서 분위기를 이렇게 꿀꿀하게 만들고 그래.」

상기된 표정으로 자리에서 벌떡 일어선 석진이 석빈을 쥐어박을 듯 소리치더니 제 방으로 들어가 버렸다. 맏이라고 눈물을 보이지 않으려는 것 같았지만 어쩔 수 없이 석진의 목소리도 끝부분에는 울음이 묻어 있었다. 그러자 거실에서는 아까보다 더 큰 울음소리가 이어졌다.

시우는 그 자리에 더 있을 수가 없었다. 그는 다시 베란다로 나갔다. 그칠 기미가 보이지 않는 빗줄기가 아까보다 더 요란하게 퍼붓고 있었다. 시우는 눈물이 나올 것 같아서 고개를 쳐들고 하늘을 올려다보았다. 그러나 이미 눈물샘을 빠져나온 눈물 한 줄기가 그의 뺨으로 흘러내렸다.

2

　대명기획은 듣던 것보다 꽤 규모가 큰 편이었다. 초록기획보다 불과 1년 먼저 출범했는데도 기업체로서의 면모가 짜임새 있게 잘 갖추어진 것 같았다. 사무실은 제법 잘 돌아가고 있다는 인상을 강하게 풍겼다.

　안내를 받아 사무실 안쪽으로 걸음을 옮기며 시우는 착잡한 기분에 휩싸였다. 자신도 회사를 이렇게 키워 보고 싶었는데 결국 손을 들고 말았다는 사실이 우선 가슴 아팠고, 초록기획을 인수해 줄 것을 부탁하러 온 자신의 처지가 더더욱 참담하게 여겨졌다.

　시우가 안내된 곳은 외부 손님들을 위해서 마련된 응접실이었다. 약속 시간에 맞추어서 왔건만, 대명기획 하 사장은 아직 회의에 들어가서 나오지 않았다고 했다. 물론 회의가 늦어질 수도 있고 다른 급한 사정이 생겼을 수도 있었다. 하지만 시우는 자신이 무시당하고 있다는 생각을 먼저 했다. 대명기획을 찾기 전, 다른 기획사 두 군데를 방문했을 때도 역시 그런 생각을 떨쳐 버릴 수가 없었다.

물론 두 군데 모두 시우의 제안을 거절했다. 그는 앞으로 회사가 얼마큼의 수익을 올릴 수 있을지 열심히 설명했지만, 듣는 사람들은 회사 상태가 얼마나 좋지 않은가에 대해서만 관심을 가졌다. 그들은 마치 회사를 인수하지 않을 구실을 찾아 어떻게든 거절해 보려고 안간힘을 쓰는 것처럼 느껴졌다. 그럴수록 시우는 투자하는 정도에 따라 초록기획을 통해 얻을 수 있는 수익이 얼마나 될지 장황하게 설명했다.

그러다가 그들이 최종적으로 고개를 흔든 것은 시우가 내세운 조건을 듣고 나서였다. 그는 거래처와 그곳에서 받게 될 수금액, 그리고 이미 갖추어진 시설물을 고스란히 넘겨주겠다고 했다. 대신 직원들을 받아 주고 초록기획이 진 부채를 맡아 달라고 했다. 하지만 그들은 냉담하게 외면했다. 외면할 뿐만 아니라 시우를 비웃는 것 같았다.

계산이 안 맞는다고 판단한 그들은 마치 시장 바닥에서 흥정이 깨졌을 때 장사꾼들이 보이는 반응처럼 함부로 굴었다. 시우를 앞에 앉혀 둔 채 다른 직원을 불러 업무 지시를 하거나, 어딘가로 전화를 걸어서 시시덕거리기까지 했다. 그건 견디기 힘든 수모였다. 하지만 시우는 묵묵히 그것을 감당하며 더 이야기할 기회를 기다렸다. 그 때문에 조금의 기회가 더 주어지긴 했지만 결국 일은 결렬되고 말았다.

두 차례나 그런 경험이 있었기 때문에 시우는 대명기획에 들어서면서 어떻게든 일을 성사시켜야 한다는 강박 관념에 사로잡혔다. 그런데 처음부터 약속이 지켜지지 않고 무작정 기다려야 한다는 것이 좋지 않은 징조로 여겨졌다. 시간이 지날수록 자신이 무시당하고 있다는 느낌도 점점 더 커졌다. 생각 같아서는 그냥 자리를 박차고 나오고 싶었다. 하지만 그럴 수가 없었다. 그 사실이 시우를 한없이 비참하게 만들었다.

응접실은 사무실 한쪽을 칸막이로 가려서 만들어 놓은 공간이었다. 칸막이는 윗부분 반이 유리로 되어 있어서 사무실의 일부가 내다보였고, 그 옆을 지나다니는 사람들의 모습도 볼 수 있었다. 시우는 무심코 유리를 통해 사무실 쪽을 보다가 낯익은 얼굴과 눈이 마주쳤다.

그 사람은 초록기획을 그만두고 나간, 기업 브로슈어 담당 디자이너였다. 그녀는 시우와 눈길이 마주치자 황급히 시선을 돌리며 잰걸음으로 멀어져 갔다. 그제야 그는 아직 그녀의 퇴직금을 챙겨 주지 못했다는 생각이 들었고, 어쩌면 그녀가 자신이 이곳에 찾아온 이유를 짐작할지도 모른다는 생각도 들었다. 그 때문에 시우는 그 자리에 앉아 있기가 더 곤혹스러웠다.

하 사장이 모습을 나타낸 것은 그로부터 한참이 더 지나서였다. 시우가 다음에 찾아와야겠다고 마음먹고 막 일어서려고 할 때였다.

「아이고, 민 사장. 정말 미안합니다. 민 사장이 와 계시는 걸 알고 빨리 회의를 끝내려고 했는데, 무슨 문제들이 그렇게 많은지……아무튼 이거 너무 미안합니다. 자, 제 방으로 들어갑시다.」

하 사장은 요란스럽게 악수를 청한 뒤 시우의 손을 잡아끌었다. 시우는 자신의 표정이 굳어 있을 것을 염려해 일부러 미소를 띠며 자리에서 일어섰다. 시우는 사무실 내부를 한번 둘러본 뒤 하 사장을 따라 사장실로 들어갔다.

「바쁘신데 뵙자고 해서 죄송합니다.」

시우는 사장실로 들어서며 예의를 갖추어 말했다. 그보다 몇 년 연상인 하 사장은 두 손을 흔들어 과장된 몸짓을 지어 보였다.

「아닙니다. 절대 그렇지 않습니다. 안 그래도 심기가 불편하실 텐데 이렇게 기다리게 했으니, 제가 죄송해서 어쩔 줄 모르겠습니다. 자, 이쪽으로 앉으시죠. 차는 뭘로 하시겠습니까?」

시우는 커피를 달라고 하면서 어색하게 소파에 엉덩이를 걸쳤다. 하 사장은 인터폰으로 차를 내오라고 한 후, 전화가 걸려 와도 연결하지 말라고 지시하고는 맞은편 소파에 다가와 앉았다. 그 모습을 보자 시우는 조금 전까지 들던, 자신이 무시당하고 있다는 느낌이 수그러들기 시작했다. 그리고 어쩌면 일이 잘 풀릴 수도 있다는 기대마저 생겨났다.

하 사장은 마치 오랜 지기를 만난 듯 이것저것 광고계에 대한 이야기를 끄집어냈다. 시우는 그런 이야기에 맞장구칠 기분이 아니었기 때문에 그냥 듣기만 했다. 하 사장은 또 자신이 밖에서 들은 초록기획의 사정에 대해서도 솔직하게 털어놓았다. 대부분 사실 그대로를 소상하게 알고 있었다. 그러고 나자 시우는 좀 편하게 말할 수 있겠다는 느낌이 들었다.

「민 사장 전화 받고 나서 저도 참 생각을 많이 했습니다. 민 사장 같이 유능하신 분도 사업을 더 꾸려 갈 수 없다고 하시는데, 저도 어떻게 될지 모르겠구나 싶더라고요.」

「대명기획이야 이제 완전히 자리가 잡혔는데 무슨 걱정입니까. 앞으로 더 뻗어 나갈 일만 남았죠.」

하 사장의 말에 시우는 억지로 응수했다.

「그렇지 않아요. 외형만 그럴듯해 보이지, 저희도 사실 내부적으로는 문제가 많습니다. 그러니까 제가 민 사장 처지나 심정을 잘 이해하는 것이지요.」

마치 편안한 이웃을 대하듯 이야기를 늘어놓던 하 사장은 여직원이 차를 내오자 종이와 펜을 가지고 오더니 사무적인 표정으로 말했다.

「어차피 저하고 허심탄회하게 얘기하러 오신 거니까, 제가 묻는 내용을 솔직하게 말씀해 주셨으면 합니다. 우선…… 지금 거래처는 얼마나 되는지, 그리고 수금할 수 있는 액수는 얼마인지부터 알았으면 하는데요.」

그렇게 말하는 하 사장의 모습은 조금 전과 사뭇 달라 보였다.

마치 같은 얼굴의 두 사람을 만나는 것 같았다. 시우는 갑자기 낯설게 느껴지는 하 사장을 향해 자신이 준비해 온 자료를 내밀었다. 그러자 하 사장은 그 자료에서 필요한 부분만 옮겨 적기 시작했다. 그리고 중간 중간에 거래처의 현재 사정, 수금액이 많이 밀린 이유, 신용도 등 세세한 부분에 대해 질문을 했다.

묻는 말에 대답을 해주며 시우는 하 사장이 보통 철저한 사람이 아니라는 느낌을 받았다. 거래처의 문제점을 짚어 내기도 하고, 일을 따내기 위해서 무리하게 조건을 낮춘 부분까지 지적해 냈다. 그런 하 사장을 보며 시우는 왠지 자신이 실패하게 된 이유가 거래처의 부도 때문이 아니라 그만큼 덜 철저했기 때문이 아니었나 하는 생각마저 들었다.

하 사장은 초록기획이 안고 있는 부채에 대해서도 꼼꼼하게 캐물었다. 그러다가 부채 액수가 너무 큰 데 대해 놀라움을 감추지 못했다.

「광고 기획 일을 하다가 편집 대행 일을 병행했습니다. 큰 건을 맡으면 떨어지는 것도 그만큼 많기 때문이었죠. 그런데 수금한 어음으로 다른 것을 먼저 막다 보니 결제를 미루게 되고, 그것이 쌓여서 그렇게 커져 버린 것입니다.」

「그럼 만일 민 사장이 부채를 탕감해 달라고 제작처에 부탁한다면, 얼마나 될 수 있을 것 같습니까?」

그건 생각지 못했던 부분이었다. 이렇게 부채가 쌓일 정도라면 거래처들은 이미 초록기획에 많은 도움을 준 것이나 다름이 없었다. 그런데 그것을 탕감해 달라고 할 수는 없다는 게 시우의 생각이었다. 그러나 그 순간 시우는 곧이곧대로 말하지 않았다. 자칫 잘못하면 두 군데 기획사에서 그랬던 것처럼, 중간에서 일이 결렬되고 말 것 같았기 때문이었다.

「그거야 일단 그 회사 사장님들을 만나서 얘기를 해봐야겠죠. 정 안 되면 제 이름으로 끊은 어음 중 일부는 제가 나중에 갚아 나가는 쪽으로 할 수도 있는 것이고요. 저는 하 사장님이 어느 정도 조건에서 맡아 주실 수 있는지를 알면…… 거기에 맞춰서…….」

「말은 쉽지만 그게 쉬운 일이 아닙니다. 그리고 이 정도 상태라면 개인적으로 지고 있는 빚도 꽤 될 텐데…… 실례지만 그건 얼마나 됩니까?」

시우는 망설여졌다. 하 사장이 도움을 줄 것도 아니었고, 소문이 잘못 나기라도 하면 좋을 것이 없다는 생각이 들어서였다.

「이상하게는 생각지 마시고…… 제가 민 사장을 만나려고 한 것은 초록기획을 인수하는 문제만 의논하려고 해서가 아닙니다. 민 사장과 함께 일을 해볼 수도 있다는 생각까지 했거든요. 왜냐하면 제가 사업을 조금 확장하려고 하는데…… 그러면 파트를 나눠서 누가 좀 맡아 주었으면 해서요. 그래서 민 사장 같은 분하고 같이 일할 수 있으면 좋겠다 싶어요. 사실 초록기획이 이렇게 된 건 경영 미숙 때문이라기보다는 운 나쁘게 외부에서 부도를 여러 번 맞아서이고…… 오히려 그런 경험을 바탕으로 회사를 더 철저하게 꾸려 갈 수도 있으니까요.」

그 말이 시우의 마음을 움직였다. 그래서 그는 자신의 개인 부채에 대해 소상하게 말했다. 그것을 다 듣고 난 하 사장의 얼굴에 어두운 표정이 떠올랐다. 그는 한동안 아무 말 없이 앉아 있더니 안타까운 빛이 역력한 눈길로 시우를 바라보았다.

「민 사장, 이건 내가 몇 년 더 산 사람으로서 걱정이 돼서 하는 얘기니까 오해 없이 들어 줘요. 지금 그 정도 부채를 지고 있고 회사가 이 상태라면…… 차라리 잠시 몸을 좀 피하는 게 어때요? 그랬다가 몇 년 후에 다시 뭔가를 시작해 보는 게 낫다고 생각되는데…….」

「그럴 수야 없지요. 설사 일이 잘못돼서 제가 감옥에 가는 한이 있더라도, 피하고 싶은 생각은 없습니다.」

「물론 그런 마음을 모르는 건 아니지요. 그렇지만 워낙 부채가 크다 보니 걱정이 돼서 하는 말이에요. 초록기획의 경우는 있는 그대로 넘기기는 어려운 상태고…… 민 사장이 끊은 어음 일부를 책임진다고 하면, 개인적으로 지고 있는 부채까지 합해서 엄청나게 많아질 텐데…… 설사 어디 취직을 한다고 해도, 월급으로는 평생이 걸려도 다 못 갚을 거고…….」

결국 하 사장의 이야기는 초록기획을 인수하기 어렵다는 뜻이었

다. 시우가 뭔가 다른 유리한 조건을 내세우지 않는다면 이번에도
역시 결렬될 것이 뻔했다. 둘 사이에 잠시 침묵이 흘렀다. 시우는
마땅히 덧붙일 말이 없어서 불편하게 앉아 있었고, 하 사장은 뭔가
골똘히 생각하고 있는 것 같았다.

「아무튼 생각을 좀 해봅시다. 초록기획의 사정이 이 정도인 줄
은 몰랐네요. 부채를 탕감한다면 얼마나 어떻게 할 수 있는지,
그리고 인수를 했을 때 거래처들이 어떻게 나와 줄지도 함께 좀
알아봅시다. 만일 일이 잘 된다면…… 민 사장하고 힘을 합쳐서
같이 좀 해보고 싶은데…… 그 점에 대해서도 제가 면밀히 검토
를 해보겠습니다. 그러고 나서 연락을 드리도록 하죠.」

이야기를 마치고 나자 하 사장은 문밖까지 나와서 시우를 배웅
해 주었다. 그런 그의 모습은 조금 전과는 또 영 딴판이었다. 시우
는 그의 배웅을 받으며 힘없이 계단을 내려섰다. 하 사장이 만날
때와 헤어질 때 친절하고 자상하게 대해 주긴 했지만, 그건 그의
생활 태도일 뿐 인수 문제와는 아무런 상관이 없다는 생각이 들었
다. 오히려 시우한테 잠시 몸을 피하는 게 어떻겠느냐고 말한 것이
그의 진심인 것 같았다. 생각을 해보고 나중에 연락을 주겠다고 한
건 당장 거절하기 곤란해서 둘러댄 말일 것이었다.

시우는 무거운 발걸음을 이끌고 건물 밖으로 나왔다. 그는 방향
감각을 잃어버린 사람처럼 어디로 가야 할지 몰라 한동안 멍하니
서 있었다.

실비집에는 꽤 많은 손님들이 들어차 있었다. 사무실이 운집한 번화가 뒷골목에 위치해 있었기 때문에 손님들은 대부분 주위 사무실의 회사원들이었다. 음식 값이 싸서 좋긴 했지만 협소한 공간에 너무 많은 탁자들이 다닥다닥 붙어 있어서 답답하고 옹색하게 느껴지는 곳이었다. 그래서인지 탁자를 사이에 두고 술잔을 기울이는 손님들 역시 궁색해 보였다.

고기 굽는 냄새와 매캐한 담배 연기가 뒤엉킨 실내로 들어서며 시우는 눈으로 손정만을 찾았다. 그러나 그는 눈에 띄지 않았다. 벽시계는 약속 시간이 20분이나 지났음을 알려 주고 있었다. 20분이라면 먼저 와서 기다리다 나갔을 시간은 아니었다. 그는 만날 시간이 없다고 말하는 시우에게 꼭 할 이야기가 있으니 잠시만이라도 시간을 내달라고 몇 차례나 매달렸던 것이다. 시우는 다시 한번 홀을 둘러보며 구석 자리에 가서 앉았다.

고기 굽는 냄새 때문에 잊고 있었던 허기가 느껴졌다. 그러나 청승맞게 혼자 밥을 먹고 싶진 않았다. 시우는 우선 두부김치 하나와 소주를 주문했다.

탁자들이 워낙 가까이 붙어 있었기 때문에 옆 자리에서 하는 말이 마치 일행끼리 이야기하는 것처럼 왕왕거리며 들려왔다. 시우는 작정한 것이 아닌데도 그들이 하는 이야기를 엿들을 수밖에 없었다.

「오늘도 월급에 대한 말이 없던데, 도대체 어떻게 되는 거래?」

금테 안경 때문에 신경질적으로 보이는 남자가 일행을 둘러보며 묻자 눈썹이 너무 진해서 마치 일부러 그려 붙인 것처럼 느껴지는 남자가 심드렁한 표정으로 대꾸했다.

「모르지 뭐. 어찌 돌아가는 건지 말이라도 해줘야 무슨 대책을 세우든지 할 텐데, 다들 꿀 먹은 벙어리니…… 하긴 부장들도 뭘 알아야 우리한테 얘길 해주지. 그저 윗사람들 눈치만 보고 있으니 답답한 노릇이지.」

「차라리 자르려면 팍 자르든지…… 위에서는 아무 말도 없고, 흉흉한 소문만 돌고…… 이거 어디 불안해서 견딜 수가 있겠어?」

이번에는 퉁퉁한 얼굴에 좀 다혈질적으로 생긴 남자였다. 그는 이야기 중간에 술잔을 들어 던지듯 입 안으로 털어 넣었다. 신경질적으로 생긴 남자가 안경을 한 손으로 밀어 올리며 한 손으로 빈 잔에 술을 따랐다.

「말이 그렇지 막상 잘려 봐라…… 정말 막막할 거야. 한 달 월급이 좀 늦는데도 사무실 전체가 그렇게 흔들리는데, 그나마 받을 것도 없고 일자리도 없는 처지가 되면 그 심정이 오죽하겠어?」

「야, 그렇게 되면 퇴직금 갖고 뭐라도 하면 되지.」

「그게 쉽냐? 살얼음판 같은 이 세상에 몇 푼 안 되는 퇴직금으로 제대로 할 게 그렇게 많은 줄 알아? 그것도 암담한 얘기야.」

그들의 말을 들으면서 시우는 씁쓸한 기분에 빠져 들었다. 그 역시 직원들에게 월급을 줘야 할 날짜를 두 달 이상이나 넘기고 있었던 것이다. 회사 사정이 어떤지 뻔히 알기 때문에 대놓고 이야기는 안 하지만, 직원들 역시 몹시 불안해하고 있을 것이었다.

사무실에서 나오기 직전에도 시우는 박 부장과 마주앉아 그 문제를 의논했었다. 그러나 그것은 사실 의논이라기보다는 직원들의 밀린 월급을 도저히 줄 수 없는 딱한 사정을 서로 확인하는 것에 지나지 않았다.

직원들에게 몇 푼이라도 줄 수 있는 방법은 두 가지였다. 하나는 거래처에서 받아야 할 수금을 조금이라도 끌어 오는 것이었는데, 박 부장이 그 역할을 맡고 있었다. 또 하나는 하루라도 빨리 회사를 다른 사람한테 넘겨서 새로 운영할 사람에게 직원들의 밀린 월급을 지불하게 하는 것이었는데, 그건 시우가 해야 할 몫이었다.

그러나 그 두 가지 방법 모두 거의 불가능한 상태였다. 일부 거래처를 제외하고는 대부분 자기네 회사 직원들의 월급도 맞추지 못해 쩔쩔매는 상황이었고, 일부나마 결제를 해주는 거래처에서 받은 어음은 제대로 깡도 하기 어려운 형편이었다. 그리고 회사를 다른 사람에게 넘기는 문제는 더더욱 어려웠다. 억지로 부탁을 해서 기회가 마련된다고 해도, 초록기획이 처해 있는 사정을 듣고는 모두 고개를 내저었던 것이다.

시우가 낮에 대명기획에 다녀온 이야기를 해주자 박 부장은 자신이 얼마라도 수금을 해보려고 찾아간 거래처 중 하나가 또 부도를 내고 사장이 종적을 감추었다고 했다.

「이러다간 정말 남아나는 회사가 없을 것 같다는 생각이 들어요. 근근이 버티고 있는 회사들도 언제 무슨 일을 당할지 모르는 실정이고…… 대명기획은 제법 잘되고 있다고 들었는데, 정말 운이 좋은 경우죠. 참, 지난번에 그만둔 미스 정이 그쪽으로 갔다고 들었는데…….」

「안 그래도 아까 거기 갔다가 눈이 마주쳤어. 그런데 나를 보더니 얼른 피하더라고.」

「미안해서 그랬겠죠. 사실 지금 회사 입장에서는 한 사람이라도 더 그만두면 그만큼 부담을 더는 건데, 사장님이 어떻게든 다른 데로 넘겨서 직원들을 구해 보려고 하는 걸 알기 때문에 그렇게들 생각을 안 하는 거죠.」

박 부장 말처럼 현재로서는 가능한 한 사무실 구성 인원이 적은 깃이 좋았다. 나중에 인수할 사람이 생겨서 직원이 더 필요하다고 하면, 그때 가서 뽑으면 될 것이었다. 그러나 한편으로는 퇴직금은커녕 밀린 월급도 못 받고 사표를 내미는 직원들을 볼 때마다 살을 도려내는 것처럼 고통스러웠다.

「혹시 또 그만두겠다는 사람은 없어?」

시우는 만일 박 부장이 갑작스럽게 그만두면 이 어려운 상황을 혼자 어떻게 마무리해야 할지 모르겠다는 생각을 하며 물었다. 박 부장이 잠시 뜸을 들이는 기색이어서 시우는 초조한 심정으로 그를 바라보았다.

「나중에 직접 들으시는 게 좋은데…… 이렇게 물어보시니……
실은 아까 김 차장이 저한테 그만두겠다는 얘길 하더라고요.」

박 부장이 그만두는 것이 아니라는 사실에 안심이 되긴 했지만,
그 말을 듣자 시우는 신경이 쓰였다. 김 차장이 그만두는 문제는
다른 직원들과는 좀 달랐기 때문이다. 김 차장은 초록기획을 다른
데로 넘길 때 적지 않은 도움이 될 수 있는 사람이었다. 초록기획
을 인수할 사람이라면 광고 기획 일을 계속하려 할 테고, 그렇다면
김 차장 같은 직원이 있어야 기존 거래처든 새로운 거래처든 실무
를 바로 처리할 수 있을 것이었다.

「그래? 어디로 가는데?」

「다른 데로 옮기는 것은 아니고요, 그냥 집에서 혼자 일을 좀 해
보겠답니다. 말하자면 요즘 유행하는 소호족이 되는 것이죠.」

시우가 묻는 말이 불안하다고 느껴졌는지 박 부장은 대답을 해
놓고는 다시 덧붙여서 설명을 보탰다.

「만일 초록기획에서 새로운 일거리를 맡으면, 집에 가져가서 해
다가 갖다 주겠다는 말도 했어요. 그 친구, 그럴 사람이에요. 물
론 다른 기획사 일도 조금은 맡겠죠. 그렇지만 어떤 쪽으로든 결
론이 날 때까지는 우리 소속으로 남되, 일만 따로 하겠다는 것이
죠. 일종의 재택근무 비슷한 거라고 생각하시면 될 거예요.」

그 말을 들으면서 시우는 자신의 마음을 헤아려 주는 박 부장이
무척 고마웠다. 그런 느낌은 곧 박 부장의 거취 문제를 확인해 보

고 싶은 마음으로 바뀌었다.

「그럼, 박 부장은?」

「네?」

「박 부장은 그만둘 생각이 없느냐고 묻는 거야.」

「저야 마지막 순간까지 사장님과 같이 있어야죠. 사장님이 회사 인수할 사람을 알아보시는 동안, 저는 열심히 뛰어다니면서 한 푼이라도 더 받아서 남은 직원들 교통비라도 대줘야죠. 그동안 사장님이 가족처럼 대해 주셨고 저 역시 그렇게 생각해 왔는데, 마지막 순간까지 마무리를 짓는 게 당연하죠. 걱정하지 마세요.」

시우는 박 부장의 말을 들으며 안에서 솟구쳐 오르는 뜨거운 기운을 느꼈다. 그랬다. 직원들은 어떻게 받아들였는지 모르지만, 시우는 그들을 가족처럼 생각했었다. 그중에서 박 부장은 전체 업무를 총괄하는 입장이었기 때문에 특별히 더 생각한 게 사실이었다. 그걸 알아주고 마지막까지 남겠다는 말을 들으니 여간 고맙지 않았다. 어쩌면 박 부장의 그런 믿음직한 모습 때문에 회사를 다른 데 넘겨 보려고 그렇게 뛰어다닐 수 있는지도 모를 일이었다.

회사에서의 일을 잠시 떠올리는 동안 옆 자리의 손님들은 자리를 털고 일어났다. 그러나 곧이어, 먹다 남은 음식 찌꺼기를 다 치우기도 전에, 한 무리의 사내들이 다시 몰려와 그 자리에 앉았다. 그들은 앉자마자 방금 일어선 사람들과 거의 다를 바 없는, 어려운 회사 살림에 대한 이야기들을 늘어놓았다. 그러나 가만히 주위를 둘러보니 그 테이블만이 아니었다. 그와 별로 떨어져 있지 않은 다른 자리에서도 회사가 이러쿵저러쿵 하면서 떠들어 대는 소리가 들려왔다. 실비집 안에 들어찬 손님들이, 구체적인 사례와 사정만 조금씩 다를 뿐, 모두 비슷한 이야기에 열을 올리고 있었다.

손정만이 헐떡거리며 나타난 것은 시우가 두부김치 한 접시와 소주 한 병을 거의 다 비웠을 때였다. 차에서 내려 허겁지겁 달려왔는지 이마와 콧잔등에 땀방울이 송골송골 돋아나 있었다.
「어이쿠, 미안해 민 형. 정말 미안해. 갑자기 급한 일로 호출이 와서 거기 들렀다가 쏜살같이 온다는 게 그만…….」
그는 자리에 앉지도 않은 채 큰 잘못을 저지른 사람처럼 엉거주춤한 자세로 말했다. 시우는 정만이 너무 미안해하자 괜찮다는 표현을 하기 위해 일부러 자리에서 일어섰다.
정만에게 악수를 청한 시우는 그의 손을 끌어당기며 자리에 앉혔다. 시우가 잔과 술을 더 달라고 하는 사이 그는 손수건을 꺼내 땀을 닦으며 가쁜 호흡을 고르고 있었다.
정만은 예전에 시우가 다니던 회사의 입사 동기였다. 대기업이라 동기들이 꽤 많았지만, 둘은 동시에 홍보부로 발령이 나는 바람에 다른 동기들보다 가깝게 지냈다. 기업 자체를 홍보한다는 인식이 별로 보편화되어 있지 않을 때였다. 다른 기업들의 경우에는 총무부 안에 홍보 일을 하는 한두 명의 인원을 두고, 외부로 알려야 할 사항을 언론 매체에 전하는 정도가 고작이었다. 그런 분위기에서 홍보부를 따로 마련한 것은 경영진이 비교적 앞선 생각을 가지고 있었기 때문이었다. 그러나 의욕만 있었지 체계를 갖추었던 것은 아니었다. 중간 간부들 역시 무엇을 어떻게 해야 할지 잘 모르는 상태였다. 그래서 시우와 정만은 관련 서적들을 구입해서 읽으며 홍보의 개념부터 익혀 나가지 않으면 안 되었다. 말하자면 그들은 신입 사원 때부터 때 아닌 독학으로 회사 홍보 업무의 틀을 잡아 나갔던 것이다.

그 후 그들은 다른 부서로 발령이 났다가 다시 홍보부로 돌아오기도 했고, 홍보부 안에서 각각 다른 파트를 맡아 선의의 경쟁을 하기도 했다. 그러니까 둘의 관계는 라이벌이면서 협조자인 셈이었다. 적어도 시우가 회사를 그만두기 전까지는 그랬다.

회사를 그만두고 나올 당시 시우는 사보를 책임지고 있었고, 정만은 기업 홍보를 전담하는 CI팀 팀장이었다. 그런데 회사 사정이 어려워지면서 기구 축소가 본격적으로 거론되었고, 그 철퇴 중의 하나가 사보 쪽을 내리쳤던 것이다. 그렇게 밀려난 시우는 초록기획을 차리게 되었고, 정만은 남은 사보팀을 흡수해서 CI팀을 더욱 육성시키는 역할을 맡았다.

「손 형은 여전히 열심인 모양이구먼. 회사가 어려울수록 손 형 같은 친구가 있어야지. 다들 잘 있지?」

아무렇지 않게 물으려고 했는데, 시우는 예상 밖으로 예민해지는 자신을 느꼈다. 그에게는 아직도 퇴사할 무렵에 가졌던 감정의 앙금이 남아 있었던 것이다. 정만은 시우가 따라 주는 술잔을 한입에 털어 넣더니 빈 잔을 시우 앞으로 내밀며 심드렁하게 대꾸했다.

「다들 잘 있겠지. 아니, 잘 못 있겠구나. 요즘은 거기도 말이 아니라니까 말이야.」

「무슨 소리야? 왜 남의 말 하듯 그래? 무슨 일 있어?」

시우는 분명 무슨 일이 있다고 생각하며 물었다. 그러나 정만은 얼른 대답하지 않고 고개를 들어 벽에 써 붙인 메뉴를 올려다보았다.

「안주를 뭐 하나 시키지. 뭘로 할까? 오늘은 내가 부탁할 것도 있고…… 늦게 오기도 했고…… 내가 살 테니까 뭘 좀 시켜 봐.」

둘은 이것저것 고르다 해물탕을 시켰다. 정만이 대답을 피하고 있었기 때문에 시우는 더 캐묻지 않았다. 대신 자신이 마신 잔을 정만에게 건네고 술을 따라 주었다. 정만은 그 잔을 들어 단숨에 비우더니 자신이 직접 술병을 들어 그 잔을 채웠다. 그러곤 그 잔 역시 바로 입 안에 털어 넣었다.

시우는 아무 말 없이 그 모습을 바라보았다. 일이 있어도 보통 일이 아니라는 생각이 들었다. 그럴 때는 성급하게 묻기보다는 스스로 말할 때까지 기다려야 한다는 걸 그는 잘 알고 있었다. 그렇게 앉아 있는 동안 주인아주머니가 해물탕 재료가 담긴 그릇을 불판 위에 올려놓고 갔다. 멍하니 앉아 있기가 뭣해서 시우도 잔을 들어 입 안으로 소주를 조금 흘려 넣었다. 기다리면서 혼자 마신 술이 슬슬 오르는 것 같았다.

「아직 얘기 못 들은 모양인데…… 나…… 거기서 잘린 지 좀 돼…… 민 형이 그만둘 때 나에 대해서 뭔가 오해도 좀 있는 것 같고 해서…… 그동안 연락을 하기가 좀 그랬어…….」

「그랬구나. 나 살기 바빠서 그 동네는 관심도 못 가졌지. 그리고 뭐, 오해랄 게 있나. 다 지난 일인데…….」

시우는 그렇게 말을 받았지만, 사실 회사를 그만둘 당시에 오해가 전혀 없었던 건 아니었다. 회사 사정이 어려워지면서부터 정만은 일본 지점에 나갔다 들어온 한 이사와 유난히 붙어 다녔었다. 그들이 워낙 표 나게 붙어 다녔기 때문에 무슨 꿍꿍이가 있는 게 아니냐는 이야기가 공공연하게 나돌기도 했다. 그리고 얼마 지나지 않아 한 이사는 회의석상에서 사보 만드는 돈으로 CI팀을 키워 나가는 것이 더 효과적이고, 일본에서는 벌써 오래전부터 그렇게 하고 있다고 주장했다. 한 이사는 일본의 앞선 기술과 그들의 경영 형태를 배워 왔기 때문에, 그의 주장은 꽤 존중되는 편에 속했다.

사보 담당이던 시우는 그 말에 무척이나 당혹스러웠다. 회의석상에 앉아 있던 간부들의 시선이 일제히 시우 쪽으로 쏠렸다. 그때 그는 반사적으로 정만을 바라보았다. 정만 역시 시우에게 눈길을 주고 있었는데, 그의 표정이 왠지 어색하게 느껴졌었다.

결국 사보 팀은 해체되고 그중 일부가 정만이 맡고 있던 CI팀으로 흡수되었다. 그 과정에서 시우의 자리는 없어지고 말았다. 마지막으로 회사 문을 나설 때까지 시우와 정만은 그 문제를 갖고 단 한 마디도 이야기를 나누지 않았다.

「그래도 그때 민 형은 나한테 큰 오해를 하고 있었던 것 같아. 그 당시에 무슨 말이든 하고 싶었지만 다 변명으로 들릴 것 같았어. 그래서 그 후에도 연락을 할 수가 없었고.」

「됐어, 다 지난 일이야. 그나저나 회사를 그만뒀으면 뭔가 다른 일을 하고 있겠네? 뭐해, 요즘?」

궁금하다는 듯 물었지만 썩 내키지 않는 질문이었다. 사실 시우는 정만을 만나 그런 이야기를 나눌 형편이 아니었다. 그래서 처음 전화가 왔을 때도 피하려고 했던 것인데 정만은 잠깐이라도 만나 달라고 했고, 시우가 끝까지 피한다면 진짜로 엄청난 오해를 하고 있다는 인상을 줄 것 같아서 약속을 한 것이었다.

「이것저것 해봤는데, 다 뜻대로 되질 않더라고. 가게 하나 얻었다가 권리금도 못 받고 넘기고…… 증권 하다가 어처구니없이 날리기도 하고…… 이젠 뭘 해보려고 해도 빈손밖에 없어. 어디 들어갈 데도 없고…….」

「그렇구나. 힘들겠네. 집에서도 걱정이 많겠고…….」

시우는 그저 안됐다는 느낌에 그렇게 대꾸했다. 그런데 그 말을 듣자 정만은 또 술잔을 들었고, 연이어 두 잔을 거푸 마셨다. 시우는 자신이 한 말들을 떠올려 보며 머쓱한 표정으로 정만을 건너다 보았다.

「집에서는…… 걱정 안 해. 아니…… 솔직하게 말할게. 마누라가…… 집을 나갔어. 나간 지 좀 돼.」

「이런…… 아니 왜?」

「왜겠어? 능력 없는 남편 버리고 새 남자 찾아간 거지. 이런 얘기 창피해서 아무 데서도 못했는데…… 오늘 민 형한테 처음 하는군. 아무튼 그렇게 됐어.」

「그럼 아이들은?」

「아이들은…… 시골 제 할머니 집에 데려다 놨어. 개들이 불쌍하지 뭐. 아무튼 그래. 아주 더럽게 됐어.」

정만은 또 술잔을 입 안으로 털어 넣었다. 시우는 뭐라고 더 대꾸할 말이 없었다. 손도 대지 않은 해물탕이 불판 위에서 졸아들고 있었다.

「그래서…… 염치가 없는 줄 알면서도…… 민 형을 찾아온 거야.」

다 마신 잔을 시우 앞으로 내밀며 정만은 소주를 한 병 더 시켰다. 시우는 조금 전까지 취하는 것 같았는데, 그의 말을 들으면서 점점 술이 깼다. 아내가 집을 나갔다는 것만 빼고는 정만의 처지가 그와 다를 바 없었던 것이다. 시우는 갑자기 아내와 아이들 생각이 났다.

술이 나오자 정만은 시우의 잔에 넘치도록 따라 주었다. 그러곤 시우를 건너다보며 침통하게 말했다.

「민 형도 어렵겠지만…… 내가 좀 얹혀 있으면 안 될까 해서…….」

그 말을 듣고 나서야 시우는 정만이 왜 자신을 찾아왔는지 알 수 있었다. 그 말을 하러 온 걸 보면 정만은 시우가 어떤 사정에 처해 있는지 전혀 모르고 있다는 얘기였다. 시우는 무슨 말을 어떻게 해야 좋을지 몰라 난처한 표정을 지었다.

「그 일이 쉽지 않다는 건 나도 알아. 하지만 내가 워낙 사정이 딱해서 그러니까, 거기 얹혀서 일 좀 거들다가 차츰 내 일을 찾아 나설게. 그렇게 좀 안 될까?」

정만은 간절한 눈빛으로 시우를 건너다보았다. 시우는 깊은 한숨을 내쉬었다. 그러곤 담배를 피워 물고 연기를 깊이 들이마셨다. 그가 정만에게 할 수 있는 이야기는 뻔했다. 그러나 이야기하는 방법에 따라 상대방은 오해를 할 수도 있고, 상처를 받을 수도 있을 것이었다. 시우가 돈을 구하러 다닐 때 그런 일을 무수히 겪었던 것이다.

「손 형, 아직 내 얘기를 못 들은 모양인데…… 나, 부도를 크게 맞고 나도 부도를 냈어. 지금 사무실은 채권자들한테 장악된 상태고, 난 직원들과 거래처 부채를 떠안을 사람을 알아보는 중이야.」

순간 정만의 얼굴이 씰룩거리더니 곧 실망의 기색이 확연히 드러났다. 그 말을 하는 시우 역시 표정이 침통하게 일그러졌다.

「미안해, 도움이 못 돼서…… 손 형이 나한테까지 그런 얘기를
할 정도면 얼마나 사정이 딱한지 짐작이 되는데…… 내 형편이
지금 그래…… 정말 미안해…….」

「미안하긴…… 그런 사정도 모르고 불쑥 찾아온 내가 더 미안하
지. 아, 정말 더러운 세상이다. 이렇게들 다 망가지다니…… 그
래도 우리가 한때는 삐까하게 잘나갔는데 말이야…….」

시우를 위로하기 위해 서툴게 꺼낸 정만의 그 말은 곧 어설픈 탄
식이 되고 말았다. 그리고 그 탄식이 다시 자신의 딱한 사정을 하
소연하는 푸념으로 바뀌었고, 그러더니 사회에 대한 불만으로 이
어졌다. 시우는 묵묵히 그의 말을 듣고 있었다. 그것은 손정만 개
인의 말이 아니었다. 시우는 그를 보면서, 그가 자신이 하고 싶은
말을 대신해 주고 있다는 느낌을 받으면서, 정만의 입을 통해 내뱉
어지는 자신의 말을 듣고 있었다.

「그런데 민 형, 우리 마누라 말이야…… 그 여자…… 보통 무서
운 여자가 아냐. 민 형도 언젠가 한 번 본 적 있지? 생긴 건 여우
같아 가지고 말이야…… 내가 갑자기 낙동강 오리알이 되니까
한순간에 돌변하는 거야. 그러더니 때는 왔다 하고 줄행랑을 쳐
버렸어. 그동안 어떤 놈을 숨겨 놨다가 말이야…….」

「그렇게 말하지 마. 무슨 다른 사정이 있었는지도 모르잖아. 여
자가 집을 나간다고 해서 다 그런 문제가 있는 건 아냐.」

「허허, 참…… 그건 민 형이 우리 마누라를 몰라서 하는 소리야.

내가 잘리고 나서 집에 있으니까…… 이 여자가 전화만 오면 속
삭속삭하더니 뻔질나게 나가는 거야. 그 일로 한번은 대판 싸웠
는데…… 그때 제 입으로 그러더라고. 내가 능력이 없어서 딴 놈
만난다고…….」

시우는 더 이상 아무 말도 듣고 싶지 않았다. 그러나 그가 만류
하면 할수록 정만은 자기 아내에 대해 더 심한 말을 늘어놓았다.

「그런데 그 여자…… 나가면서 내가 퇴직금으로 받은 돈을 꽤
가져갔더군. 그놈이 이왕 나오는 김에 돈을 가져오라고 했는
지…… 그렇게 나가고 나니까 에라, 될 대로 되라, 하는 생각이
들더라. 그러니 뭘 해도 제대로 되는 것도 없고…… 그냥 콱 죽
어 버리고 싶다가도 애들 생각하면 그럴 수도 없고…….」

정만의 넋두리는 끝없이 이어졌다. 그 말을 들으며 시우는 여전
히 아내와 아이들을 생각했다. 처남과 처형한테 나누어 맡겨 놓은
후 찾아가 보기는커녕 전화 한 통화도 해보지 못한 상태였다. 동생
집에 가 있는 어머니도 마찬가지였다. 그러나 사실은 정만의 말을
듣다 보니 그런 생각이 든 것이지, 가족들에게 연락을 할 염치도
없는 것이 시우의 입장이었다.

시우는 가족들의 얼굴이 하나씩 눈앞에 어른거리자 다시 술잔을
기울이기 시작했다. 시우가 떠올린 가족들의 얼굴은 모두 그를 향
해 원망에 찬 표정을 짓고 있었다. 언제 다시 모여서 살 수 있을지
아득하기만 했다. 제법 취기가 올랐는지 정만은 이제 탁자를 쳐 가

면서 알아듣지도 못할 소리를 늘어놓았다. 그 소리를 들으며 시우는 계속 가족들을 생각했다.

누군가 사무실 문을 마구 두드리는 소리에 시우는 눈을 떴다. 그 소리는 집중적으로 이어졌다가 잠시 잠잠해지고, 그러다가 또다시 다급하게 이어졌다.

어깨와 허리께에 뻐근한 통증을 느끼며 시우는 야전 침대에서 몸을 일으켰다. 알루미늄 막대기와 국방색 천으로 된 군용 야전 침대는 움직일 때마다 심하게 삐걱댔다. 알루미늄 막대의 이음새가 매끄럽지 못해서 나는 소리였다. 시우는 그 소리를 들을 때마다 잘못 맞물린 자신의 관절에서 나는 소리처럼 느껴졌다.

맨발로 구두를 꿰신으며 시우는 습관적으로 벽시계를 올려다보았다. 시곗바늘은 출근 시간을 막 넘어서고 있었다. 그제야 그는 자신이 너무 늦게 일어났으며, 직원들 중 누군가가 문밖에 서 있을 것이라는 생각이 들었다. 시우는 허겁지겁 겉옷을 걸치고 머리를 쓸어 넘기며 문을 열어 주었다.

「어머, 사장님. 지금 일어나셨어요? 제가 그만 깜빡 잊고 열쇠를 안 가져갔어요. 사장님이 사무실에서 주무시고부터는 아침마다 문이 열려 있는 바람에 열쇠 챙기는 일에 소홀해졌나 봐요. 죄송해요.」

경리부 여직원은 애교스러운 표정까지 지어 가며 시우에게 미안해했다. 그래도 명색이 사장인데 오갈 데 없어서 사무실에서 잠을 자며 그런 인사를 듣는다는 게 영 어색하고 불편했다. 그래서 시우는 얼른 수건을 목에 걸고 칫솔을 든 채 사무실을 빠져나왔다. 화장실로 가는 복도에서 다른 사무실 여직원들이 그를 피해서 지나갔다. 처음에는 그런 일도 신경이 쓰였는데 시간이 지나면서 전혀 개의치 않게 되었다.

시우가 사무실에서 잠을 자기 시작한 것은 가족이 모두 뿔뿔이 흩어진 바로 그날부터였다. 처음 며칠 동안은 자신이 한심하기도 하고 삶이 서럽기도 해서 쉽게 잠을 청할 수가 없었다. 자신과 가족이 처한 처지를 생각하면서 뜬눈으로 밤을 새우기도 했었다. 그러나 며칠 지나자 잠자는 일이 훨씬 수월해졌다. 누적된 수면 부족을 허약해진 몸이 감당하지 못했기 때문이었다.

사무실에서 잠든 날은 언제나 새벽에 깼다. 대낮의 포근한 기온과는 상관없이 밤새 사무실 벽과 창틈으로 스며든 찬 기운이, 새벽 무렵이 되어서는 시우의 몸을 싸늘하게 감싸 더 이상 누워 있을 수 없었던 것이다. 눈을 뜰 때마다 오돌오돌 떨고 있거나 뻣뻣해진 손발이 무감각하게 느껴질 때가 많았다.

그런데 그런 한기 속에서도 시우가 일찍 일어나지 못한 것은, 늦게까지 술을 마신 탓도 있지만, 간밤에 거의 잠을 이루지 못하다가 새벽녘에야 겨우 눈을 붙였기 때문이었다.

간밤에 술에 취해서 사무실로 들어선 시우는 처형 집으로 전화

를 걸었었다. 전화를 받은 처형에게 아이들이 궁금해서 전화를 했
다고 하자 얼른 다예를 바꿔 주었다.

「아빠, 안 그래도 궁금했어요. 어떻게 지내세요?」

다예의 목소리는 밝고 명랑했다. 딸의 쾌활한 음성을 듣는 것만
으로도 시우는 마음이 놓였다.

「아빠는 잘 지내고 있다. 너희는 어떠냐?」

「저희도 잘 지내요, 아빠. 이모랑 이모부가 참 잘해 주세요. 그러
니까 걱정하지 마세요.」

「그래도 너희가 마음고생이 심할 거다. 이 아빠가 너무나 미안하
구나.」

「그런 말씀 하지 마세요. 일부러 그러신 것도 아니잖아요.」

중학교 2학년밖에 되지 않은 다예가 어른스럽게 말하는 것이 시
우는 대견스러웠다. 그러나 한편으론 그런 대화를 주고받는 상황
이 그의 마음을 우울하게 했다.

「석진이는 어떠냐? 석진이도 잘 있냐?」

「오빠도 잘 있는데요. 그런데 오빠가……..」

「왜? 석진이한테 무슨 일 있는 거야?」

「아뇨. 그런 건 아닌데, 오빠가 며칠 동안 학교에 안 갔어요.」

「학교에 안 갔다고? 무슨 일 때문에?」

다예한테 전화를 걸었을 때는 밤이 꽤 늦어 통화를 하기에는 곤
란한 시각이었다. 그런데도 시우는 전화기를 든 채 언성을 높이고

말았다.

「오빠네 학교 친구들이 우리 집 사정을 알고…… 또 오빠가 이
모네 집에 있다는 것도 알게 됐나 봐요.」

「그런데? 그것 때문에 학교엘 안 가?」

「그게 아니고요. 그 일이 학교에 알려지니까 소문낸 친구를 오빠
가 때렸나 봐요. 그래서 며칠 학교에 안 갔는데, 나중에 엄마가
오빠네 학교에 다녀왔어요. 그러고 나서는 오빠도 학교에 가요.
이제는 괜찮아졌어요, 아빠.」

다예는 제 아빠를 안심시키려 했다. 그렇게 말하는 딸아이가 시
우는 무척 안쓰럽게 느껴졌다.

설명을 더 듣지 않아도 시우는 석진에게 일어난 일을 충분히 짐
작할 수 있었다. 친구 중의 누군가가 석진이 이모 집에 얹혀산다는
말을 했고, 그 말 때문에 사정이 알려지자 그 친구를 두들겨 팼고,
제 엄마가 학교에 가서 사과를 하고 나서야 다시 학교에 나가게 되
었을 것이었다. 한창 감수성이 예민한 나이에는 있을 수 있는 일이
었다. 그런 일의 원인 제공자는 시우인 셈이었다. 그는 그 사실을
안 이상 모른 체하고 있을 수가 없어서 석진을 바꿔 달라고 했다.

「오빠 아직 안 들어왔어요.」

「지금 이 시간까지 안 들어오다니?」

「아까 친구 만나러 나갔거든요. 아마 곧 들어올 거예요, 아빠.」

다예는 여전히 제 아빠가 걱정을 할까 봐 신경을 쓰고 있었다.

시우는 그런 딸에게 한편으로는 고맙고 한편으로는 여간 미안하지 않았다.

「다예야, 너도 네 친구들이 알까 봐 걱정하고 있냐?」

「아뇨, 전 아무한테도 말 안 했어요. 그러니까 친구들이 모를 거예요.」

「친구들이 알아도 그건 부끄러운 일이 아니다. 아빠 때문에 네가 이모 집에 있는 거지, 네가 뭘 잘못해서 그런 게 아냐. 그러니까 그런 문제로 고민하지 않았으면 한다.」

시우는 차분한 음성으로 말하려고 했다. 그러나 입을 열고 나간 목소리는 침울하게 가라앉고 말았다. 다행스럽게도 다예가 명랑한 목소리로 말을 받았다.

「알았어요, 아빠. 걱정하지 마세요. 제가 잘 알아서 할게요.」

「요즘 학교생활은 어떠냐? 무슨 특별한 일은 없냐?」

시우는 화제를 바꾸기 위해서 그렇게 물었다.

「특별한 일은 없어요. 오늘 우리 학교 소풍이었는데 전 안 갔어요.」

「왜 소풍을 안 가?」

「그냥요. 놀이 기구 타러 놀이동산으로 간다잖아요.」

「무슨 소풍을 그런 데로 가? 그런데 넌 왜 안 갔어?」

「요즘 다른 학교도 다들 그래요. 소풍 가는 게 놀이동산에 가서 놀이 기구 타고 오는 거예요. 그런 거 타려면 돈만 많이 들잖아요. 그래서 안 갔어요.」

다예는 아무렇지도 않게 말했지만 시우는 그 말을 들으면서 가슴 한쪽이 아파 왔다.

「다예야, 너 혹시…… 놀이 기구 탈 돈이 없어서 안 간 거냐?」

「꼭 그것 때문은 아니에요, 아빠. 쓸데없이 놀이 기구 타러 가는데 뭐 하러 가요?」

어느새 다예의 목소리는 많이 가라앉아 있었다. 시우는 딸아이의 말이 무엇을 의미하는지 느낄 수 있었다. 다예는 돈이 없었고, 그 때문에 다른 아이들이 놀이 기구를 탈 때 우두커니 있는 것이 싫어서 소풍을 안 간 것이었다. 그 생각을 하자 시우는 가슴이 저렸다.

「그런 일이 있으면 아빠한테 연락을 하지 그랬어. 아니면 이모한테 먼저 돈을 좀 타서 쓰든지…… 그래도 다른 애들 다 가는 소풍인데…….」

「괜찮아요. 그런 건 안 가도 돼요. 그것보다는 아빠가 하시는 일이 잘됐으면 좋겠어요. 그래야 우리 가족이 빨리 같이 살 수 있잖아요.」

헤어져 산 지 얼마 되지도 않았는데 다예는 벌써 같이 모여 사는 이야기를 꺼냈다. 술기운 때문이었을까. 평범하게 받아들일 수 있는 다예의 그 말이 시우의 콧등을 시큰거리게 했다.

「다예야, 지금 아빠한테 닥친 어려운 일만 마무리 지으면 열심히 일해서 부지런히 돈을 벌 거야. 그래서 하루빨리 우리가 살 방을 마련할 거야. 그러니까 힘들더라도 잘 하고 있어. 석진이 들어오면 오빠한테도 그렇게 말하고…….」

시우는 목이 잠겨서 뒷말을 잇지 못했다. 다예 역시 착 가라앉은 목소리로 대꾸해 왔다.

「알았어요, 아빠. 아빠도 몸조심하세요.」

그렇게 말한 다음 부녀는 그다음 말을 찾지 못해 둘 다 머뭇거리다 잠시 후에 어색하게 전화를 끊었다. 시우는 눈물이 흘러내릴 것 같아서 한동안 고개를 쳐들고 있었다.

시우는 아내와 막내아들 석빈과도 통화를 하고 싶었다. 그러나 너무 늦은 시각이라 전화기를 내려다보며 망설이다가 담배를 피워 물었다.

술은 이미 다 깨버렸다. 시우는 담배를 문 채로 멍하니 앉아 있었다. 그는 그렇게 앉아서 석진과 다예를 생각했다.

「내가 아이들한테 못할 일을 시키고 있구나…….」

시우는 한숨 섞인 목소리로 중얼거렸다.

「석진이가 친구를 팬 것도, 다예가 소풍을 안 간 것도 다 나 때문이야…… 다 아비를 잘못 만나서 그런 거야…….」

시우는 가슴 한구석이 무너지는 것만 같았다.

그가 야전 침대에 몸을 누인 것은 여러 개비의 담배를 피우고 나서 참을 수 없을 정도로 헛구역질이 올라오고 나서였다. 마른침을 삼키며 자리에 누워서도 시우는 여전히 그 생각에 매달려 있었다. 그러다가 새벽녘이 되었고, 도무지 잠을 청할 수 없을 것 같았는데 자신도 모르게 잠이 든 것이었다.

「지난밤에도 밤새 일하신 모양이군요.」

화장실에서 간밤의 일을 생각하며 양치질을 하고 있는데, 옆 사무실의 직원이 말을 건네 왔다. 그가 일하는 곳은 단행본 출판사였고, 그곳에선 초록기획에 전산 조판 일을 맡겨 왔다. 그러나 얼마 전부터는 전혀 일을 부탁해 오지 않았다. 시우는 칫솔을 입에 문 상태였기 때문에 눈으로만 인사를 했다.

「그렇게 일이 많으니 얼마나 좋습니까. 저희는 요즘 바늘방석에 앉아 있는 것 같아서 죽을 맛입니다. 혹시 자리 하나 나면 저 좀 불러 주십시오.」

초록기획의 사정을 모르는지 그는 진지한 표정으로 말하곤 화장실을 나갔다. 시우는 어처구니가 없었지만 양치질 도중에 입을 열어 말할 수도 없었고, 구태여 그러고 싶은 기분도 아니었다. 칫솔로 혓바닥을 문지르는데 갑자기 또 헛구역질이 나기 시작했다. 간밤에도 헛구역질이 나서 애를 먹었기 때문에 시우는 얼른 입을 헹궈 내고 마른침을 삼켰다. 그러나 아무 소용이 없었다. 시우는 세면기를 붙잡고 눈물이 나오도록 헛구역질을 하고는 맥이 다 빠진 상태로 엉거주춤 주저앉았다.

3

「안 되겠다. 이혼해 버려. 어떻게 뒷감당하려고 그래?」

지은의 말을 듣다 말고 경자는 더 들어 볼 것도 없다는 듯 잘라 말했다. 지은이 푸념을 늘어놓기 시작할 때만 해도 경자는 걱정도 하고 위로도 했었다. 그러나 지은의 말을 계속 들으면서 경자의 표정이 서서히 달라지더니 마침내 쌀쌀한 음성으로 나무라듯 말했다.

「생각을 해봐. 애들 둘은 언니네 집에 맡기고, 또 넌 애 하나 데리고 오빠네 집에 들어가 있고, 시어머니는 시동생 집에 가 있고, 짐은 둘 데가 없어서 남의 비닐하우스 안에 넣어 두고, 석진 아빠는 산더미 같은 빚을 지고 있는 상태고. 그런 상황에서 어떻게 다시 일어설 수 있겠니? 그건 불가능해. 그러니 지금이라도 빨리 정신 차리는 게 나아.」

경자가 워낙 단호하게 말했기 때문에 지은은 마치 자신이 뭔가 잘못 생각하고 있는 게 아닌가 하는 느낌이 들 정도였다. 그러나 곧 그것은 아니라는 생각이 들었다. 이혼이라니. 곤경에 처한 남편과 불안에 싸여 있는 아이들을 내팽개친 채 혼자 잘살자고 이혼을 하다니. 그건 말도 안 되는 소리였다.

「그렇다고 어떻게 이혼을 할 수 있니. 살다 보면 힘들고 어려운 문제가 얼마나 많은데, 그때마다 다 이혼한다면 남아나는 부부가 있겠니?」

속으로는 어처구니가 없다는 느낌이 들었지만, 지은은 그런 내색을 하지 않고 완곡한 표현으로 말을 받았다. 그녀는 자신과 다른 친구의 생각을 바꾸러 나온 게 아니라 일자리를 부탁하러 나온 것이었다.

「물론 그렇지. 하지만 이건 살다 보면 흔히 겪을 수 있는 그런 문제가 아냐. 엄청난 문제라고. 지금 석진 아빠가 진 빚이 어느 정도인지는 몰라도, 사업하던 사람이 빚지는 거 보니까 엄청나더라. 그 빚 다 갚으려면 운이 좋아서 새로 재기하는 수밖에 없는데, 그게 어디 쉬운 일인 줄 아니? 그리고 네가 몇 푼 번다고 해봤자 그건 손에 묻은 밥풀이야. 애들 학비 대기도 빠듯할 거라고. 그러니까 마음은 좀 아프더라도, 지금 생각을 고쳐먹는 게 좋다는 말이야, 내 말은.」

경자는 마치 자신이 그런 일을 당해서 이혼을 결심한 것처럼 열을 올리며 말했다. 지은은 경자의 말을 받아들이기가 거북했다. 그녀를 만나러 나온 것이 은근히 후회되기도 했다. 그러나 경자의 말에 일리가 없는 것도 아니었다. 정말 언제 그 빚을 다 갚겠는가. 그리고 언제 가족들이 모여 살 공간을 마련할 수 있을 것인가. 지은은 그저 그렇게 되기를 막연히 바라기만 할 뿐 구체적인 계획을 생각해 본 적도 없고, 심지어는 당장 한 푼이라도 벌 수 있는 일자리조차 없는 처지였다. 그런 생각이 들자 지은은 자신도 모르게 한숨을 내쉬었다.

「언니나 오빠도 그래. 그 사람들이 무슨 죄가 있니? 동생하고 동생네 애들이 갈 데가 없다니까 당장은 와 있으라고 했겠지. 그렇지만 조금 지나 봐라. 잘해 줘도 아마 눈치가 보통 보이는 게 아닐 거다. 요즘 다들 살기가 힘들 텐데, 그런 형편 뻔히 알면서 계속 얹혀 있기가 쉽겠니?」

「그럼? 이혼하면 무슨 뾰족한 수라도 생긴다는 말이야? 당장 애들은 어떡하고?」

경자는 지은을 걱정해 주고 있었다. 그런 줄 알면서도 지은은 예민한 반응을 보이고 말았다.

「이혼한다고 해서 뾰족한 수가 생긴다는 게 아니라, 네가 홀몸이 되면 많은 다른 부담이 없어진다는 얘기야. 그리고 애들은 우선 석진 아빠 형제네 집에 가 있게 되겠지. 너는 그쪽에 못 맡길 형편이라고 했지만, 당하면 다 맡게 돼 있어. 제 핏줄인데 어떡하겠어? 싫은 내색을 해도 일단 떠맡겨 놓으면 구박을 하거나 말거나 밥은 먹이고 학교는 보낼 거 아냐. 이혼을 하면 또 석진 아빠가 진 빚으로부터도 벗어날 수 있고. 돈을 벌더라도 그렇게 해놓고 나서 벌란 말이야. 그렇지 않으면 밑 빠진 독에 물 붓기밖에 안 돼.」

마치 비슷한 경우의 사람들 여럿을 이혼시켜 본 경험이 있는 것처럼 경자는 거침없이 말했다. 경자가 어찌나 확신에 찬 목소리로 말했던지 지은은 더 이상 대꾸할 엄두를 내지 못했다.

그때 전화벨이 울렸고, 경자는 핸드폰을 꺼내더니 전화를 받았다. 통화 내용으로 봐서 곧 들어가 봐야 하는 것 같았다. 지은은 경자가 하는 말이 부담스러웠기 때문에 마침 잘됐다는 생각이 들었다.

「또 호출이군. 몇 가지 지시 사항만 확인해서 보고하면 되니까 여기 좀 있을래? 들어갔다가 아예 퇴근하고 나올게. 모처럼 만에 만났는데 얘기도 좀 더 하고, 같이 저녁이나 먹자.」

「아니야. 나도 그만 일어설게. 나온 김에 더 들러 볼 데도 있고…… 저녁은 나중에 하지 뭐.」

지은은 경자를 따라 자리를 털고 일어섰다. 날렵한 동작으로 앞서 걸어 나가 찻값을 계산하는 경자의 뒷모습을 보며 지은은 비참한 기분을 느꼈다.

경자가 지은에게 이혼하라고 한 것은 어떤 악의가 있어서는 아닐 것이었다. 지나치게 현실적인 친구에게는 그것이 가장 합리적인 방법으로 여겨졌을 수도 있다. 그러나 당사자인 지은으로서는 그런 말을 들었다는 것이, 그런 말을 듣지 않으면 안 될 처지라는 것이 참담하기만 했다.

「내 말 서운하게 듣지 마. 네가 걱정돼서 그런 거야.」

지은의 표정을 읽었는지, 경자는 밖으로 나오자 조금 전과는 달리 많이 누그러진 목소리로 말했다. 지은은 어색한 웃음을 띠며 고개를 끄덕였다.

「그래, 알아. 그리고…… 아까 내가 말한 거…… 한번 알아봐 줘. 당장 뭐든 시작해야 하니까.」

「알았어. 내가 알아볼 수 있는 데는 다 알아보고 전화해 줄게. 너무 걱정하지 마. 아무리 일자리가 없다고는 하지만, 그래도 뒤져 보면 너한테 적당한 자리가 있을 거야.」

경자는 당장 일자리를 만들어서 연락을 해줄 것처럼 시원시원하게 대답했다. 그 말만으로도 지은에게는 위로가 되었다.

경자가 다니는 회사 건물은 그들이 만났던 장소에서 몇 걸음 되지 않는 곳에 있었다. 지은은 경자가 회전문을 밀고 안으로 들어가는 것을 보며 몸을 돌렸다.

지은은 횡단보도를 건너 천천히 걸음을 옮겼다. 늦은 오후의 햇살이 거리 가득 퍼부어지고 있었다. 날씨는 포근하다 못해 약간 덥다는 느낌이 들 정도였다. 행인들의 옷차림이 무척 가벼워져 있었고, 줄지어 늘어선 가로수에도 제법 잎이 돋아나 있었다. 그러나

거리는 활기가 없어 보였다. 오가는 행인들도 많지 않았고, 그들의 얼굴은 대부분 무표정하거나 어두웠다. 다른 사람도 자신을 보면서 그렇게 느낄 것이라고 생각하며 지은은 느린 걸음으로 천천히, 아주 천천히 걸었다.

또 다른 횡단보도 앞에 이르렀을 때, 지은은 어디로 갈까 생각해 보았다. 경자한테 들러 볼 데가 있다고 한 건 레스토랑에 혼자 우두커니 앉아 있고 싶지 않아서 둘러댄 말이었다. 다시 경자를 만나 저녁을 같이 먹고 싶은 마음도 없었다. 그렇다고 곧바로 오빠네 집에 들어가서 잡다한 짐들을 궁색하게 늘어놓은 방 안에 틀어박히고 싶지도 않았다. 전화를 걸어서 만나자고 할 친구가 있나 떠올려 보았지만, 그 지역에서 직장 생활을 하는 친구는 아무도 없었다.

하는 수 없이 지은은 횡단보도를 건너 무작정 길을 따라 걸었다. 불안하고 답답한 느낌이 그녀를 옥죄었다. 그런 느낌은 남편의 사업이 회생 불능 상태에 빠지면서부터 조금씩 시작되었다. 집을 팔고 가족이 모두 흩어지게 되자 그 강도가 점점 더 심해졌다. 그러다가 일자리를 찾기 위해 고민하면서부터는 숨이 턱턱 막힐 것 같은 상태에까지 이르고 말았다.

'어쩌다가 내가 이 지경이 되었을까…… 내가 그동안 뭘 잘못하고 살았기에 이렇게까지 되어 버린 걸까…….'

지은은 걸으면서, 무수히 되씹어 왔던 말을 떠올렸다. 물론 부질없는 생각이었다. 그런데도 불안하고 답답할 때면 마치 막다른 골목을 만난 듯 그런 생각을 하게 되었다.

그럴 때마다 지은은 남편에 대한 걷잡을 수 없는 원망에 휩싸였다. 지은과 가족들이 겪게 된 모든 일의 원인은 남편이 제공한 것이었다. 사업이 망한 것이 남편 탓만은 아니었지만, 지은의 완강한 만류에도 불구하고 무리하게 사업을 시작한 것은 남편의 미련한 고집 때문이었다. 아니 그건 어쭙잖은 허세였는지도 모른다. 회사에서 내밀리면서 갖게 된 상실감을 그럴듯한 사업을 시작함으로써 상쇄해 보고 싶었을 수도 있다. 그러나 그 때문에 가족들이 겪어야 하는 고통은 너무나 컸다. 물론 지은은 그렇게 믿고 싶지는 않았다. 그러나 남편에 대한 원망이 고조될 때면 자신도 모르게 그런 생각을 하게 되었다.

'어쩌면…… 경자의 말이 맞을지도 몰라…… 이혼을 한다는 건 매정하고 냉혹한 일이지만…… 나 자신만을 위해서가 아니라 우리 가족 모두를 위해서 더 나은 일인지도 몰라…….'

어느새 지은은 경자가 했던 말을 다시 떠올렸다. 그 말을 들을 당시에는 친구에게 할 수 있는 말이 아니라는 생각 때문에 거부감이 앞섰지만, 남편에 대한 원망과 맞물리자 현실감을 갖고 다가왔다.

그러나 지은은 곧 화들짝 놀라며 고개를 내저었다.

'아니, 내가 지금…… 무슨 생각을 하는 거야…… 이혼이라니…… 애들은 어떡하고…… 미쳤어, 내가…….'

지은의 머릿속에는 갑자기 아이들의 얼굴이 떠올랐다. 석빈이 학교에서 돌아올 시간이 다 되어 간다는 생각과 함께 석진과 다예에게 연락을 해봐야겠다는 생각이 들었다.

지은은 두리번거리며 자신이 서 있는 위치를 확인했다. 그녀가 서 있는 곳에서 버스 정류장까지는 꽤 먼 거리였다. 지은은 급한 일을 잊고 있었던 사람처럼 잰걸음으로 오던 길을 되짚어 걸어갔다.

석빈은 지은이 돌아왔는데도 방 안에 틀어박혀 내다보지도 않았다. 돌아오는 버스 안에서 아이들 생각을 하며, 잠시나마 이혼을 생각했었다는 것 때문에 심한 죄책감을 느꼈었는데, 막상 아이가 내다보지도 않자 지은은 은근히 화가 나고 속이 상했다. 일부러 큰 소리로 불렀는데도 석빈은 대답이 없었다.

「그냥 내버려 두세요. 석빈이가 몸이 좀 안 좋은가 봐요.」

거실에서 텔레비전을 보던 새언니는 걱정스러운 표정을 지으며 말했다. 지은은 건넌방으로 들어가려다가 새언니가 앉아 있는 소파 쪽으로 다가섰다. 예전에 오빠네 집에 다니러 올 때는 그런 기분을 전혀 느끼지 못했었는데, 얹혀살고부터는 밖에서 들어오자마자 바로 방으로 들어가는 것도 공연히 눈치가 보였다. 지은은 마땅히 할 말도 없으면서 소파에 걸터앉았다.

텔레비전에서는 오갈 데 없는 아이들이 보육 시설에 맡겨지는 내용의 프로그램이 방영되고 있었다. 부모가 이혼을 했거나, 엄마가 가출하는 바람에 아빠가 아이를 키울 수 없어서 그곳에 맡겨지는 사례들이 계속 이어졌다. 텔레비전을 볼 생각은 아니었는데 그런 내용이 나오자 지은은 브라운관에서 눈을 뗄 수가 없었다.

보육원에 맡겨진 아이들은 모두 천진난만한 얼굴을 하고 있었다. 그러나 지은의 눈에는 그 아이들의 얼굴에 덧씌워진 그늘이 보이는 것 같았다. 그 아이들 중에는 석빈과 큰 차이가 나지 않는 아이도 있었다. 기자가 그들 중 한 아이에게 마이크를 내밀었다.

「왜 여기에 오게 됐어요?」

「엄마가 집을 나갔어요. 그래서 아빠가 절 여기로 데려오신 거예요.」

아이는 아무렇지도 않은 듯 대답했다. 그러나 그 말을 하는 동안 아이의 얼굴이 서서히 일그러지는 것을 지은은 놓치지 않았다. 기자가 다시 물었다.

「여기에 오면서 아빠가 뭐라고 했어요?」

「돈 많이 벌어서 찾으러 온다고 했어요.」

그 말을 하는 아이의 얼굴에 침통한 표정이 돋아났다. 그 모습을 바라보며 지은은 코끝이 시큰해지는 것을 느꼈다.

「아빠 안 보고 싶어요?」

「보고 싶어요. 엄마도 보고 싶어요. 아빠가 빨리 왔으면 좋겠어요.」

화면에 비쳐진 아이는 마침내 입을 삐죽거리더니 눈물을 흘리기 시작했다. 텔레비전을 보던 지은의 눈에서도 눈물이 흘러내렸다.

일그러지는 그 아이의 표정이 그녀의 가슴을 아프게 했다.

「제가 괜한 걸 틀었나 봐요. 다른 거 볼까요?」

지은의 모습에 놀란 새언니가 리모컨을 들고 채널을 바꾸려 했다. 지은은 그러지 말라고 손을 내저었다.

기자는 다른 아이들에게도 비슷한 질문을 했다. 약간씩 표현의 차이가 있을 뿐 아이들의 대답은 거의 비슷했다. 엄마가 집을 나갔고, 아빠가 데려다 맡겼고, 돈을 많이 벌어서 찾으러 온다는 것이었다. 그 아이들과 이야기를 나누던 기자는 경제가 어려워지면서 이렇게 보육 시설에 맡겨지는 아이들이 늘어나고 있다고 말했다.

지은은 텔레비전을 보면서 자신의 아이들을 떠올리며 속으로 생각했다.

'경자 말대로 내가 이혼을 한다면…… 우리 아이들이 저렇게 될지도 몰라…….'

브라운관에는 보육원에서 어울려 노는 아이들의 모습이 비쳐졌다. 그 모습을 보며 지은은 다시 생각했다.

'안 돼…… 어떤 일이 있어도 이혼은 안 돼…….'

화면이 바뀌어 한 중년 남자의 모습이 클로즈업되었다. 그는 혼자 아이들을 키울 수가 없어서 보육원에 맡기러 온 사람이었다. 그가 데려온 아이들은 초등학교 고학년과 저학년인 두 아들이었다. 큰아이는 시무룩한 표정이고, 작은아이는 놀러 가는 줄 아는지 즐거운 표정을 짓고 있었다.

「왜 아이들을 여기다 맡기려 하시는 겁니까?」

기자가 묻자 남자는 침통한 얼굴로 대답했다.

「혼자 키울 수가 없어서요. 아이들을 놔두고 일하러 나가면, 아이들이 여기저기 다니다가 다치기도 하고…… 가끔 아이들을 잃어버려서 찾으러 다녀야 하고…… 제대로 먹이지도 못하고 해서…….」

「부인은 안 계시나요?」

「제가 직장에서 잘리고 나서 집을 나갔어요. 아이들을 생각해서라도 돌아왔으면 좋겠는데…….」

그 남자는 보는 사람이 안타깝다고 느낄 정도로 크게 한숨을 내쉬었다. 축 처진 어깨 때문인지 옷차림도 왠지 꾀죄죄해 보이고, 수염은 며칠 동안 깎지 않았는지 제법 덥수룩했다. 그 때문에 더 측은하게 느껴졌다.

「그럼 지금은 어떤 일을 하세요?」

「트럭에다가 물건을 싣고 다니면서 팔고 있어요.」

그는 보육원 한쪽에 세워진 트럭을 가리키며 대답했다. 세차를 하지 않은 트럭은 지저분했고, 그 위에는 햇빛을 가리기 위한 천막이 엉성하게 씌워져 있었다.

「장사는 잘 됩니까?」

「형편없어요. 그래도 이걸 하면 아이들한테라도 자주 와볼 수 있겠죠.」

「언제쯤 아이들을 찾아가실 생각이세요?」

「모르죠 뭐. 하루빨리 그런 날이 와야 할 텐데…….」

그 말을 한 다음 남자는 고개를 떨구었다. 원장실에서 수속을 밟는 동안에도 남자는 고개를 푹 숙이고 있었다. 서류를 다 작성한 후에 원장이 물었다.

「평소에 술 자주 마셔요?」

「아뇨.」

「공연히 술 먹고 나서 아이들 보고 싶다고 전화하고 그러면 안 돼요.」

「알겠습니다. 그러지 않겠습니다.」

그다음에는 원장실을 나온 그가 아이들과 작별 인사를 하는 장면이 나왔다. 그는 할 말이 생각나지 않는 사람처럼 몇 번이나 망설인 끝에 겨우 입을 열었다.

「아빠가 돈 많이 벌어서 너희 데리러 올 테니까…… 그때까지 여기 계신 선생님들 말씀 잘 듣고…… 애들하고 싸우지 말고…….」

몇 차례나 같은 말을 반복한 다음 그 남자는 천천히 몸을 돌렸다. 아이들이 손을 흔들어 대고 있는데도 그는 뒤를 돌아보지 않았다. 그렇게 걸음을 옮기다가 트럭을 세워 둔 지점에 와서야 그는 손등으로 눈물을 훔쳐 냈다.

그 모습을 보자 지은의 눈에서 또 눈물이 왈칵 쏟아졌다. 보다 못한 새언니가 휴지를 집어다 주었다. 지은은 휴지로 눈 주위와 코를 감싼 채 퍽퍽 소리 내어 울었다. 남자가 왠지 남편과 비슷하다는 생각이 들었고, 그가 맡긴 아이들 중의 하나는 석빈과 닮아 보였다. 여차하면 그런 일이 곧 자신들에게도 닥칠 것만 같은 느낌에 지은은 견딜 수가 없었다.

화면은 다시 바뀌어 집단으로 자살한 가족의 이야기를 보여 주기 시작했다. 중소기업을 운영하던 가장이 부도를 내고 가출해 버리자, 채권자들한테 시달리다 못한 그 부인이 아이들과 함께 약을 먹고 목숨을 끊은 이야기였다. 시신만 들어낸 채 그냥 방치되어 있는 어질러진 이부자리가 그대로 브라운관을 통해 보였다. 지은은 끔찍한 광경을 상상하며 진저리를 쳤다. 옆에 앉아 있던 새언니가 리모컨으로 얼른 텔레비전을 꺼버렸다.

「미안해요, 아가씨. 그냥 우연히 틀었는데…….」

「아니에요. 새언니가 미안할 게 뭐 있어요. 제가 제 감정에 못 이겨서 그러는 건데요.」

지은은 울음 섞인 목소리로 그렇게 대꾸했다. 텔레비전을 껐는데도 방금 본 장면이 눈앞에 어른거려 지은은 또 한 번 진저리를 쳤다.

「아가씨, 이건 제가 걱정이 돼서 그냥 드리는 말씀인데요. 어떤 경우에라도 나쁜 마음 먹지 마세요.」

새언니는 팔을 뻗어서 지은의 등을 감싸며 말했다. 그 말을 들으며 지은은 조금 전보다 더 크게 소리 내어 울었다.

「그리고 만일…… 제가 저도 모르는 사이에 서운한 소리를 하더라도 마음에 담아 두지 마세요. 저도 신경을 쓰겠지만…… 혹시라도 그런 일이 있을 때는 언제든지 저한테 얘기를 해줘요. 그래야 오해가 생기지 않는 거잖아요. 언제까지라도 좋으니까 있는 동안 제발 마음을 편하게 가져요.」

「고마워요, 새언니. 정말 고마워요.」

지은은 새언니를 붙들고 계속해서 눈물을 쏟았다. 새언니는 새 휴지를 집어 주면서, 손으로 그녀의 등을 두드리며 지은에게 위로의 말을 계속 늘어놓았다.

「아가씨, 그리고 아가씨 일자리는 저도 알아보고 있으니까 너무 초조해하지 마세요. 마음은 급하겠지만 그래도 계속 알아보면 좋은 자리가 있을 거예요. 처음 시작하는 일이 중요하니까 차근차근 알아보도록 해요.」

지은의 입에서는 또 고맙다는 말이 나왔다. 그 말 외에는 다른 말을 할 수가 없었다. 지은은 새언니를 붙잡고 한참을 더 운 다음에야 겨우 눈물을 그칠 수 있었다.

울음을 그치고 난 뒤 지은은 일어서서 방으로 들어갔다. 그런데 방 안에서 석빈이 책상에 엎드려서 울고 있었다.

「석빈아, 너 왜 그래? 왜 울어, 다 큰 게?」

석빈은 대답 대신 옷소매로 눈물을 닦으며 아무렇지도 않은 표정을 지었다. 그러나 이미 석빈의 얼굴에는 눈물 때문에 생긴 얼룩이 얼마나 많이 울었는지를 말해 주고 있었다. 한편으로는 애처롭기도 했지만 또 한편으로는 답답하기도 해서 지은은 언성을 높이고 말았다.

「엄마가 묻잖아, 왜 우는 거냐고? 아프면 어디가 아프다든지, 무슨 일 때문에 운다든지 말을 해야 할 거 아냐, 말을.」

석빈의 눈에서는 다시 눈물이 주르르 흘러내렸다. 그러곤 울먹이는 목소리로 더듬더듬 말했다.

「엄마…… 발가락이…… 엄지발가락이…… 너무 아파서…… 그래서 그래요…… 엄마…….」

지은은 석빈이 앉아 있는 의자를 돌려 아이의 발가락을 들여다보았다. 양발 모두 엄지발가락 끝부분이 벌겋게 부어 있었다. 발톱이 파고 들어간 안쪽 부분은 노릇하게 곪기까지 했다.

「왜 발가락이 이렇게 됐어? 너, 또 뭘 걷어차고 다녔어? 뭘 했기에 발가락이 이 모양이 됐느냔 말이야?」

「그게 아니라…… 그게 아니라…… 신발이 작아서…….」

「뭐라고? 신발이 작아서 이렇게 됐다고? 아니, 이 미련한 녀석아. 신발이 작으면 엄마한테 사달라고 해야지, 발가락이 이렇게 되도록 그냥 신고 다니면 어떡해?」

어느새 지은의 목소리는 많이 가라앉아 있었다. 그러나 석빈은 아까보다 더 서럽게 울면서 말했다.

「우리가…… 돈 없어서…… 이렇게 사는데…… 사달라고 할 수가 없었어요…… 그런데…… 발이 너무 아파요, 엄마…….」

석빈의 말이 채 끝나기도 전에 지은의 눈에서 다시 눈물이 왈칵 솟구쳤다. 지은은 석빈을 와락 끌어안았다. 석빈도 지은에게 어린 아이처럼 매달렸다. 두 모자가 흘리는 눈물이 방바닥으로 후두두 떨어졌다.

4

불볕이었다. 마치 지상의 모든 것을 남김없이 녹여 버리기라도 할 것처럼 거대한 불덩어리가 이글이글 타고 있었다.

뜨거운 빛의 세례를 받고 있는 도시의 건물들은 받아들인 열기를 감당하지 못해 마구 열을 뿜어냈다. 직사광선을 받고 있는 유리와 쇠붙이는 인화 물질이 닿기만 하면 금세 불이 옮겨 붙을 것처럼 달아올랐다. 뜨거운 열기와 차량의 하중을 견디지 못한 아스팔트는 씹다 버린 껌처럼 녹아내렸다. 여차하면 끓어 넘칠 것 같은 기운으로 가득 찬 도시는 거대한 용광로 같았다.

그런 불볕 속에서 어디론가 이동해야 하는 운 나쁜 행인 몇 사람이 마지막 한 방울까지 짜낼 듯 땀을 뻘뻘 흘리며 걸어갔다. 시우도 쉴 새 없이 흘러내리는 땀을 닦으며 거리를 따라 걸음을 옮겼다.

도저히 초여름의 날씨라고는 믿기지 않는 무서운 더위였다. 시우는 그 같은 기상 이변을 나쁜 징조로 받아들였다. 사람을 만나 어려운 부탁을 해야 하기 때문에 더 그런 생각이 들었을 것이다. 가만히 앉아 있어도 짜증이 나는 날씨였다. 이런 날씨에 누군가를 붙들고 사정을 해봐야 역효과를 불러올 것 같았다.

약속 장소에는 아직 경철이 도착해 있지 않았다. 안이 훤히 들여다보이는 커피숍에는 차를 마시는 손님이 두 테이블밖에 없었다. 시우는 잠시나마 빈자리를 차지하고 앉아서 더위를 식힐까 생각하다가 곧 마음을 고쳐먹었다. 우선 시내 한복판이기 때문에 찻값이 만만치 않을 것이었다. 게다가 경철을 만나서 다른 약속 장소로 이동하려면, 공연히 차를 마시면서 시간을 보내기보다는 그가 오자마자 바로 움직이는 게 더 나았다. 그래서 시우는 흘러내리는 땀을 닦으며 커피숍 앞에 서서 경철을 기다렸다.

경철이 초록기획을 인수하겠다고 나선 것은 전혀 예상하지 못했던 일이었다. 그렇게 된 데는 동창과 후배들의 역할이 컸다. 시우의 사정을 딱하게 여긴 그들이 여러 곳을 수소문하던 중에 후배인 경철한테 말이 들어가게 되었고, 경철도 그가 하는 사업이 어려운 형편이지만 인수하겠다고 결정한 것이었다.

인수 조건은 시우가 다른 기획사들을 찾아다닐 때보다 훨씬 나빴다. 경철은 문서상으로 남아 있는 초록기획의 부채만 맡고, 이미 발행된 어음은 모두 시우가 책임진다는 조건이었다. 시우는 어음을 갚아 나갈 일이 막연했지만 그렇게라도 하지 않으면 회사를 넘길 수가 없었다.

　그러나 그것으로 모든 문제가 끝난 것은 아니었다. 초록기획의 부채를 안고 있는 거래처 문제가 남아 있었다. 우선은 초록기획에서 전에 끊었던 어음을 시우가 나중에 갚아 주겠다고 하는 데에 거래처들이 동의해야 했다. 그렇지 않으면 시우와 경철이 한 합의는 다시 원점으로 돌아가고 말 것이었다.

　먼저 경철은 부채가 많은 큰 거래처에 나누어 줄 어음을 끊었다. 그다음엔 둘이 함께 거래처를 찾아가서 그 어음을 내밀며, 예전 어음은 시우가 갚아 나가겠다는 승낙을 얻어 내야 했다. 느닷없이 시작된 폭염 속에서 시우가 경철을 만나기로 한 것은 바로 그 일을 하러 다니기 위해서였다.

　전날 시우와 경철이 함께 찾아간 인쇄소에서는 승낙을 해주지 않으려고 해서 무척 애를 먹었었다. 결제를 담당하는 황 전무는 그 말을 듣자마자 언제 어떻게 갚을 것이냐며 따져 물었다.

「반드시 갚겠습니다. 그렇지만 지금 여기서 날짜를 대기는……
좀 그렇습니다. 적은 액수도 아니고…….」

「적은 액수가 아니기 때문에 날짜와 방법을 확실히 하자는 겁니다. 그렇지 않으면 저희도 받을 방법이 묘연해집니다.」

　황 전무의 태도로 봐서 절대로 양보하지 않을 것 같았다. 날짜와 방법을 제시할 수 없는 시우로서는 그저 붙들고 매달리는 수밖에 없었다. 여러 차례 간청하다 보니 이미 했던 말을 계속 되풀이하게 되었다. 그렇게 한참을 사정하자 황 전무는 한 걸음 물러서는 눈치였다.

「그럼 이렇게 합시다. 기간이 좀 길어도 좋으니까 매월 얼마씩 정해서, 부도난 액수만큼 새로 어음을 여러 장 끊도록 합시다.」

시우가 인쇄소에 끊어 주고 못 막은 어음은 적지 않은 액수였다. 인쇄소 앞으로 끊은 어음만 갚아 나간다면 황 전무의 요구대로 할 수도 있었다. 그러나 시우는 그것 외에도 지고 있는 빚이 많았다. 어차피 인쇄소 요구대로 어음을 다시 여러 장 끊는다고 해도 날짜가 돌아오면 못 막을 것이 뻔했다. 안 되는 줄 알면서 그런 약속을 할 수가 없었다.

「저도 할 수만 있다면…… 그렇게 하고 싶습니다. 그렇지만 제가 그 돈만 갚는다면…… 다른 채권자들이 절 가만두지 않을 겁니다. 그러니까 지금은 우선 승낙을 해주시고, 차차 방법을 의논드리는 것이 좋겠습니다. 그렇게 좀 해주십시오.」

시우는 거의 애원하다시피 말했다. 그때 옆에 앉아 있던 경철이 둘의 이야기에 끼어들었다.

「민 사장님은 저한테 학교 선배 되는 분입니다. 지금 이런 일을 겪고 있지만 절대로 약속을 안 지키실 분이 아닙니다. 그러니까 먼저 승낙을 좀 해주십시오. 돈을 갚는 문제는 제가 보증을 서겠습니다.」

손톱도 안 들어갈 것 같던 황 전무는 그제야 천천히 고개를 끄덕였다. 경철이 보증을 선다는 말이 그의 마음을 움직인 것 같았다.

그러고 나서 황 전무는 경철이 꺼내 놓은 어음을 받아 들고 뒷면에 이서된 것을 살펴보았다.

이번에 시우가 경철과 함께 찾아가려고 하는 곳은 제본소였다. 그곳은 부도를 낸 어음이 인쇄소보다 많기 때문에 더 어려울 것 같았다. 그런데 경철은 약속 시간이 지났는데도 나타나지 않았다. 시우는 초조해서 입이 바싹바싹 마르는 것 같았다.

제본소 사장과 약속한 시간까지 경철이 나타나지 않자 시우는 경철의 핸드폰으로 전화를 걸었다.

「어떻게 된 거야? 지금 오는 중이야?」

시우는 다급한 마음에 주위가 소란스럽지 않은데도 소리를 지르며 물었다. 그러나 경철은 오는 중이 아니었다.

「선배님, 저한테 급한 일이 생겨서 오늘 갈 수가 없게 됐어요. 그래서 말씀인데요…… 제가 어제 선배님한테 어음 맡긴 거 갖고 계시죠? 그거 갖고 들어가셔서 선배님 혼자 애기를 해보세요. 아니면 약속을 취소하고 내일 저랑 같이 가시든지요.」

경철의 목소리 역시 다급하게 들렸다. 시우는 알았다고 한 다음 전화를 끊을 수밖에 없었다. 약속을 취소할까도 생각해 보았지만 그렇게 하는 것이 더 안 좋은 결과를 가져올 것 같았다.

시우는 제본소로 가는 버스가 정차하는 정류장 쪽으로 걸음을 옮기기 시작했다. 맨손으로 맹수 우리에 들어가는 기분이었다. 이글대는 태양은 조금도 누그러질 기세가 아니었고, 꽤 많은 땀을 흘렸는데도 시우의 이마에서는 여전히 땀방울이 솟았다.

　제본소의 홍 사장은 시우를 무척 반갑게 맞아 주었다. 그가 내민 손을 맞잡으며 시우는 마음속에 잔뜩 쌓여 있던 불안이 조금 가시는 듯한 기분이었다. 그러나 또 한편으로는 그렇게 반겨 주는 분위기에서 제대로 이야기를 꺼낼 수 있을까 걱정스러웠다. 홍 사장은 손을 잡은 채로 시우를 자기 방으로 데리고 들어갔다.

　「오랜만이야. 요즘 걱정이 많지?」

　홍 사장은 동생을 대하듯 편하게 말을 건넸다. 그는 에어컨 바람이 정면으로 향하는 자리를 시우에게 권했다. 뒤따라 들어온 여직원이 얼음 띄운 주스 잔을 그에게 내밀었다. 시원한 바람을 받으며 주스를 한 모금 마시고 나자 속까지 더위가 싹 가시는 것 같았다.

　「어때? 죽을 맛이지? 지금 회사는 어떻게 돼가고 있어?」

　시우는 무슨 말부터 어떻게 꺼내야 할지 모르고 있었는데, 홍 사장이 먼저 그렇게 물어 주었다. 시우는 얼른 그 말을 받아서 사정을 이야기하기 시작했다.

　「사실은…… 그 말씀을 드리려고 이렇게 찾아뵌 겁니다. 회사는…… 다른 사람한테 넘기게 되었습니다.」

　「저런…… 결국 그렇게 됐구먼.」

　「그런데 인수 조건이…… 장부상에 남아 있는 부채만 새로 인수하는 사람이 떠안기로 했습니다. 그렇게 하지 않고는 아무도 인수를 하지 않으려고 해서요. 좀 더 좋은 조건으로 넘겨 보려고 백방으로 알아봤지만…… 잘 안 됐습니다.」

「허허, 저런…… 그래서? 그렇게 인수할 사람은 찾은 거야?」

「네. 제 후배가 인수하기로 했는데…… 그동안 제가 끊었다가 부도를 낸 어음은 도저히 떠안을 수가 없다고 해서요. 그래서 어쩔 수 없이…….」

그 말을 하는데 다시 진땀이 나기 시작했다. 시우는 경철이 끊어서 맡겼던 어음을 내밀며 손수건을 꺼내 이마를 문질렀다. 홍 사장은 진심으로 걱정스럽다는 표정을 지으면서 그를 건너다보았다.

「인수하는 사람이야 어떻게든 부채를 덜 안으려고 하겠지. 사실은 요즘 같은 때에 그렇게라도 회사를 맡겠다는 게 다행인지도 몰라.」

「그래서 저도 어쩔 수 없이…… 그렇게 넘기기로 한 겁니다. 그러다 보니 부도난 어음을 제가 고스란히 맡게 됐는데…… 그 문제 때문에 사정 말씀을 드리려고 거래처를 찾아다니는 중입니다.」

「액수가 꽤 될 텐데…… 민 사장이 그걸 다 갚을 수 있을까? 어려운 일일 거야.」

「그래도 갚아야죠. 그런데 시간이 좀 많이 걸릴 것 같습니다. 부도난 어음 말고도 개인적으로 빌린 돈이 많거든요.」

「그럴 테지. 그것 참…… 보통 일이 아니네.」

이야기를 하면서 시우는 묘한 느낌을 받았다. 홍 사장은 시우에게 적지 않은 돈을 받아야 할 사람이었다. 그렇다면 당연히 돈을 못 받을까 봐 걱정을 해야 옳았다. 그러나 그는 오히려 시우를 걱정하고 있었다. 시우는 그 점이 여간 고맙지 않았다. 그 때문에 곤란한 말을 더 쉽게 꺼낼 수 있었다.

「그래서…… 지금 사장님이 갖고 계신 어음도…… 제가 앞으로 살아가면서 해결해 드리겠다는 말씀을 드려야 할 것 같습니다. 죄송합니다.」

「우리가 갖고 있는 어음도 꽤 되지?」

「네, 그렇습니다. 액수는 제가 뽑아서 갖고 있습니다. 무슨 일이 있어도…… 제가 끊었던 어음은 꼭 다 해결하겠습니다. 저를 믿어 주십시오. 그리고 시간을 좀 주십시오. 반드시 제가 갚아 드리겠습니다.」

시우는 간곡한 음성으로 말했다. 지금까지 우호적인 태도를 보여 줬다고 하더라도, 홍 사장이 안 된다고 하면 도리가 없는 것이었다. 시우는 머리를 숙이며 계속해서 사정을 했다.

「형편이 그렇다면 그렇게 하는 수밖에 별도리가 없잖나. 내가 돈을 내놓으라고 해서 돈이 나오는 것도 아니고…… 아무튼 알겠네.」

「감사합니다. 정말 감사합니다. 가능하면 빠른 시일 안에 돈을 꼭 갚도록 하겠습니다. 꼭 갚겠습니다.」

「그러나저러나…… 민 사장 마음이 보통 아픈 게 아니겠구먼. 사정이 어려워서 어쩔 수 없이 넘기긴 했겠지만, 그래도 땀과 애정을 다 쏟아서 꾸려 온 회산데 말이야.」

홍 사장은 슬그머니 화제를 바꾸었다. 시우는 자신을 생각해 주는 홍 사장의 마음이 느껴지는 것 같았다.

사실 시우는 몹시 마음이 아팠다. 초록기획을 살리고 직원들을 구하기 위해서는 그 방법밖에 없었지만, 그래서 인수할 사람을 찾아 열심히 헤매 다녔지만, 막상 회사를 넘기는 일에 합의하고 나자 가슴이 미어지는 것만 같았다. 마치 그동안 자신이 해왔던 일이 송두리째 사라진 듯한 기분이었다.

초록기획을 시작할 때부터 넉넉한 상태가 아니었기 때문에 더 그런지도 몰랐다. 그때 그는 사업을 할 형편이 아니었다. 실직당하면서 받은 퇴직금과 위로금이 전 재산이었다. 그 돈으로는 마음에 드는 사무실을 얻고 설비를 갖추기도 빠듯했다. 그러다 보니 늘 쫓기듯 일에 매달려 온 게 사실이었다. 그렇게 꾸려 온 회사를 돈 한 푼 받기는커녕 부채만 잔뜩 떠안은 채 넘기고 만 것이었다. 그 생각을 하면 날카로운 흉기로 가슴을 마구 후벼 파는 것만 같았다.

「어렵게 운영을 해오는 줄은 알았지만 그렇게 무너질 줄은 몰랐어. 그 소식 들으니 기분이 참 그렇네. 잘 되길 바랐는데…….」

홍 사장은 시우의 마음을 읽고 있는 듯 말했다. 시우는 코끝이 시큰해졌다. 회사가 부도나서 어려운 지경에 처했을 때 누구 하나 그렇게 말해 주는 사람이 없었다. 모두 눈이 벌겋게 돼서 돈을 못 받을까 봐 안달할 뿐이었다.

「하지만 전화위복이 될 수도 있어. 이렇게 어려운 시대에 계속 끌고 가다가 더 험한 꼴을 당할 수도 있거든. 지금 손을 뗐다가 언제 기회를 봐서 다시 시작하는 것이 더 나을지도 몰라. 그러니까…… 용기를 잃지 말고…… 다시 재기할 수 있는 길을 모색해 보라고.」

「감사합니다, 사장님.」

시우가 할 수 있는 말은 그것밖에 없었다. 그는 자리에서 일어나 홍 사장한테 절이라도 하고 싶은 심정이었다.

「민 사장, 내가 얘기 하나 해줄까?」

홍 사장은 사람 좋은 웃음을 얼굴 가득 담고 있었다. 그 모습을 바라보는 시우의 마음도 환해지는 것만 같았다. 시우는 홍 사장의 말을 기다렸다.

「사실은 말이야…… 나도 사업에 한 번 실패했던 사람이야.」

여전히 웃음 띤 얼굴로 홍 사장이 말했다. 그는 그동안 그런 이야기를 한 번도 한 적이 없었다. 시우가 아는 것은 홍 사장이 매사에 열심이고, 그래서 어려운 상황에서도 사업을 잘 꾸려 가는 사람이라는 사실이었다. 이미 머릿속에 박혀 있는 선입견 때문인지 그가 사업에 실패한 적이 있으리라고는 좀처럼 생각되지 않았다.

「처음에는 나도 내가 실패했다는 걸 인정하고 싶지 않았어. 하지만 어쩔 수 없었어. 그게 현실이었으니까. 죽고 싶은 충동도 생기고, 어디론가 멀리 도망가 버리고 싶기도 했어. 하여튼 그 충격으로 한동안 방황도 많이 했지.」

어느새 홍 사장의 얼굴은 그 시절을 추억하는 표정을 짓고 있었다.

「그러다가 제본소를 한번 해봐야겠다는 생각이 든 거야. 그런데 돈이 있어야지. 돈을 빌려 줄 수 있는 사람을 찾아 돌아다니다가 한 사람을 만났는데, 그 사람이 내게 이런 말을 했어. 난 너를 믿는다, 내 돈은 안 갚아도 좋지만 내가 널 믿는 만큼 내 기대를 저버리지는 마라, 그러는 거야.」

그때 일을 생각하는지 홍 사장은 눈을 가늘게 뜨고 말했다.

「그 사람이 나를 믿어 준다는 그 자체가 내게 얼마나 큰 힘이 되었는지 몰라. 그때 난 사업에 실패한 빈털터리였거든. 그런 나를 믿어 주면서 기대에 어긋나지 않게 하라는 그 말은, 적어도 내게 가능성이 있다는 뜻으로 받아들여졌어. 새로 시작할 수 있다는 자신감을 갖게 해준 거지.」

시우는 홍 사장의 말을 들으며 그것이 무엇을 뜻하는지 어렴풋이 알 것 같았다. 홍 사장의 말이 계속 이어졌다.

「그래서 나는 사업을 하는 매 순간 생각했어. 나를 믿어 주는 사람을 실망시켜서는 안 된다고. 그래서 결국 사업을 일으켜 세웠고, 그 사람한테서 빌린 돈을 다 갚았어. 그랬더니 나중에 그 사람이 그러는 거야. 그럴 줄 알았다고. 자기가 사람 보는 눈이 있다고.」

자기 자랑처럼 들릴 수도 있었으나 시우는 전혀 그렇게 느껴지지 않았다.

「내가 오늘 이 얘기를 왜 하느냐 하면…… 나도 민 사장한테 똑같은 말을 해주고 싶어서야. 난 예전부터 민 사장에게 관심이 많았어. 운영 기교는 부족할지 몰라도 생각하는 것이 남다르다는 느낌을 받았거든. 그래서 사업을 해도 큰 사업을 하게 될 거라는 생각을 했었어. 이번에는 이렇게 부도를 내고 말았지만, 이것이 전부는 아니잖아. 내 돈은 갚을 수도 있고 못 갚을 수도 있어. 하지만 난 민 사장이 다시 일어날 것을 믿어. 그러니 민 사장도 내가 믿는 만큼 나를 실망시키지 말아 줘. 이건 내가 민 사장한테 하는 부탁이야.」

결국 이 말을 하려고 홍 사장은 자신의 이야기를 장황하게 끄집어낸 것이었다.

「감사합니다, 사장님.」

이번에도 시우는 그 말밖에 할 수가 없었다. 그동안 자신의 행동 중 무엇이 홍 사장에게 그런 느낌을 주었는지는 짐작조차 할 수 없었다. 그러나 전혀 가망이 없을 것 같은 자신이 다시 일어설 것이라고 믿어 주는 것이 여간 고맙지 않았다.

홍 사장은 또 그 이야기에서 슬쩍 비껴 나서 일상적인 얘기로 화제를 바꿨다. 시우는 많이 가벼워진 마음으로 그와 대화를 나눌 수 있었다. 그러나 시우의 머릿속에는 홍 사장이 자신을 믿어 주었다는 사실만이 계속 맴돌았다. 어느 누구도 시우에게 그런 말을 해준 적이 없었다. 아내조차 그의 재기를 기대하는 것 같지 않았다. 그런데 부도난 어음을 처리하지 못해 사정하러 갔다가 뜻밖에도 위안과 용기를 얻은 것이었다. 다음 약속 때문에 자리에서 일어설 때까지 그는 계속 그 생각에만 사로잡혀 있었다.

시우가 다음에 만나기로 약속한 사람은 권 사장이었다.

권 사장은 대학 교재를 만드는 출판사를 운영하면서 초록기획에 전산 조판을 맡기고 있었다. 단행본 출판사처럼 꾸준히 일이 있는 건 아니었지만 학기 초가 가까워지면 그곳 직원이 초록기획에 와서 살다시피 했다. 일이 바쁠 때는 권 사장까지 와서 교정을 봤다. 그러다가 시우는 권 사장과 자주 이야기를 나누게 되었고, 나중에는 아주 절친하게 지냈다.

그러던 어느 날 권 사장이 시우한테 여유 돈이 좀 있으니 가져다 쓰라는 말을 했다. 권 사장은 초록기획을 드나들면서 시우가 자금난에 허덕인다는 것을 알게 되었고, 조금이나마 돕기 위해서 그런 제의를 한 것이었다. 모르는 사람한테라도 매달려서 돈을 빌려야 할 처지였던 시우로서는 귀가 번쩍 뜨이는 말이었다. 그렇게 해서 두 차례나 돈을 빌리게 되었다.

그러나 초록기획을 넘기는 상황이 될 때까지 시우는 그 돈을 한 푼도 갚지 못했다. 그 때문에 사정 이야기를 하려고 권 사장을 만나기로 한 것이었다.

제본소에서 나온 시우는 발걸음을 재촉했다. 그러나 권 사장은 약속 장소에 먼저 나와 기다리고 있었다. 그는 시우가 나타나자마자 자리에서 일어서며 목마른 사람처럼 말했다.

「소주나 한잔합시다.」

술을 유난히 좋아하는 권 사장은 툭하면 시우한테 술을 마시자고 했었다. 그는 평소에도 좋은 사람이었지만, 술을 마시면 더할 수 없는 호인이 되었다. 시우는 술 마실 기분이 아니었지만 권 사장의 제안을 거절할 수 없었다.

「아까 점심 먹으면서 낮술을 한잔했더니 기분이 아주 좋습니다. 그런데 낮에 마셨는데도 술이 자꾸 당겨서, 저녁때까지 참느라고 애먹었습니다, 허허허.」

권 사장은 마치 술친구를 기다리던 사람 같았다. 시우가 전화를 걸어서 만나자고 할 때 회사를 넘기게 된 사정을 대강 설명했는데도, 그는 그 부분에는 관심도 없는 사람처럼 행동했다. 그러다 보니 시우도 선뜻 이야기를 꺼낼 수 없었다.

「민 사장, 얼굴 펴요. 살다 보면 맑은 날도 있고 흐린 날도 있고 그런 거 아닙니까. 아무리 힘들어도 죽으라는 법은 없습니다. 어떻게든 다 살아가게 되어 있는 겁니다. 자, 한잔 쭉 마십시다.」

시우는 권 사장이 내민 잔에 자신의 잔을 부딪쳤다. 그러나 단숨에 잔을 비울 수는 없었다. 그는 술을 마시러 나온 게 아니라 사정을 하러 나온 사람이었다.

「나도 들은 말인데…… 사우디아라비아에 이런 말이 있다고 합니다. 사람들은 모두 맑고 화창한 날을 좋아한다, 그러나 그런 날만 계속된다면 이곳은 사막이 되어 버릴 것이다…… 맞는 말이라는 생각이 듭니다. 민 사장도 지금 궂은날을 만났다고 생각해요. 또다시 화창한 날이 올 겁니다.」

권 사장은 다 마신 잔을 시우에게 내밀면서 말했다. 그가 다 마신 잔을 자꾸 권했기 때문에 시우는 쫓기듯 잔을 비울 수밖에 없었다. 그 바람에 고기가 구워지기도 전에 술은 몇 순배를 돌고 말았다.

시우는 점점 초조해졌다. 권 사장이 취하기 전에 어서 말을 꺼내야 할 것 같았다. 뜸을 들이다가는 무슨 말이 오갔는지 기억을 못할 수도 있는 노릇이었다.

「사장님, 아까 전화로 말씀드렸지만…… 어쩔 수 없이 회사를 넘기게 됐습니다. 아마 며칠 내로 모든 절차를 밟게 될 것 같습니다.」

「글쎄, 그렇다면서요? 내 생각에는 어디서 돈줄을 좀 만나서…… 민 사장이 계속 잘 꾸려 가길 바랐었는데…… 자, 이 고기 좀 들어 봐요. 집은 허름해도 이 집이 고기 맛은 일품입니다. 다 익었으니까 어서 들어요.」

「회사를 넘기면서 제가 지고 있는 부채를 다 청산해야 옳지만…… 도저히 그럴 수 없는 형편이라서…….」

「그렇겠지요. 그렇게 넘길 정도면 민 사장 사정이 어떤지는 안 들어 봐도 다 아는 일 아니겠습니까? 그 잔 비우고 나한테 한 잔 줘요. 고기는 술하고 먹어야지, 안 그러면 팍팍해서…….」

「그래서 사장님께서 빌려 주신 돈도…… 제가 앞으로 열심히 벌어서 갚아 나가도록 하겠습니다. 그렇게 좀 허락해 주십시오.」

「허허, 한 잔 달라니까요. 그래요, 내 돈…… 갚아야지요. 난 민 사장이 내 돈을 안 갚을 사람이라고는 생각지 않아요. 민 사장은 틀림없이 갚을 거예요. 그런데 고기 맛 어때요?」

권 사장은 계속 고기를 구우면서, 술잔을 비우면서, 시우가 하는 말에 건성으로 대꾸했다. 시우는 속으로 잔뜩 긴장되었지만 그런 권 사장을 탓할 수는 없었다.

「고기 맛…… 아주 좋습니다. 사장님께 특별히 더 죄송한 것은…… 제가 부탁을 드리지도 않았는데, 사장님께서 먼저 말씀을 꺼내시면서 저한테 빌려 주신 것 때문입니다. 그런 돈은 더 먼저 해결을 했어야 했는데…….」

「그랬죠. 내가 먼저 가져다 쓰라고 말했죠. 그런 게 무슨 상관이 있나요? 내가 형편이 되니까 그렇게 말한 건데요, 뭐. 오늘은 술이 전혀 안 취하는 것 같네요. 민 사장도 좀 들어요. 나한테만 권하지 말고…….」

「알겠습니다. 마시고 있습니다. 그래서 말씀인데…… 사장님께 빌려 쓴 돈은 꼭 갚겠습니다. 저한테 시간을 좀 주십시오. 시간만 주신다면…… 반드시…… 반드시 갚겠습니다.」

그 대목에서 권 사장은 술잔을 들다 말고 시우를 건너다보았다.

「그래요, 민 사장. 내 돈 꼭 갚아요. 언제가 되든 그건 좋아요. 시간은 상관이 없는데…… 꼭 갚는다는 게 중요해요.」

「그럼요. 꼭 갚아야죠. 가능하면 빠른 시일 안에 갚아야죠.」

「그런데 민 사장, 내 돈 갚기 전에 다른 사람들 돈부터 갚아요. 아마 민 사장한테 돈을 빌려 준 사람들 중에는 사정이 아주 급한 경우도 있을 겁니다. 그 사람들 돈을 먼저 갚아요. 그리고 내 돈은…… 다른 사람들 돈 다 갚고 나서…… 제일 나중에 갚아요. 그렇지만 꼭 갚아야 해요.」

「알겠습니다, 사장님. 감사합니다, 사장님.」

시우는 술잔에 머리가 닿을 정도로 고개를 숙였다. 권 사장이 손을 내밀어 그의 어깨를 잡았다.

「그런 모습 하지 말아요. 민 사장이 이러지 않아도 나는 민 사장 마음 다 아니까. 자, 나 또 잔 비었어요. 술 한 잔 더 줘요.」

시우는 병을 들어 술을 따랐다. 권 사장은 자신의 잔을 들어 보이며 시우에게도 잔을 들라고 했다.

「자, 돈 얘기는 이걸로 끝냅시다. 술 먹을 때 돈 얘기 하면 술 맛이 안 나요. 자, 듭시다.」

둘은 잔을 부딪고 동시에 술을 비웠다. 그때부터 시우는 마음을 놓고 술을 마시기 시작했다.

「그런데 참, 회사가 그 지경이 되었으면 집안도 말이 아닐 텐데…… 집은 어때요?」

권 사장 말에 시우는 잠깐 망설였다. 그러나 곧 사실대로 말하기 시작했다. 어머니는 동생 집에, 아내와 막내아들은 처남 집에, 큰아들과 딸은 처형 집에 각각 흩어져 있다고 하자, 권 사장은 걱정스러운 얼굴로 고개를 흔들었다.

「그럼 민 사장은? 민 사장은 어디에 있는 거요?」

시우는 대답하기가 곤란했다. 사실 그는 있을 데가 없었다. 회사를 넘기기 전에는 사무실에서 잠을 잤지만 인수가 끝난 뒤로는 그렇게 할 수도 없었다.

사무실을 떠난 첫날은 후배 하숙방에서 하룻밤을 보냈다. 그러나 이틀째가 되자 당장 눈치가 보였다. 그래서 그다음 날은 친구와 술을 마시다가 너무 늦었다는 핑계로 슬그머니 친구네 집까지 따라붙었다. 사흘째가 되면서부터는 그러고 싶지도 않았다. 시우는 밤거리를 배회하다가 서울역으로 찾아들었다. 그곳에서 새벽 세 시까지는 새우잠이나마 잘 수 있었다. 세 시가 되면 서울역은 문을 닫기 위해 역사 안에 있는 사람들을 내쫓는데, 그다음에 가는 곳이 지하도였다. 출근하는 사람들의 발소리가 들리기 시작하면 그곳에서도 일어나야 했다. 그런 다음에는 역 구내로 몰래 숨어 들어가서 새벽에 운행하는 지하철을 타고 다시 잠을 청했다. 지하철역에 있는 화장실에서 세면도 할 수 있었다.

그러나 시우는 얼버무리며 둘러댔다.

「그냥 이 친구 저 친구 찾아다니며 신세 지고 있습니다. 당분간
은 아무래도 그래야 할 것 같습니다.」

「저런…… 경제가 어려워지면서 헤어지는 가족들이 많다더
니…… 바로 민 사장 가족이 그렇구려. 다른 일이야 그렇다고 쳐
도 가족들만큼은 모여 살아야 하는데…… 가족이 흩어지면 안
되는데…….」

권 사장은 진심으로 걱정을 해주었다. 시우는 그런 모습을 보는
것만으로도 위로가 되었다.

「제가 하루빨리 뭐든 시작해서 단칸방이라도 마련해야죠. 채권
자들한테 부채 문제만 양해를 구하고 나면 바로 일을 찾아보려
고 합니다.」

「그래야지요. 무슨 일이 있어도 가족은 함께 살아야지요. 채권자
들하고 일이 마무리되면…… 나한테 한번 들러요. 나도 민 사장
이 할 수 있는 일이 있는지 알아볼 테니까.」

그렇게 계속된 술자리는 꽤 늦은 시간이 돼서야 끝이 났다. 낮술
을 마셨다는 권 사장은 물론이고, 시우도 몹시 취해서 몸을 가누기
가 힘들었다. 밖으로 나온 두 사람은 서로 기대며 어깨동무를 했
다. 그러곤 어색한 걸음걸이로 차를 탈 수 있는 곳까지 나왔다.

시우가 권 사장을 태워 보내기 위해 빈 택시를 잡고 있는데, 권

사장이 비칠거리며 지갑을 꺼냈다. 그러곤 손에 잡히는 대로 만 원 권을 집어서 시우에게 내밀었다.

「민 사장, 기분 나쁘게 생각지 말고 받아요. 그리고 이걸로 고기라도 한 근 사가지고 부인을 찾아가요. 심난하게 하루하루를 보내고 계실 텐데, 뭐라도 하나 사들고 찾아가면 부인도 기운이 날 거요.」

그때 마침 빈 택시가 다가와 멈췄고, 시우가 고맙다는 말도 하기 전에 권 사장은 차에 올랐다. 출발하는 택시 안에서 그가 손을 흔드는 것을 보며 시우는 고개 숙여 인사를 했다. 얼떨결에 받아 든 돈이 그의 손에 들려 있었다.

기분 좋게 술에 취한 시우는 거리가 비좁아서 답답하다는 듯 심하게 비틀거리며 걸었다. 툭하면 전봇대와 가로수가 앞을 막아섰고, 길바닥이 벌떡 일어나기도 했다. 행인들은 그가 비키라는 소리를 하지 않았는데도 스스로 잘들 비켜 갔다. 그는 술기운을 이기지 못해 휘청거리면서 오늘은 참 일진이 좋은 날이라는 생각을 했다.

제본소에 간 일은 물론이고, 권 사장을 만난 것도 기대 이상으로 일이 잘 풀렸다. 그래서 시우는 모처럼 만에 기분이 좋았다.

처남 집 가까이까지 온 시우는 권 사장이 시킨 대로 고기를 사려고 정육점이 있는 곳으로 다가갔다. 그러나 정육점뿐만 아니라 모든 가게의 문이 닫혀 있었다.

하는 수 없이 시우는 비틀대는 걸음으로 아파트 단지 안으로 들어섰다. 그는 권 사장이 준 돈을 모두 아내에게 주어야겠다고 생각했다. 아내에게 오늘 있었던 이야기를 해주며, 세상엔 아직 그런 사람들이 있다는 말을 해주고 싶었다.

「이것 봐, 전지은. 이 민시우가 그래도 안 죽었어. 아직 날 알아주는 사람들이 있다고. 지금 나는 이 모양 이 꼴이지만…… 나, 얼마든지 다시 일어설 수 있어. 암, 일어서고말고…… 내가 다시 일어서는 걸 너한테 보여 주고…… 오늘 날 믿어 준 사람들한테도 보여 주고…… 다 보여 줄 거야. 전지은, 나 때문에 고생이 많지? 그렇지만 조금만 참아. 이 민시우가 하루빨리 일어서서…… 그동안 고생한 거 한순간에 싹…… 싹 씻어 줄 날이 있을 거야. 기대해, 전지은. 기대하란 말이야…….」

시우는 아내가 옆에 있기라도 한 듯 소리를 질러 댔다. 그의 목소리는 조용한 아파트 단지 안에 요란하게 울려 퍼졌다.

「이 민시우가 곧 죽어 없어질 것처럼 생각하는 놈들이 많지만…… 천만에…… 그렇게는 안 될 거야. 지은아, 너도 알지? 내가 산전, 수전, 공중전, 우주전까지 다 겪은 놈이라는 거…… 전지은, 빨리 안다고 말해. 난 정말 일어설 수 있어. 일어서는 걸 보여 주고 싶어. 일어서고 말 거야.」

술이 너무 취해서인지, 모처럼 만에 오는 길이어서인지 시우는 처남네 집을 못 찾고 한참을 헤매 다녔다. 그러는 동안 아파트 단지가 떠나갈 듯 소리를 질러 댔다. 겨우 아파트를 찾고 나자 와락 반가운 느낌이 들었다.

「지은아! 문 열어, 지은아. 민시우가 왔어.」

술기운 때문이었을 것이다. 시우는 처남 집이라는 사실도 잊은 채 문을 두드리면서 큰 소리로 아내의 이름을 불렀다. 그렇게 몇 차례 고함치듯 소리를 지르고 나서야 문이 열렸다.

「미쳤어요, 당신?」

지은은 시우를 보자마자 버럭 소리를 질렀다. 그 바람에 시우는 번쩍 정신이 들었다. 그는 아내가 잡아끄는 대로 끌려 들어갔다. 아내와 석빈이 들어와 살고 있는 방에는 처음 와보는 것이었다. 석 빈은 방 한쪽에서 잠들어 있었다.

「어휴, 이 술 냄새…… 석진 아빠, 왜 이래요 정말? 나하고 석빈 이가 여기에서마저 못 살게 하려고 작정을 했어요?」

지은은 파랗게 독이 올라 있었다. 시우는 말문이 콱 막혀 버렸다.

'이게 아닌데…… 이러려는 게 아니었는데…….'

그 말만 입 속에서 맴돌 뿐 시우는 아무 말도 할 수가 없었다.

「지금 우리가 어떤 처진지 몰라서 이러는 거예요? 온 가족을 여 기저기 흩어지게 해놓고 술이 입으로 들어가요? 들어가냐고 요?」

그 말을 들으면서 시우는 고개를 떨구었다. 속으로 아차, 싶었지 만 이미 늦은 뒤였다. 아내가 부들부들 떠는 모습이 시우의 눈에 들어왔다.

그때 밖에서 인기척이 나는가 싶더니 안방 문이 여닫히는 소리가 들렸다. 시우는 자신이 잘못 왔음을 깨달았다. 거기 더 있다가는 아내가 더욱 흥분할 것만 같았다. 시우는 손가락을 입술에 대며 조용히 하라는 시늉을 해 보인 다음 도망치는 사람처럼 방문을 열고 밖으로 나왔다. 다행히 처남 내외는 거실에 없었다. 그가 현관문을 열고 아파트 밖으로 나설 때까지 지은은 뒤따라 나오지 않았다. 시우는 뒤를 힐끔거리며 엘리베이터가 있는 쪽으로 걸음을 옮겼다.

아파트 광장으로 내려오고 나서 시우는 처남네 아파트를 올려다보았다. 거실에 불이 켜져 있고, 검은 그림자 하나가 어른거렸다. 시우는 그 그림자가 아내라는 것을 금방 알 수 있었다. 그는 아내가 자신을 좀 더 잘 볼 수 있도록 가로등 불빛이 있는 곳으로 걸어갔다. 그러자 그림자는 신경질적으로 커튼을 치더니 안으로 사라졌고, 곧이어 거실의 불이 꺼졌다. 시우는 긴 한숨을 내쉬었다.

시우는 몸을 돌려 천천히 아파트 단지를 빠져나왔다. 조금 전과 달리 그의 입에서는 아무 소리도 나오지 않았다. 그는 아파트 입구를 향해 묵묵히 걸었다. 그렇게 걷다가 시우는 권 사장이 준 돈을 아내에게 못 주고 나왔다는 생각이 들었다. 그 돈을 주기 위해 다시 들어갈 수는 없는 노릇이었다. 그는 주머니 속에 든 돈을 만지작거리며 걸었다. 그 시간에 갈 곳이 전혀 없었지만, 그는 어딘가 갈 곳이 있는 사람처럼 비칠거리며 계속 걸음을 옮겼다.

5

지은은 가방을 메고 거리로 나섰다. 가방에는 그녀가 돌려야 할 학습지가 가득 들어 있었다. 학습지를 받아 보는 초등학생들의 집에 일일이 전달해 주는 일을 시작했던 것이다.

처음에는 멋모르고 그것을 우편함에 넣어 두었는데 분실되는 것들이 적지 않았다. 지은은 골목골목을 찾아다니고 계단을 일일이 올라가서 그 집의 초인종을 눌렀다. 집이 비어 있을 때는 우유 주머니에 넣어 두거나 문틈으로 밀어 넣었다.

아파트 단지를 돌 때는 엘리베이터가 있어서 그래도 힘이 덜 들었지만 단독 주택일 경우에는 몇 배를 더 걸어야 했다. 가파른 언덕길을 오르기도 했고, 개를 키우는 집 앞에서는 개 짖는 소리에 화들짝 놀라기도 했다. 단순한 일이긴 했지만 중노동이나 다름이 없었다.

거리에는 뙤약볕이 쏟아지고, 몇 군데 돌지 않았는데도 벌써 땀이 배어났다. 지은은 호흡을 조절하며 걸었다. 너무 빨리 걸으면 금세 지쳤고, 너무 천천히 걸으면 시간이 너무 많이 걸렸다. 그녀가 맡고 있는 지역이 무척 넓었기 때문에 속도와 힘의 안배를 잘 해야 했다.

지은이 학습지라도 돌려야겠다고 마음먹은 것은 부탁한 일자리들이 제대로 얻어지지 않아서였다. 우연히 생활 정보지에서 광고를 본 지은이 전화를 걸었고, 그곳에서는 당장 자리가 있으니 일을 하라고 했다. 몇 군데 이력서를 넣었다가 연락조차 받아 보지 못한 지은으로서는 답답하고 아쉬운 마음에 그 일이라도 우선 시작하지 않을 수 없었다.

물론 그 이야기를 꺼냈을 때 언니인 지영도, 경자도 펄쩍 뛰었다. 경자는 자신이 좋은 자리를 알아보느라 시간이 걸리는 건데 왜 그렇게 소급하게 구느냐고 핀잔을 주었고, 지영은 배울 만큼 배운 사람이 아무나 할 수 있는 학습지 돌리기가 웬 말이냐고 난리였다. 그러나 지은의 입장에서는 그런 것들이 아무 소용이 없었다. 당장 아이들 학용품 값도 없는 판국인데 마음에 드는 일자리가 나타날 때까지 마냥 기다릴 수가 없었던 것이다.

처음 며칠 동안은 학습지를 넣어야 할 곳을 알아 두고 그곳을 찾아다니는 일이 여간 힘들지 않았다. 그러나 몸이 피곤하긴 해도 곧 익숙해졌다. 문제는 엉뚱한 데 있었다. 학습지를 받아서 공급하는 지국의 사장이 자꾸만 이상한 행동을 보이기 시작하는 것이었다.

지은이 그 일을 시작한 지 열흘쯤 지난 어느 날, 아줌마들이 학습지를 받아서 돌리러 나가려고 할 때 사장이 지은을 불렀다. 그 바람에 아줌마들은 모두 나가고 지은만 사무실에 남게 되었다. 사장과 단둘이었다. 사장은 할 이야기가 있다면서 지은을 자신의 앞자리에 와서 앉으라고 했다. 무슨 영문인지 몰라 지은이 소파 맞은편에 앉자, 사장은 용건은 말하지 않고 쓸데없는 이야기를 늘어놓기 시작했다.

「이렇게 고운 분이 이런 일 하는 것 보니까 내 마음이 참 아파요. 어때요? 일이 많이 힘들죠?」

사장이 자신을 걱정해 주는 것이 고마워서 지은은 괜찮다고, 할 만하다고 대꾸했다. 그러나 사장은 같은 내용의 말을 표현만 달리해서 계속 반복했다. 지은은 빨리 용건을 듣고 싶었다. 사장은 쓸데없는 이야기를 한참 동안 더 늘어놓더니 천천히 본론을 끄집어냈다.

「사실 우리 지국에서는 그냥 학습지만 돌리는 게 아니에요. 그렇게만 해서는 남는 게 없어요. 그래서 어느 정도 분위기에 익숙해지면 구독자 확장이라는 걸 해야 돼요.」

「확장이요? 그게 어떤 건데요?」

「말하자면 그건…… 학습지를 받아 보지 않는 아이들 집을 방문해서 학습지를 받아 보라고 권하는 건데…….」

「어머, 그건 처음 일 시작할 때 말씀하시지 않았던 부분이잖아요.

저는 그냥 학습지만 돌리면 되는 줄 알고 들어온 거고요.」

지은은 학습지를 받아 보라고 가가호호 방문하는 일이 어떤 것인지 충분히 짐작할 수 있었다. 그것은 신문을 보지 않겠다는 집을 찾아다니면서 억지로 봐달라고 사정하는 것과 다를 바 없는 일이었다.

「그래서 나도 걱정이 돼요. 이렇게 고운 분이 어떻게 그런 일을 할 수 있을까 하고…… 그렇게 확장을 나가지 않아도 되는 방법이 한 가지 있긴 한데…….」

사장은 교활한 눈동자를 굴리며 지은을 건너다보았다. 지은은 아무 생각 없이 물었다.

「뭐죠, 그렇게 할 수 있는 방법이?」

「사무실에서 근무하는 자리를 하나 만드는 거죠. 사실 학습지 돌리는 아줌마들 관리하려면 이것저것 필요한 것들이 많고…… 나도 다른 일이 있어서 혼자 하기는 좀 벅차기도 하고…… 그런데 아직 그런 자리를 만들기에는 여건이 좀 그렇고…… 아무튼 그런 방법을 생각해 봅시다. 우리, 나가서 바람이나 쐬면서 생각을 좀 해볼까요?」

사장은 음흉한 웃음을 지으며 자동차 키를 집어 들었다. 그제야 지은은 사장이 무슨 속셈으로 그런 말을 꺼냈는지, 그리고 그가 말하는 것이 무엇을 뜻하는지 눈치 채고 자리에서 발딱 일어났다.

「아이가 학교에서 올 시간이라 학습지 빨리 돌리고 가봐야 해요.

그리고 그렇게 확장을 해야 한다면 전 그만두겠어요. 제가 일한 것만큼만 계산을 해서 주세요.」

사무실에 단둘만 있었기 때문에, 사장이 어떤 행동을 취할지 알 수 없었다. 지은은 재빨리 걸음을 옮겨 출입문 쪽으로 다가섰다. 그러자 빈정거리는 듯한 사장의 목소리가 뒤를 따라왔다.

「우리 회사는 규정이…… 한 달을 채우지 않으면 월급이 나가지 않아요. 그러니 그 안에는 싫든 좋든 확장을 해야 될 겁니다, 흐음.」

출입문을 열고 나온 지은은 휘청거리며 계단을 내려섰다. 애들 학습지 돌리기 위해 얻어 놓은 창고 같은 사무실이 무슨 대단한 회사라도 된다고 규정 운운한단 말인가. 그리고 막일이라도 해서 몇 푼 벌어 보겠다고 나온 유부녀한테 이게 무슨 가당치도 않은 수작이란 말인가. 지은은 어처구니가 없고 기가 막혔다.

그 일이 있고 나서 지은은 당장 일을 때려치워야겠다고 마음먹었다. 그러나 그럴 수가 없었다. 열흘이면 한 달 중 3분의 1을 일한 것이고, 월급의 3분의 1에 해당하는 돈이 눈앞에 어른거렸던 것이다. 더구나 그동안은 일을 시작한 지 얼마 되지 않았기 때문에 제일 힘든 기간이기도 했다. 지리도 익혀야 했고, 학습지를 들고 이 집 저 집 기웃거릴 때 다른 사람들이 건네는 시선도 견뎌 내야 했다. 그걸 감수하고 겨우 익숙해지기 시작했는데 월급마저 포기하고 그만둔다는 것이 너무나 억울했다.

결국 지은은 일을 그만두지 못했다. 그러자 구독자를 늘리라는 사장의 집요한 독촉에 시달려야 했다. 나중에 안 일이지만, 사람들이 학습지를 돌리다가 확장을 하지 못해서 그만두는 경우가 많다고 했다. 지은처럼 월급을 받으려고 억지로 확장을 하며 한 달을 채우는 사람들이 많은데, 그 안에 새로운 사람을 구한다는 것이었다. 그리고 관리직 운운한 것도 지은에게만 그런 게 아니라 아줌마들을 집적거리기 위해서 이미 여러 사람에게 써먹은 방법이었다. 그러니까 사장은 근원적으로 질이 나쁜 사람이었다.

지은은 학습지를 가지러 지국에 갈 때마다 사장과 마주쳐야 했다. 그때마다 사장은 음흉한 시선으로 그녀를 바라보곤 했다. 그 시선을 애써 피하고 있으면 사장은 지은을 불러 세웠다. 그러곤 뱀처럼 차가운 표정으로 확장은 어떻게 되었느냐고 물어 왔다. 지은은 매번 얼버무리며 그 자리를 모면했다. 그럴 때마다 당장이라도 그 일을 때려치우고 싶은 생각이 간절했다.

그러나 학습지를 돌리는 동안 차츰 생각이 달라졌다. 무슨 일이 있어도 한 달을 채워야 한다는 오기가 생겨났다. 힘들어서 몸이 축축 늘어질수록 오기는 더욱 커져 갔다.

그리고 또 있었다. 지은은 학습지를 돌리다가 힘들 때마다 아이들의 모습을 떠올렸다. 그러면 없던 기운도 생겨나는 것 같았다. 아이들을 위해서 그 일을 하고 있다고 마음먹으면 그보다 더한 일도 얼마든지 할 수 있다는 생각마저 들었다.

학습지를 다 돌리고 나면 지은은 어디든 주저앉고 싶을 만큼 지처 버렸다. 온몸은 땀으로 흠씬 젖고 목구멍이 갈라지는 것처럼 갈증이 났다. 지은은 음료수라도 한 병 사 마시고 싶었지만 그럴 수가 없었다. 한 푼이라도 아껴야 한다는 생각 때문이었다.

땀으로 다 젖은 손수건을 얼굴에 댄 채 지은은 언니네 집으로 가는 버스 정류장을 향해 걸음을 옮겼다. 지난번에 전화 통화를 하면서 언니가 할 애기가 있다며 한 번 다녀가라고 한 말이 생각났던 것이다.

버스에 오르고 나서야 지은은 언니가 직접 만나서 할 애기가 무엇인지 궁금해지기 시작했다. 전화 통화를 할 때 무슨 일이냐고 물었지만 언니는 만나서 애기하자고 했었다. 그렇게 말하는 걸로 봐서 사소한 일이 아닌 듯했다. 어쩌면 아주 나쁜 일일 수도 있었다. 지금 지은에게 가장 나쁜 내용이라면, 아이들을 더 이상 데리고 있을 수 없다는 애기일 것이었다. 그런 가정을 해보다가 지은은 고개를 가로저었다.

석진과 다예가 언니네 집에 가 있게 된 것은 지은이 부탁해서가 아니라 언니가 먼저 그렇게 하라고 한 것이었다. 집이 팔리고 나서 지은이 어찌해야 좋을지 몰라 울면서 전화했을 때, 지영은 동생의 하소연을 다 듣고 난 다음, 차분한 목소리로 지은을 위로해 주었었다. 그러곤 마치 준비하고 있었던 것처럼 말했다.

「시댁 식구들이 맡을 수 없는 처지라면, 석진이하고 다예는 우리 집으로 보내. 석진이는 기문이하고 같은 방 쓰면 되고, 다예는 수정이 방에 같이 있으면 되니까. 그리고 석빈이는 네가 데리고 오빠네로 들어가. 오빠네 비어 있는 방 하나 있잖아. 걘 아직 어리고 학교 다니기도 거기가 더 나을 거야. 오빠한테는 내가 말할게. 내 마음 같아서는 빚을 내서라도 방 한 칸 얻을 돈을 만들어 주고 싶지만, 요즘엔 만져 보고 준다고 해도 다 돈 없다고 난리들이니 그럴 수도 없고…… 일단 그렇게 하자. 그러면서 나중에 방 하나라도 얻을 돈을 만들어 봐야지.」

지영의 말은 지은에게 구원의 손길이었다. 그때 언니가 그렇게 해주지 않았다면 지은은 어떻게 대처했을지 그저 아득하기만 했다. 지은은 고맙다는 말조차 제대로 할 수 없었다. 가슴이 벅차서 그저 펑펑 소리 내어 울었을 뿐이다.

그러니 지금 와서 아이들을 맡을 수 없다는 말을 할 것 같지는 않았다. 더구나 시영은 지은을 끔찍이 생각해 주었다. 결혼 전부터 지영은 지은을 데리고 있으며 돌봐 주었고, 결혼 후에도 그녀가 힘들 때마다 물심양면으로 지원을 아끼지 않았었다. 그런 언니가 자청해서 조카들을 데리고 있다가 어느 날 갑자기 마음이 변하지는 않을 것이었다.

그런데도 지은은 자꾸만 걱정이 되었다. 그렇게 생각하지 않으려고 애를 쓰는데도 자꾸만 안 좋은 상상이 떠올라서 걱정과 불안을 떨쳐 버릴 수 없었다.

언니네 집에 들어서자마자 지은은 욕실로 들어가 샤워부터 했다. 땀을 뻘뻘 흘리며 들어서는 지은을 지영이 욕실로 떠밀었던 것이다. 샤워를 하는 동안 지영이 자신의 옷을 챙겨 주었다.

지은이 옷을 갈아입고 나왔을 때 지영은 거실에서 참외를 깎고 있었다. 그 옆에는 잘 익은 수박이 쪼개져 있었다.

「어서 와서 이것 좀 먹어, 땀 많이 흘렸을 텐데.」

지은이 수박을 먹는 동안 지영은 참외를 다 깎았다. 그러나 그녀는 아무것도 먹지 않고 지은을 건너다봤다.

「언니는 왜 안 먹어?」

「너나 많이 먹어. 난 조금 전에 먹었어. 오빠네 집에서는 아무래도 먹고 싶은 대로 다 못 먹을 거 아냐. 네가 직접 사다 먹을 형편도 안 될 거고…….」

지영의 말을 들으면서 지은은 갑자기 목이 메는 것 같았다. 정이 많은 언니가 유난히 지은에게 잘해 주는 것은 알고 있었지만, 그런 부분까지 생각하고 있을 줄은 몰랐던 것이다.

「그래도 먹어. 나 혼자 먹으려니까 못 먹겠잖아.」

「못 먹을 게 뭐 있어? 어서 먹어. 다 먹으면 또 꺼내다 줄 테니까.」

여전히 지영은 아무것도 먹지 않고 지은에게 권하기만 했다. 그러더니 갑자기 생각난 듯 물었다.

「그나저나 너, 학습지 돌리는 일 계속할 거야?」

「이왕 시작했는데 한 달은 채워야지. 그래야 월급을 받지. 왜? 무슨 좋은 일자리라도 생겼어?」

「그런 건 아니지만…… 네가 너무 힘들어하는 거 같아서……
일자리는 네 형부가 알아보는 중인데, 아직 마땅한 데가 없는 모
양이야. 조금만 더 기다려 봐.」

지영은 안쓰러운 눈길로 지은을 바라보았다. 지은은 언니가 그
런 시선으로 바라보는 것이 싫어서 일부러 얼굴을 돌렸다.

「학습지 돌리는 거…… 도대체 얼마나 받는데 그래? 공연히 그
돈 벌려다가 너 골병드는 거 아냐?」

지영의 음성에는 걱정하는 기색이 잔뜩 묻어 있었다. 지은은 고
개를 흔들었다.

「힘은 좀 드는데…… 그래도 할 만해. 그리고 일하는 것 때문에
힘든 게 아니라 다른 것 때문에 더 힘들어.」

「뭔데 그게?」

지은은 학습지 시국의 사장이 이상하게 나온다는 걸 말할까 하
다가 그만두었다. 그 말을 하면 지영은 펄펄 뛰면서 당장 때려치우
라고 할 것 같았다.

「자꾸 구독자 확장을 하라는데 그걸 할 수 있어야지. 그래서 한
달만 채우고 그만두려고. 한 달 채워야 월급 준다니까…… 그
고생 하면서 월급도 못 받고 나올 순 없잖아.」

「네가 어쩌다가 이 지경이 됐는지…….」

지은의 말에 지영은 다시 애처롭다는 표정으로 바라보았다. 지
은은 또다시 어색하게 고개를 외면했다.

　그때까지 지영은 만나서 하자고 했던 말을 꺼내지 않았다. 지은은 언니가 먼저 꺼내기를 기다리다가 더 참지 못하고 먼저 묻고 말았다.

「언니, 지난번에 전화로 할 얘기가 있다고 했었지? 그게 무슨 얘기야?」

「아, 그거…….」

　지영은 곧 난처한 얼굴이 되었다. 언니의 그런 모습을 보자 지은은 억누르고 있던 불안이 되살아났다. 지영은 지은을 건너다보며 뭔가 망설이는 기색이었다. 그럴수록 지은은 더 초조해졌다.

「뭔데, 언니? 어서 말해 봐.」

「사실은 너한테 말을 해야 하나 말아야 하나 많이 생각했는데…….」

「무슨 얘긴데 그래?」

「아이들에 관한 건데…….」

　그 말을 듣는 순간 지은은 가슴이 철렁 내려앉았다. 지은은 먹다 만 참외를 내려놓고 지영을 똑바로 바라보았다.

「아무래도 다예가…… 손버릇이 좀 나빠진 것 같아.」

「손버릇이 나빠지다니?」

「우리 집에 놔두는 잔돈푼이 자꾸만 없어지고 있어. 그게 아무래도…… 다예가 그러는 거 같아. 몇 푼 되지는 않지만…… 애들한테 그런 버릇이 생기면 안 되잖아.」

지은은 일단 자신이 걱정하던 문제가 아니라는 것에 안심은 되었다. 그러나 언니가 말하는 내용 역시 단순한 일이 아니었다. 다예가 돈을 훔치다니. 그건 생각지도 못해 본 일이었다.

「물론 다예가 돈을 가져가는 걸 내가 직접 본 적은 없어. 그런데 앞뒤 정황을 미루어 보면…… 다예가 있던 자리에서 꼭 돈이 없어지거든. 한두 번이 아니야.」

지은은 뭐라고 얘기를 해야 할지 알 수 없었다. 언니가 칠칠맞게 돈을 흘리고 다니면서 그걸 다예가 가져갔다고 할 사람은 아니었다. 뭔가 그런 의심을 가질 만하니까 그럴 것이었다. 지영의 말이 이어졌다.

「처음에는 석진이가 그랬을지 모른다는 생각도 했었어. 그런데 석진이는 좀처럼 안방에 들어오는 일도 없고, 성격상 그럴 것 같시노 않아. 또 우리 애들도 의심을 해봤는데, 개들이 있던 자리에서는 그런 일이 없었어. 꼭 돈이 없어지고 나면 다예가 거기 있었다는 생각이 나는 거야.」

지영은 그렇게 말하면서 지은의 표정을 살폈다. 지은은 어떤 얼굴을 해야 할지 몰라서 어색하기만 했다. 한참을 그렇게 건너다보던 지영이 다시 말했다.

「그래서 내가 일부러 다예한테 용돈을 줘본 적이 있어. 그랬더니 한사코 안 받겠다는 거야. 돈 쓸 일이 없다면서. 그러고 나서는 한동안 괜찮은 것 같더니…… 다시 또 돈이 없어지기 시작해. 그 애기를 하려고 했던 거야.」

「그렇다면 어떡하지, 언니? 어떻게 버릇을 고쳐야 하지?」

대꾸할 마땅한 말을 찾지 못하던 지은은 궁색하게 물었다. 그때까지도 지은은 다예가 돈을 훔친다는 것을 믿을 수가 없었다. 하지만 언니가 거짓말을 하거나 쓸데없이 아무나 의심할 사람은 아니었다.

「글쎄…… 어떻게든 버릇을 고쳐야지. 돈이 필요하면 내게 달라고 하면 될 텐데, 어린것이 자존심은 있어서 그 소리는 못하고 그냥 몰래 가져가는 것 같은데…… 우선은 네가 다예를 한번 만나 보는 게 좋을 것 같아.」

지영의 말투는 줄곧 조심스러웠다. 그 말투 때문에 지은은 언니의 말이 틀리지 않다는 생각이 들었다. 지은이 다시 물었다.

「만나서, 내가 뭐라고 말하는 게 좋을까? 다짜고짜 왜 돈을 훔쳤느냐고 혼낼 수는 없잖아.」

「그렇게 하면 안 되지. 그러면 아이가 상처받을 수도 있고…… 우리 집이 아니라 다른 데서도 그럴 수 있는 일이고…… 그래서 내 생각에는…… 네가 다예를 만나서 먼저 충분히 애기를 해보는 게 좋을 것 같아. 이것저것 애기하다가 돈 문제에 대한 애기도 꺼내면서…… 필요한 돈을 나한테 맡겨 놓을 테니 타 쓰라는 식으로 말하는 게 제일 낫겠다는 생각이 들어. 지금 바로잡지 않으면 정말 어떤 일을 저지를지 모르잖아.」

지은의 입에서는 저절로 한숨이 나왔다. 지영은 지은을 한참 동안 쳐다보다가 다시 입을 열었다.

「그리고 말 나온 김에 석진이 얘기도 해야겠다.」

「석진이는 또 왜?」

이번에는 지은의 가슴이 뛰기 시작했다. 석진은 전에도 말썽을 일으킨 적이 있었다. 친구를 두들겨 패고 학교에 가지 않아서 지은이 석진을 데리고 학교에 찾아간 일이 있었던 것이다.

「석진이가 아무래도…… 나쁜 애들이랑 어울려 다니는 것 같아.」

지영은 걱정스러운 어조로 말했다. 그것은 지은도 어렴풋이 짐작하던 일이었다. 그러나 언니가 그렇게 말하는 걸로 봐서 전보다 정도가 더 심해진 게 아닌가 하는 걱정이 되었다.

「옷차림도 점점 불량스러워지고, 밤에 나갔다가 늦게 들어오는 일이 많아졌어. 어떤 때는 몸에 상처도 생기고 그러더라. 걔도 그대로 내버려 둬서는 안 되겠어.」

「전에 친구를 때렸을 때도 내가 많이 타일렀거든. 그런데도 또 그런 모양이네. 어쩌면 좋지, 언니?」

지은은 기운 빠진 목소리로 물었다. 그저 난감하다는 생각만 들 뿐 어떻게 대처해야 할지 알 수가 없었다. 지영 역시 마찬가지인 것 같았다.

「글쎄, 나도 뭐라고 말하기가 참 그렇네. 얼마 전에는 네 형부가 붙잡아 앉혀 놓고 얘기를 하기도 했는데, 그때뿐인 것 같아. 그렇다고 내버려 둘 수는 없는 일 아니니.」

지은의 입에서는 또다시 긴 한숨이 새어 나왔다. 몇 차례나 깊은 한숨을 내쉰 다음 지영을 향해 물었다.

「기문이가 석진이만 할 땐 어땠어? 기문이도 그랬어?」

「기문이도 그런 부분이 전혀 없지는 않았지. 그렇지만 심하게 표 날 정도는 아니었어. 그래도 나쁜 친구를 만날까 봐 걱정을 많이 했었지. 평소와 좀 다르다 싶으면 잔소리도 많이 하고 그랬던 것 같아.」

「기문이야 워낙 착하니까…… 그런데 우리 석진이는 어떻게 하지? 어떻게 하는 게 좋겠어, 언니?」

지은은 답답한 심정으로 물었다. 지은은 걱정이 가득한 시선으로 지영을 바라보았다.

「글쎄…… 어려운 문제일수록 천천히 풀어 가는 수밖에 없다잖니. 지금 무슨 뾰족한 수가 있는 것도 아니고…… 여기서는 나랑 네 형부가 틈나는 대로 붙잡고 얘기하고…… 너나 석진 아빠도 석진이랑 자주 전화 통화라도 해서 가능하면 대화를 많이 하는 게 현재로서는 가장 좋은 방법 아니겠니? 말로 타일러서 안 듣는다고 하지만…… 다 큰 애를 가두어 둘 수도 없는 노릇이고…… 그래도 계속 타이르는 수밖에 없겠지.」

지영의 말은 구절구절 다 옳았다. 언니가 진심으로 아이들 문제를 걱정해 주고 있기 때문일 것이었다.

「고마워, 언니. 그리고 미안해. 애들을 그냥 데리고 있는 것만으로도 불편한 게 한두 가지가 아닐 텐데, 그렇게 신경을 쓰게 해서…….」

「별소리를 다 하는구나. 석진이하고 다예가 남의 애들이니? 다 같은 한가족인데…….」

그 말에 지은은 또 한 번 고마운 마음을 느꼈다. 지은은 언니의 의견에 따르기로 하고 바로 실행에 옮기는 게 좋겠다는 생각을 했다. 그래서 지영을 향해 물었다.

「그럼 언니, 오늘 여기 온 김에 기다렸다가 아이들을 만나고 갈까? 그게 좋겠지?」

「아냐. 내 생각에는 여기서 애들을 만나는 것보다 언제 기회를 한 번 만들어서 밖에서 만나는 게 더 좋을 것 같아. 오늘 여기서 그런 말을 하면 네가 꼭 내 얘기 듣고 말한다는 인상을 줄 수도 있잖니. 밖에서 만나면 아이들도 편하게 자기 얘기를 할 수 있을 것 같고…… 또 너도 더 말하기 좋을 테고…….」

그 말을 듣고 보니 그러는 것이 더 나을 것 같다는 생각이 들었다. 지영은 더 덧붙여 말했다.

「네가 애들에게 말할 때도 좀 신경을 써야 할 거야. 난 걔네들이 근본적으로 문제가 있었다고는 생각지 않거든. 갑자기 집안이 풍비박산 나는 바람에 환경이 달라지고, 그 때문에 일시적으로 나타나는 현상인 것 같아. 이럴 때 아이들을 문제아 다루듯 하면 더 삐뚤게 나갈 수 있거든. 네가 잘 알아서 하겠지만, 걱정이 돼서 하는 말이야.」

「알았어, 언니. 언니가 뭘 걱정하는지 알아. 그리고 나도 애들하고 얘기하기 전에 생각을 많이 해볼게. 아무튼 고마워, 언니.」

둘은 그러고 나서도 한동안 더 아이들 이야기를 나누었다. 아이들에 대한 이야기는 지은이 자리를 털고 일어날 때까지 계속되었다.

지은이 일어서서 나오자 지영은 과일과 반찬거리를 싸주었다. 지은이 한사코 받으려 하지 않았지만 지영은 막무가내였다.

「새언니랑 같이 있으면 아무래도 눈치 보일 테니까 그냥 가져가서 먹어. 석빈이도 좀 먹이고.」

지영은 골목 입구까지 그것을 들고 나와서 지은의 손에 쥐여 주었다. 지은이 큰길을 향해 돌아서려는데 지영이 그녀를 불렀다.

「참, 석진이하고 다예 다음 등록금 나왔기에 내가 먼저 줬다. 그러니 그렇게 알고 있어.」

「언니…….」

「아무 말 마. 나중에 다 너한테 받을 거야. 애들 마음 다칠까 봐 먼저 준 거니까 공연한 소리 하지 말고 어서 가.」

지은의 눈에서는 핑글 눈물이 돌았다. 그 모습을 보이지 않으려고 그녀는 얼른 몸을 돌렸다. 지은은 지영의 시선에 등을 떠밀리는 듯 천천히 걸음을 옮겨 놓았다.

6

명동 거리는 사람들로 가득했다. 일요일이라서 평소보다 훨씬 더 많은 사람들이 몰려나온 것 같았다. 사람들이 얼마나 많은지 마치 서로 밀고 다니는 것처럼 보였다.

시우는 그 사이에 끼여서 걸음을 옮겨 놓았다. 자신이 걸음을 옮겨 놓는 짓이 아니라 서대한 불결에 휩쓸려 가는 것처럼 느껴졌다. 명동성당에서 명동 입구 쪽으로 한참을 걸어 내려가던 시우는 유네스코회관이 있는 지점에서 걸음을 멈추었다. 파산한 몇몇 기업체들이 창고에 쌓여 있던 상품들을 들고 나와 팔고 있었고, 그 앞에는 많은 사람들이 몰려 있었다. 그 광경을 보며 시우는 씁쓰레한 기억을 떠올렸다.

회사를 넘기고 얼마 되지 않았을 때였다. 시우는 일자리를 구하기 위해 명동 거리를 지나가고 있었다. 이력서를 제출하러 가는 중이었기 때문에 양복을 입고 넥타이까지 맨 차림이었다. 일이 잘 되기만을 바라며 열심히 걷고 있던 시우는, 그때도 유네스코회관이 있는 지점에서 사람들이 잔뜩 몰려 있는 것을 발견했다.

고개를 들고 바라보니 방송국에서 주최하는 실직자들을 돕기 위한 성금 모으기 행사가 진행되고 있었다. 그 행사는 한복을 잘 차려입은 여자 탤런트들이 '실직자를 도웁시다'라고 쓴 띠를 두르고 줄지어 서서 행인들에게 성금을 내줄 것을 권하고, 카메라는 그들을 향해 부지런히 돌아가고 있었다.

지나가던 사람들이 카메라 앞으로 다가서서 성금을 냈다. 사람들이 성금함에 돈을 집어넣을 때마다 MC가 그 사람에게 마이크를 들이대며 몇 마디 물었다. 곁에서 보기에는 참으로 아름다운 광경이었다. 그러나 돈 한 푼 없이 붙잡힌 사람에게는 보통 고역이 아니었다.

시우를 붙잡은 여자 탤런트는 얼굴 가득 상냥한 웃음을 띠면서 말했다.

「어려운 실직자들 좀 도와주세요. 많은 액수가 아니어도 됩니다. 조금만 도와주세요.」

시우는 말쑥하게 차려입고 있었다. 그러나 그의 호주머니에는 동전 몇 개밖에 없었다. 거지한테 적선하는 것도 아니고, 범국민적으로 실직자들을 돕자는 행사에서 그 동전들을 꺼내 성금함에 집어넣을 수는 없는 노릇이었다. 더구나 그 돈은 그 당시 그의 전 재산이었다. 그 돈이 없으면 당장 저녁에 라면도 사먹을 수 없는 형편이었던 것이다.

하는 수 없이 시우는 그를 붙잡는 여자 탤런트의 손길을 뿌리쳤다. 그러자 그 탤런트는 더욱 가까이 다가서더니 다시 시우의 팔을 잡았다.

「우리 실직자들이 굶고 있어요. 그들을 조금만 도와주세요. 부탁입니다. 조금만 도와주세요.」

그 탤런트는 계속 매달렸고 시우는 계속해서 손길을 뿌리쳤다. 그러자 사람들의 시선이 쏠렸다. 시우는 부끄러워서 견딜 수가 없었다. 그런데 성금함에 돈을 집어넣고 나온 한 할아버지가 시우를 향해 손가락질하며 말했다.

「저렇게 인심이 사나워서야 원……」

그때 간신히 탤런트의 손길에서 벗어난 시우는 화끈거리는 얼굴을 숙인 재 노방지늣 골복으로 접어들었다. 정말이지 울고 싶은 심정이었다.

그때 일을 생각하며 시우는 천천히 걸었다. 걸으면서 상점들이 늘어선 거리에 눈길을 주었다. 시우의 머릿속에는 아이들에게 줄 선물을 사야 한다는 생각으로 가득했다. 그러나 마땅한 가게를 찾을 수가 없었다.

시우가 아이들을 만나야겠다고 생각한 것은 며칠 동안 막일을 한 덕분에 그 품삯이 좀 모였기 때문이었다. 어디를 가도 일거리를 구하기 어려운 판국인데, 그렇게 며칠씩 일할 수 있었던 것은 행운이었다.

처음에는 시우도 자신이 하던 일과 비슷한 일자리를 찾아보려고 이력서를 들고 다녔었다. 그러나 일자리를 찾는 일에만 매달리다가는 아무것도 할 수 없다는 사실을 깨닫게 되었다. 일자리 자체가 거의 없었고, 몇 명을 뽑는다고 해도 수백 명이 몰리는 형국이었던 것이다. 거기서 선택되기를 바라기에는 너무 나이가 들었고 쓸데없이 경력만 많았다. 그것보다는 차라리 막일이라도 찾는 것이 더 현실적이라는 게 그가 얻은 결론이었다.

시우는 막일을 하기 위해 직업소개소를 열심히 드나들었다. 그렇게 해서 일이 얻어걸리면 그 일을 하러 나갔고, 그렇지 않은 날에는 이력서를 챙겨 들고 일자리를 찾아보았다.

직업소개소를 통해서 얻게 된 일은 짐을 나르는 것이었다. 첫날은 힘을 못 써서 애를 먹었는데, 둘째 날이 되자 조금 요령이 생겼다. 그리고 그다음 날부터는 그 일을 맡은 책임자가 시우를 좋게 봐서 며칠 더 일할 수 있었다.

경제 사정이 어려워진 뒤부터 일반 잡부들의 일당이 3만 원으로 떨어져 있었다. 일을 하게 되면 직업소개소에 소개료 5천 원을 줘야 했다. 그러면 하루 일하고 거머쥘 수 있는 돈이 2만 5천 원이었다. 분식집 같은 데서 가장 싼 음식으로 하루 두 끼를 때우면 2만 원 가까이 남았다. 시우는 그 돈을 차곡차곡 모았던 것이다.

많은 액수는 아니었지만 돈이 조금 모이자 시우는 제일 먼저 아이들을 만나고 싶었다. 만나서 아이들을 위해 그 돈을 쓰고 싶었다. 그래서 시우는 아내에게 전화를 걸었다.

「안 그래도 아이들을 만나서 얘기를 좀 해야 돼요. 석진이하고 다예한테 문제가 좀 있어요. 다 같이 만나면 자연스럽고 좋겠네요. 그런데 당신, 그럴 여유가 돼요?」

아내는 시우에게 돈이 좀 있느냐고 묻는 것 같았다. 다른 여유가 있느냐고 묻는 것일 수도 있었지만, 그에게는 그렇게 들렸다. 시우는 오랜만에 자신 있는 목소리로 대답했다.

「걱정하지 마. 애들 만나서 쓸 돈은 있어. 이왕이면 애들이 좋아하는 피자 집 같은 데서 보면 어떨까?」

「지금 우리가 그럴 처지예요? 당신…… 회사 넘기면서 돈을 좀 받은 거예요?」

시우가 호기 있게 말하자 아내는 그가 돈을 꽤 갖고 있는 줄 아는 것 같았다. 회사를 넘긴 이야기가 나오자 시우의 목소리는 다시 가라앉았다.

「아냐, 돈은 한 푼도 못 받고 부채만 잔뜩 떠안았어. 그럴 수밖에 없는 상황이었어. 그런 조건으로도 겨우 넘긴 거야.」

「그러면서 무슨 피자 집이에요? 그냥 공원 같은 데서 만나요. 회사 넘겼으면…… 당신 잠은 어디서 자요?」

「그냥 뭐…… 친구네 집에서도 자고…… 자취하는 후배한테 가서도 자고…… 그냥…… 지낼 만해.」

시우는 거짓말을 했다. 잘 곳이 없어서 지하도를 전전하고 있다
는 말을 아내에게 차마 할 수가 없었던 것이다. 시우는 얼른 말을
돌렸다.

「언제 만날까? 토요일 오후나 일요일이어야겠지? 언제가 괜찮
을 것 같아?」

「다가오는 일요일에 만나요. 그날이 마침 석빈이 생일이에요. 돈
없어서 해줄 것도 없는데 밖에나 데리고 나갔다 오면 되겠네요.」

아내의 말을 듣고서야 시우는 석빈의 생일을 떠올렸다. 시우는
석빈에게 근사한 생일 선물을 사주고 싶었다. 그래서 석빈을 바꿔
달라고 했다.

전화를 받은 석빈은 잠긴 목소리로 인사를 했다. 그 소리를 듣자
시우는 가슴이 뭉클했다. 어린 석빈이 느끼는 감정이 고스란히 전
달되는 것만 같았다. 시우는 일부러 밝은 음성을 지어냈다.

「석빈아, 이번 생일에 아빠가 뭘 선물해 줄까? 받고 싶은 선물이
뭐야?」

「정말 말해도 돼요, 아빠? 정말로 사주실 거예요?」

석빈의 목소리는 금세 달라졌다. 그런데 곧 제 엄마가 옆에서 뭐
라고 하는 소리가 들리더니 석빈이 침울하게 말했다.

「아빠, 선물 안 해주셔도 돼요. 전 괜찮아요.」

그 말을 들으면서 시우는 몹시 가슴이 아팠다. 그 때문에 시우는
더 힘 있는 목소리로 말했다.

「안 돼, 석빈아. 아빠는 벌써 네 선물을 사려고 준비하고 있는데, 네가 말하지 않으면 네 마음에 안 드는 걸 살지도 몰라. 그러니까 아빠한테 말해 줘. 그래야 석빈이 마음에 드는 걸로 사지.」

그제야 석빈은 쭈뼛거리며 대답했다.

「제가 갖고 싶은 건 변신 로봇인데요, 그건 너무 비싸요. 그러니까 그냥 변신하지 않는 로봇이나…… 강아지 장난감 같은 거 사주세요. 아니면…… 공책이나 연필을 사주셔도 돼요. 전 아무거나 다 좋아요.」

시우는 석빈에게 꼭 변신 로봇을 사주겠다고 약속했다. 그것이 얼마나 비싼지는 모르지만 반드시 그것을 사주고 싶었다. 그렇게 해서 상처받은 아이의 마음을 달래 주고 싶었다.

전화를 끊고 나서 시우는 다예와 석진에게도 선물을 해줘야겠다고 마음먹었다. 다 같이 남의 집에 얹혀 있지만, 석진과 다예는 제 엄마와도 떨어져 있으니 더 마음이 안 좋을 것이었다.

명동 입구까지 걸어 내려왔는데도 마땅한 가게는 눈에 띄지 않았다. 하는 수 없이 시우는 중앙우체국 쪽으로 걸음을 옮겼고, 그곳에서 지하도를 건너 남대문시장 쪽으로 향했다.

남대문시장 역시 많은 인파로 북적였다. 노점상들이 많았기 때문에 그곳은 명동보다 더 복잡했고, 걸음을 옮겨 놓기도 더 힘들었다. 시우는 새로나백화점 뒷길로 해서 천천히 시장 안쪽으로 들어섰다.

사람들은 많았지만 시장은 활기차 보이지 않았다. 지나다니는 사람들은 많은데 물건을 사는 사람들은 그리 많지 않았다. 상인이나 행인이나 모두 표정이 어두웠다. 시우는 그들 사이를 지나 시장 골목을 이리저리 돌아다녔다.

한참을 헤매고 나서야 시우는 완구 도매상을 찾을 수 있었다. 그곳에 들어가자 조립을 하는 여러 형태의 로봇들이 케이스에 담겨 잔뜩 쌓여 있었다. 시우는 가장 많이 변신하는 로봇을 찾았다. 그러나 가격을 물어보고는 값이 너무 비싸 슬며시 내려놓고 말았다. 시우가 예상한 돈으로는 2단 변신 로봇을 겨우 살 수 있었다. 그것은 아무래도 석빈의 마음에 들지 않을 것 같았다. 종업원의 귀찮아하는 기색에도 불구하고 시우는 이것저것 집어 들며 가격을 물어보았다. 마음에 들면 값이 비쌌고, 가격이 적당하다 싶으면 어딘지 모르게 좀 조잡스러워 보였다. 시우는 한참을 망설인 끝에 그중 하나를 집어 들었다. 그것은 무기를 바꿔 드는 것까지 포함해서 다섯 번 변신할 수 있는 로봇이었다.

로봇이 든 상자를 옆구리에 낀 시우는 이번에는 다예와 석진에게 줄 물건을 사기 위해 다시 시장 안쪽으로 들어섰다. 여러 곳을 기웃거렸지만 마땅히 눈에 들어오는 것이 없었다. 한참을 더 헤맨 다음에 시우가 고른 것은 어깨에 걸머메는 가방과 청소년들에게 인기 있는 가수의 CD였다. 가방은 다예를 위한 것이고 CD는 석진에게 줄 선물이었다.

아이들에게 줄 선물을 다 사고 나자 약속 시간이 조금 지나 있었다. 시우는 그것들을 들고 약속 장소가 있는 명동 쪽으로 부지런히 걸음을 옮겼다.

약속 장소인 패스트푸드점에는 이미 아이들과 아내가 나와 있었다. 시우가 들어서자 세 아이가 자리에서 일어나 인사를 했다. 무슨 이야기를 하고 있었는지 모두 어두운 표정이었다. 시우는 일부러 과장된 웃음을 지어 보이며 가족들이 앉아 있는 자리로 다가갔다.

「석빈아, 생일 축하한다. 자, 선물.」

시우는 자리에 앉기도 전에 변신 로봇이 든 상자를 석빈에게 내밀었다. 석빈은 그것을 보더니 눈이 둥그레지고 입이 쫙 벌어졌다.

「우와, 정말로 변신 로봇을 사오셨네요. 아빠, 고맙습니다.」

석빈은 자리에서 일어선 채 상자를 열었다. 그러곤 로봇을 꺼내 들고 어쩔 줄을 몰라 했다. 그 모습을 바라보는 시우의 마음이 여간 흐뭇하지 않았다.

「돈도 없을 텐데, 뭐 하러 이렇게 비싼 걸 샀어요? 이거…… 얼마 줬어요?」

지은이 걱정스러운 눈길로 시우를 건너다보며 물었다. 아내가 그렇게 물은 것은 가격이 궁금해서가 아닐 것이었다. 시우는 대답 대신 괜찮다는 눈짓을 해 보였다.

「그리고 이건 다예 거, 이건 석진이 거. 너희가 뭘 좋아하는지 몰라서 그냥 샀는데, 마음에 들지 모르겠다.」

다예와 석진은 자신들에게 내밀어진 물건을 받아 들었다. 그러나 그들은 반가워하거나 고마워하는 기색이 전혀 없었다. 그 모습을 보자 시우는 괜히 머쓱해졌다.

「석빈이야 생일이니까 사준다지만, 다른 애들 건 왜 샀어요? 지금 우리가 이렇게 낭비할 때예요?」

지은이 또다시 시우를 건너다보며 입을 열었다. 몹시 못마땅해하는 기색이 역력했다. 아내의 심정을 모르는 것은 아니지만 모처럼 만에 만나서 아이들한테 선물을 하나씩 사주는 것에 대해 너무 심하게 말하는 게 아닌가 싶었다. 시우는 그 말이 마음에 걸렸지만 못 들은 척 그냥 넘기기로 했다. 그러곤 아이들을 향해 고개를 돌렸다.

「너희 표정을 보니 별로 마음에 들지 않는 모양이구나. 다예야, 아빠가 잘못 골랐니?」

「아니에요. 괜찮아요. 그런데 색깔이 좀 촌스러워요.」

다예는 가방을 손으로 만지면서 대답했다. 결국 마음에 들지 않는다는 소리였다. 시우는 이번에는 석진을 돌아봤다. 석진은 CD를 탁자 위에 내려놓은 채 쳐다보지도 않았다.

「석진이는 어때? 마음에 안 들어?」

「제가 싫어하는 가수예요. 곡이 제 취향에 안 맞아서…….」

석진 역시 그 CD가 마음에 안 든다는 것이었다. 시우는 기운이 빠졌다. 아내의 말대로 쓸데없는 낭비를 한 것 같다는 생각이 들었다.

「그럼 어떤 것을 좋아하는지 말해. 아빠가 바꿔다 줄 테니까.」

시우는 다예와 석진을 번갈아 바라보며 말했다. 그러자 아이들은 고개를 저었다.

「색깔은 촌스러워도 디자인은 예뻐요. 그냥 갖고 다닐게요.」

「이 가수 좋아하는 애들이랑 바꿔서 들으면 돼요. 그냥 놔두세요.」

다예와 석진이 차례로 말했다. 아이들이 그렇게 말하는데 바꿔다 주겠다고 억지로 빼앗을 수도 없는 일이었다. 기분이 좀 찜찜하기는 했지만 시우는 그냥 내버려 두는 수밖에 없었다.

「우선 뭘 좀 먹자. 석진이가 가서 먹을 것 좀 사와라.」

시우는 지갑에서 돈을 꺼내 큰아들한테 내밀었다. 석진은 엉거주춤 일어나 그 돈을 받았고, 석빈이 함께 가겠다고 따라 일어섰다. 꼼짝 않고 자리에 앉아 있던 다예도 석빈이 잡아끄는 바람에 하는 수 없이 몸을 일으켜 따라갔다.

아이들이 먹을 것을 사러 가고 나자 지은은 다시 시우를 건너다봤다. 아내의 표정에선 걱정스러운 기색이 떠나지 않았다.

「석진 아빠, 무슨 돈이 있어서 이렇게 막 쓰는 거예요? 이렇게 써도 돼요?」

「괜찮아, 걱정하지 마. 그런데 애들 표정이 왜 그래? 무슨 안 좋은 일이 있는 것 같은데…….」

「당신 오기 전에 다예하고 석진이한테 뭐라고 좀 했어요. 다예는 손버릇이 나빠져서 자꾸만 언니네 집 돈에 손을 대고, 석진이는 불량배들하고 몰려다닌대요. 그것 때문에 얘기를 하던 중이라 그럴 거예요. 집안이 이 모양이면 애들이라도 잘하고 있어야 할 텐데…… 어떻게 되려고들 그러는지…….」

지은은 말끝을 흐리며 한숨을 내쉬었다. 그 모습을 보자 시우는 마음이 무거워졌다.

「미안해. 다 나 때문에 생긴 일들이야. 내가 집을 그 지경으로 만들지 않았으면 그런 일도 없었을 거야. 다 내 잘못이야.」

「집안이 어려워서 나쁜 짓을 한다는 게 말이나 되는 소리예요? 다 저희 행실이 안 좋아서 그러는 거지…… 그나저나 당신은 어떻게 지내는 거예요?」

시우는 뭐라고 대답해야 할지 몰라서 잠깐 동안 망설였다. 그러나 대꾸할 말이 떠오르지 않았다.

「잠은 여기저기 돌아다니면서 잔다면서요? 그럼 먹는 것은 어떡해요? 빨래는요?」

「먹는 건 때 되면 아무거나 사먹고, 빨래는 요즘 컴퓨터로 세탁해 주는 데 많잖아. 거기서 해결해. 난 괜찮아. 내 걱정은 하지 마.」

시우는 아내를 안심시키고 싶었다. 그러나 지은의 얼굴은 밝아지지 않았다.

「그렇게 밥 사먹고 빨래 맡기고 할 돈은 있어요? 어디 취직이라도 한 거예요?」

궁금해서 묻는 것이겠지만 아내의 말은 다그치는 것처럼 들렸다. 그래서 시우의 음성은 마치 주눅 든 아이처럼 자꾸 가라앉았다.

「아냐. 취직은 아직 못했고…… 지금은 우선 아무 일이나 닥치는 대로 하면서 하루하루를 버티고 있어. 일자리는 알아보는 중이야.」

「하루하루를 버티는 게 문제가 아니라 뭔가 대책을 세워야 하는데…… 걱정이네요, 정말. 그리고 이런 판국에 이렇게 낭비를 해서 되겠어요? 이럴 돈 있으면 한 푼이라도 모아서 애들 학비를 만들어야 할 텐데…….」

석성스러운 듯 말했지만 지은의 말투는 시우를 비난하고 있었다. 아내는 그가 아이들에게 선물 사주고 먹을 것 사주는 일만을 문제 삼는 것은 아니었다. 그렇게 해서는 안 되는 형편을 함께 탓하는 것이었다. 시우는 그런 생각을 하며 고개를 떨구었다.

갑자기 대화가 중단된 후 그다음 말을 찾지 못해서 어색하게 앉아 있을 때, 아이들이 먹을 것을 들고 왔다. 식구 수대로 햄버거와 치킨 조각을 가져왔고, 감자튀김과 잼을 발라서 먹는 빵도 있었다.

시우는 아내의 말 때문에 기분이 잔뜩 언짢았지만 내색을 하지 않고 아이들을 둘러보며 말했다.

「자, 어서 먹자. 아빠가 얼마든지 더 사줄 테니까 먹고 나서 더 먹어야 한다, 알겠지?」

그 말에 석빈만 기분 좋은 얼굴로 고개를 끄덕일 뿐이었다. 석진과 다예는 표정 없는 얼굴로 시우를 바라보았고, 아내는 고개를 외면하고 있었다. 시우는 갑자기 가슴 한쪽이 콱 막히는 것 같았다.

석빈이 햄버거를 반쯤 먹어 치울 때까지 석진과 다예는 햄버거를 들고만 있었다. 그러다가 시우와 눈이 마주치자 마지못해 그것을 입으로 가져갔다. 아내는 아예 손도 대지 않았다. 시우 역시 먹고 싶은 마음은 전혀 없었다. 그러나 아이들이 제대로 먹게 하기 위해서 감자튀김을 주워 들고 조금 베어 물었다.

「아빠, 우리 언제 같이 살 수 있어요?」

햄버거를 먹다 말고 석빈이 시우를 향해 불쑥 물었다. 그 순간 석진과 다예, 아내까지 모두 시우를 쳐다보았다. 시우는 뭐라고 대답해야 할지 몰라서 잠깐 당황했다. 그러나 곧 침착하게 말했다.

「하루빨리 같이 살아야지. 아빠가 돈 열심히 벌고 있으니까 곧 그런 날이 올 거야. 그때까지 힘들더라도 우리 모두 조금만 참고 견디자.」

마땅한 일자리도 없이 불안하게 막일을 찾아다니는 형편이었지만 시우는 아이들을 안심시키기 위해서 그렇게 말했다. 석빈은 고개를 끄덕이며 다시 입을 열었다.

「빨리 그렇게 됐으면 좋겠어요. 우리가 이렇게 사니까 억울한 일을 당하는 거 같아요.」

「억울한 일을 당하다니?」

시우가 묻자 석빈은 제 엄마를 잠깐 쳐다보았다. 아마도 석빈이 말하려는 걸 아내는 아는 것 같았다.

「학교에서요…… 누가 뭘 잃어버렸는데…… 자꾸만 애들이 저를 의심하는 거예요. 전 정말로 안 가져갔는데 말이에요.」

「왜 널 의심해?」

「엄마랑 제가 외삼촌 집에서 사는 걸 친구들이 알거든요. 우리가 가난하게 사니까 제가 물건을 훔쳤다고 생각하는 거 같아요.」

석빈은 방금 그런 일을 당한 아이처럼 억울한 표정을 지으며 말했다. 시우는 그 모습을 보며 가슴 한쪽이 뭉쳐지는 것 같은 느낌을 받았다.

「그리고요…… 학교에서 조금 떠들다가 걸렸는데 선생님이 저를 전학시켜 버린다고 한 적이 있어요.」

「전학을 시키다니? 그게 무슨 말이야?」

「선생님도 제가 외삼촌네 집에서 학교에 다니는 걸 알거든요. 그러니까 떠들다가 또 걸리면 외삼촌네 집 근처에 있는 학교로 전학을 시킨다는 거예요. 그냥 조용히 하라고 하면 될 텐데, 선생님이 아주 치사해요. 그런데 아빠, 전 친구들과 헤어지기 싫어요.」

당장 전학을 해서 친구들과 헤어지기라도 할 것처럼 석빈은 불안한 얼굴로 말했다. 그 모습을 바라보는 시우의 가슴은 쥐어짜는 듯이 아팠다. 그는 아이에게 무슨 말인가를 해주지 않으면 안 된다고 생각했다.

「알았다, 석빈아. 아빠가 내일부터 더 열심히 돈 벌어서 빨리 이사 가도록 할게. 그러니까 그런 말 안 듣도록 잘하면서 조금만 참아, 알았지?」

석빈은 알았다고 고개를 끄덕인 다음 치킨 조각을 입으로 가져갔다. 석진과 다예는 햄버거 하나씩만 먹고 더 이상 아무것도 입에 대지 않았다. 시우는 아이들에게 더 먹으라고 했다. 그러나 둘은 약속이나 한 듯 고개를 가로저었다. 석빈에 비해 철이 좀 들어서인지 석진과 다예는 자꾸만 눈치를 보는 것 같았다. 그 모습 역시 시우의 가슴을 아프게 했다.

「다 먹었으면 석진이하고 다예, 엄마가 하는 말 마저 들어. 아까는 아빠가 오시는 바람에 얘기가 끊겼는데…….」

아내는 내내 단단히 별렀던 사람처럼 두 아이를 향해 입을 열었다. 그러자 다예가 짜증스러운 표정을 지으며 제 엄마를 똑바로 쳐다봤다.

「엄마 말 다 알아들었어요. 그러니까 그만하셔도 돼요.」

다예의 목소리는 다분히 신경질적이었다. 그 말에 아내는 발끈했다.

「그게 알아들은 태도야? 그렇게 알아들을 애가 왜 그따위 짓을 해?」

지은은 아이를 나무라는 것이 아니라 화를 내고 있었다. 시우는 자신이 나서야 하지 않을까 생각했다. 그러나 아내의 표정이 워낙 단호했기 때문에 끼어들 수가 없었다. 지은이 매서운 눈초리로 쏘아보자 다예는 천천히 고개를 숙였다.

「아무튼 앞으로 한 번만 더 그런 일 있으면 엄마가 절대로 가만두지 않을 거야. 필요한 게 있으면 이모한테 타 쓰고, 무엇 때문에 얼마를 타 썼는지 적어 놔. 엄마가 나중에 다 이모한테 갚을 거니까. 알아들었어?」

다예는 머리를 숙인 채 고개를 끄덕였다. 지은은 이번에는 석진을 향해 눈을 돌렸다.

「그리고 석진이 너, 계속 못된 친구들이랑 몰려다닐 거야?」

「엄마는 왜 내 친구들은 다 나쁘다고 생각하세요? 걔네들도 착한 애들이라고요.」

제 엄마의 말에 석진도 짜증 섞인 반응을 보였다. 지은은 이번에도 버럭 화를 냈다.

「착한 애들이 한밤중에 널 불러내고, 몰려다니며 싸움질이나 하니? 그게 착한 애들이야?」

「그거야 애들이 학원에서 늦게 끝나서 그러는 거고…… 또 딴 애들이 시비를 걸어오는데 그럼 가만있어요?」

「네가 밤중에 나가지 않으면 그런 일도 없을 거 아냐. 긴 말 할 거 없고…… 너 또 밤에 나돌아다닐 거야?」

어느새 지은은 서슬이 시퍼래져 있었다. 가까운 탁자에 앉은 사람들이 그들 가족이 있는 자리를 힐끔거리는 것이 느껴졌다. 시우는 아무 말 없이 석진을 바라보았다. 그제야 석진은 눈을 내리깔았다.

「알았어요. 안 나가면 될 거 아니에요. 그런데 엄마도 이모 말만 듣고 너무 그러지 마세요. 저도 이제 어린애가 아니란 말이에요.」

석진은 한풀 꺾인 목소리로 대꾸했다. 그러나 그 말투 속에는 불만스러운 기색이 역력했다.

「하여튼 너, 밤에 절대 나가지 마. 이모한테 물어보고 또 나갔다고 하면 엄마가 당장 달려갈 거니까, 알아서 해.」

날카로운 아내의 모습에 시우는 슬그머니 고개를 돌렸다. 모든 것이 자신 때문에 생긴 일이라는 자책감에 긴 한숨이 새어 나왔다.

아내가 아이들을 혼내는 바람에 그러잖아도 어색하던 분위기가 완전히 딱딱하게 굳어져 버리고 말았다. 다예와 석진은 부어오른 얼굴로 앉아 있고, 석빈 역시 불안한 표정이었다. 아내는 아내대로 끓어오르는 화를 삭이고 있는 것처럼 보였다. 햄버거 두 개와 치킨 조각, 빵과 감자튀김 들이 탁자 위에 놓여 있었지만 어느 누구도 그것을 먹으려 하지 않았다.

시우는 무슨 말로 분위기를 바꿔야 할지 알 수 없었다. 무슨 말이든 잘못 꺼냈다가는 더 이상해질 것 같았다. 괜히 가족들을 만나자고 했다는 후회까지 몰려왔다.

처음 가족을 만나야겠다고 생각했을 때는 한동안 떨어져 있었기 때문에 서로 반가워하고, 각자 힘든 상황을 위로해 주는 자리가 될 것이라고 짐작했었다. 그러나 그런 기대는 완전히 어긋나 버리고 말았다. 시우는 아내가 원망스러워졌다.

하지만 그 원인 제공자는 시우 자신이었다. 그가 가족들이 흩어져 살아야만 하는 상황을 만들지 않았다면 그 어떤 일도 일어나지 않았을 것이었다. 그러니 아내를 탓할 수 없었다. 시우는 무거운 분위기를 깨고 아이들을 향해 천천히 입을 열었다.

「모처럼 만에 가족이 한자리에 모였는데 즐거운 자리가 되지 못하는구나. 이 모든 것이 다 아빠 책임이라고 생각한다. 아빠가 하루빨리 돈을 벌어서 우리 가족이 다시 모여 살게 되면 이런 일은 일어나지 않을 거야. 아빠가 최선을 다해서 열심히 일할 테니까 그동안 너희도 조금씩 애를 좀 써주었으면 좋겠구나. 일일이 말은 안 해도 너희가 얼마나 힘들지 아빠는 다 짐작한다. 그러나 그것을 이겨 내지 못하면 우리 가족은 지금보다 훨씬 더 불행해질 거야. 어려운 일이 있을 때마다 다른 가족이 얼마나 힘들까 생각하면서 같이 견뎌 나갔으면 한다. 아빠가 진심으로 부탁하고 싶은 말이다.」

말을 하는 동안 시우는 목이 잠겨 왔다. 아이들은 숙연한 표정으로 그의 말을 듣고 있었다. 그 말 때문에 오히려 분위기가 더 경직

되는 것 같았다.

시우는 아내가 한마디쯤 거들어 주었으면 했다. 그러나 지은은 아무 말도 하지 않았다. 아이들 역시 아무런 대꾸 없이 앉아 있을 뿐이었다. 시우는 무슨 말이든 더 하고 싶었지만 그렇게 되면 눈물이 솟구칠 것 같아서 그만 입을 다물어 버렸다.

작은 탁자에 둘러앉은 다섯 식구는 모두 불편한 자세를 하고 있었다. 시선을 어디다 둘지 몰라서 다들 다른 곳을 바라보았다. 누군가와 눈이 마주치면 서로 황급히 시선을 피했다. 어느 누구도 입을 열지 않았고, 누군가가 말해 주기를 기다리는 것 같지도 않았다. 그들은 모두 그 자리에 앉아 있기를 강요당한 것처럼 그렇게 어색한 자세로 앉아 있었다. 그런 분위기는 그들 가족이 다시 헤어지기 위해 자리에서 일어설 때까지 계속되었다.

7

지은이 집을 막 나서려고 하는데 전화벨이 울렸다. 새언니는 밖에 나가고 없었고, 집에는 그녀 혼자뿐이었다. 지은은 전화를 받지 않으려고 그냥 현관문을 열고 나섰다. 오빠네 전화였기 때문에 지은이 받으면 곤란할 때가 많았다. 전화를 건 사람들은 주로 새언니를 찾았고, 시누이가 와 있는지 몰랐다면서 불필요한 인사를 하는 사람들이 더러 있었던 것이다.

그러나 현관문을 나서고 문을 잠글 때까지 전화벨은 계속 울렸다. 지은은 다시 문을 열고 안으로 들어갔다. 새언니가 거는 전화일지도 모른다는 생각이 들어서였다.

「전지은 씨 계시면 좀 부탁드립니다.」

수화기 속의 목소리는 그녀를 찾고 있었다. 지은은 자신을 찾을 만한 남자가 얼른 떠오르지 않았다. 그러나 자신을 찾는 것만은 확실하기 때문에 상대방이 궁금해졌다.

「전데요. 누구세요?」

「아, 바로 받았구나. 나…… 김명근이라고 하는데…… 기억할지 모르겠네.」

「김…… 명근…… 씨라고요? 잘 모르겠는데요.」

「하도 오래 돼서…… 가만있자…… 칠칠이라고 하면 기억나려나? 왜 있잖아…… 대학 다닐 때…… 방송부에서…… 사고 많이 치던…….」

「아, 그 칠칠이…… 어머, 네가 웬일이야?」

그제야 지은은 명근이 기억났다. 대학 때 방송부에서 스태프 일을 보던 친구였는데, 늘 칠칠맞게 흘리고 다니는 바람에 칠칠이라고 불리던 남학생이었다. 대학을 졸업한 후에 서로 연락이 끊어지고 말았는데 20년이나 지나서 뜬금없이, 그것도 오빠네 집으로 전화가 걸려 왔다는 것이 믿어지지 않았다.

「생각나지? 하긴…… 그때 내가 너무 강한 인상을 남겼으니까. 우연히 지은 씨 소식 듣고 연락한 거야. 반갑지?」

「그럼, 반갑지. 근데 어떻게 지내? 여기 전화번호는 어떻게 알았어?」

지은은 반가운 마음과 궁금한 마음이 서로 엇갈렸다.

「어떻게 지내긴…… 나라가 이 모양인데, 나라와 운명을 같이하고 있지. 그리고 연락처는…… 우연히 경자 씨를 만나서 알게 됐어. 휴대폰이 꺼져 있어서 이 번호로 한 거야. 야, 정말 반갑다.」

「그래, 반갑다. 이렇게 연락이 닿을 줄은 몰랐어. 다른 친구들하고는 계속 만나? 다른 친구들은 어떻게 지내?」

그 시절의 일들이 눈앞에 펼쳐지는 것 같아 지은은 공연히 가슴이 두근거렸다. 그때 방송부에서 같이 고생하던 친구들의 얼굴이 다투어 떠오르기도 했다.

「하하…… 전화로 다 얘기할 수는 없고…… 언제 한번 보자. 얼마나 변했는지 보고 싶다. 지은 씨는 워낙 예뻐서 늙지도 않았을 거야. 경자 씨하고도 아주 잠깐 마주치기만 했었거든. 셋이 같이 만나자. 둘이 연락해서 나한테 전화해. 내 전화번호 가르쳐 줄게.」

지은은 종이와 펜을 찾아서 명근이 불러 주는 대로 번호를 적었다. 그래도 바로 전화를 끊을 수 없어서 한동안 더 통화를 했다. 학습지 돌릴 시간만 촉박하시 않으면 더 오래 붙들고 이야기를 하고 싶었다.

전화를 끊고 나자 지은에게는 옛날 일들이 더 많이 떠올랐다. 특별하게 인상적이었던 몇 가지 일들은 마치 얼마 전에 일어났던 것처럼 생생하게 기억나기도 했다. 그 기억의 중심에는 명근이 있었다.

명근은 방송부 안의 사고뭉치였다. 그가 있는 곳에 늘 사고가 있었고, 사고가 난 현장에는 늘 그가 있었다. 방송을 하기 위해 따온 녹음테이프를 툭하면 잃어버렸고, 그가 만진 앰프 때문에 강당에서의 공개 방송이 엉망이 된 적도 있었다. 총장의 인사말이 나가는 도중에 음악이 나가서 난리가 난 것도 명근이 저지른 실수였다.

한번은 학생들의 시위를 과잉 진압하는 전경들을 취재한 적이 있었다. 현장에서 녹음을 하다가 지은과 명근, 그리고 같이 취재에 동참했던 일행이 모두 연행되어 갔었다. 그런데 그 와중에 명근은 경찰서에서 혼쭐이 나는 과정을 다 녹음해서 공개했고, 그 바람에 교수들이 불려 가는 일까지 있었다. 아무튼 그 무렵 김명근이라는 이름은 칠칠맞은 사고뭉치의 대명사였다.

지은은 그 외에도 명근에 대한 또 다른 기억을 가지고 있었다. 그것은 명근이 어느 날 갑자기 지은에게 프러포즈를 했고, 그 후부터 한동안 저돌적으로 대시를 해온 일이었다. 학교를 졸업할 무렵이었는데, 그 일로 지은은 일부러 그를 피해 다니지 않으면 안 되었다. 학교를 졸업한 후에 바로 연락이 끊어진 것도 그 일이 적지 않은 부담으로 작용했다고 할 수 있었다.

'그때 만일…… 그 친구의 프러포즈를 받아들였다면…… 그랬다면 어떻게 됐을까…….'

지은은 아파트 광장을 걸어 나오며 문득 그런 생각을 했다.

'웃기는 친구였으니까…… 아마 재미있는 일들이 많았을 거야…….'

지은은 예전에 그가 했던 행동들을 생각하며 피식 웃음을 흘렸다.

그러나 그 당시는 둘 다 나이가 어느 정도 든 상태였기 때문에 그의 프러포즈를 받아들였으면 결혼 이야기가 오갔을 수도 있었다. 그것은 지은으로서는 상상하기 힘든 일이었다. 명근을 같이 어울려서 일하는 동료, 혹은 친구 이상으로 생각해 본 적이 없기 때문이었다.

그런데도 '만일 그의 프러포즈를 받아들였다면……' 하며 지은은 한 번도 해본 적이 없는 생각을 하고 있었다.

'그랬다면 내가 지금 이렇게 되지 않았을지도 모르지…….'

그런 생각이 들자 그녀는 멈칫 놀랐다.

'어머나, 내가 지금 뭘 하고 있는 거야…….'

지은은 혼란스러운 마음을 수습이라도 하듯 버스 정류장을 향해 잰걸음을 옮겼다.

그렇지만 한 번 떠오른 생각은 지은을 놓아주지 않고 계속 매달렸다.

'질질맞고 사고를 많이 치긴 했지만 그 친구는 매사에 적극적이었지…… 그런 사람과 결혼했다면…….'

어느새 지은은 남편 외의 다른 사람과의 결혼을 상상해 보고 있었다. 그런 생각을 하자 그녀에게 청혼을 했던 사람들, 미친 듯 쫓아다녔던 사람들, 결혼을 안 해주면 죽여 버리겠다고 협박하던 사람들의 모습이 다투어 떠올랐다.

'그 사람들은 지금 어떻게 살고 있을까…… 그들 중 어떤 사람은 이런 어려운 시기를 만나 남편과 같은 처지가 되었을지도 모르지…….'

지은은 자신을 위로하고 싶었다.

'그러나…… 그러나 가족이 뿔뿔이 흩어지는 이런 상황까지 만들지는 않았을 거야……'

결국 지은은 남편에 대한 원망을 떨쳐 버리지 못했다.

남편 생각이 떠오르자 지은은 가슴이 답답해져 왔다. 남편을 떠올리는 것만으로도 저절로 한숨이 흘러나왔다.

'사람이 얼마나 못났으면…… 얼마나 무책임하게 일을 처리했으면 온 식구를 이 지경으로 만들어 놓는단 말인가……'

그런 생각이 들자 지은은 화가 나서 견딜 수 없었다.

물론 지은은 주어진 상황을 모두 받아들이고 있었다. 또 한편으로는 남편이 안됐다는 생각도 했다. 남편이 기운을 잃지 않고 하루 빨리 다시 일어서 주기를 바라는 마음 또한 간절했다. 그러나 그 반대쪽에 자리 잡는 감정은 그것과 많이 달랐다. 시시때때로 화가 났고, 남편에 대한 원망으로 몸이 떨렸고, 남편과의 관계를 끝내고 싶다는 충동이 치밀어 오르기도 했다. 그 두 감정은 마치 시소를 타듯 그녀의 내부에서 오르락내리락했다.

느닷없이 걸려 온 명근의 전화가 처음에는 무척이나 반가웠지만, 그 때문에 지은은 차츰 우울해졌다. 통화를 할 때는 명근을 빨리 만나고 싶었다. 하지만 그런 마음은 거짓말처럼 사라지고 없었다.

'이런 모습 보이고 싶지 않아……'

지은은 쓸쓸한 기분을 가라앉히려고 애쓰면서 그렇게 생각했다.

명근이 경자에게서 전화번호를 알았다면 이미 그녀의 사정을 다 알고 있다는 얘기였다. 그렇다면 명근은 지은을 색안경을 긴 시선으로 볼 것이 뻔했다. 그런 시선 앞에 초라한 모습을 드러내고 싶지가 않았다.

'어차피 지금까지 연락 한 번 없이 지내던 사인데…… 새삼스럽게 만나서 뭘 해…….'

지은은 명근을 만나지 않겠다고 속으로 다짐했다.

「내가 지금 그런 한가한 생각을 하고 있을 때가 아냐…….」

지은은 자신의 다짐을 더욱 다지기라도 하듯 혼잣말로 중얼거렸다. 그제야 지은은 너무 늦었음을 깨달았다. 그러잖아도 징그럽게 치근덕대서 괴로운데, 시간을 못 맞추면 사장은 더 물고 늘어질 게 뻔했다. 그 생각을 하자 지은은 더욱 기분이 우울해졌다. 그러나 그녀가 탈 버스는 좀처럼 오지 않았다.

「에미가 고생이 많제? 아이고, 이 땀 좀 보그라.」

시어머니는 지은을 향해 손수건을 내밀었다. 지은은 그것을 받아 들고 이마에 갖다 댔다. 흘러내린 땀이 목덜미로 마구 흘러들었다. 아파트 단지 안의 놀이터 벤치에는 더위를 피해 나온 사람들이 군데군데 앉아 있었다.

「여긴 어쩐 일이세요?」

지은은 손수건을 이마에 댄 채 물었다. 시어머니는 측은한 눈길로 그녀를 건너다보며 말했다.

「걱정이 돼서 안 와봤나. 석빈이 생일 때도 못 와봐서…… 아까 석빈이는 불러내서 잠깐 만나 봤다. 크느라 카는지 아가 빠짝 말랐드라.」

「오셨으면 들어가시지 않고요.」

「아이다. 뭐할라꼬 사돈네 폐를 끼치노. 그냥 쪼매 앉았다가 바로 갈란다.」

시어머니는 야윈 손을 내저으며 대꾸했다. 집을 떠날 때보다 더 늙어 보이고 기운이 없어 보여서 지은은 마음이 아팠다.

「우째 지내노? 많이 힘들제?」

「그냥 그렇죠 뭐. 어머니는 어떠세요?」

「내야 뭐…… 주는 밥 묵고 있는데 뭐가 걱정이고? 너그가 눈치 많이 보이제?」

「아니에요. 오빠나 새언니나 다 잘해 줘서 그런 일은 없어요.」

「그래도 공연히 눈치 보이는 게 없혀사는 거 아이가. 이모 집에 가 있는 석진이하고 다예는 어떻노? 내가 전화 한번 해볼라 캐도 그 집 전화번호도 모르고…….」

「다들 잘 있어요. 애들한테 얘기해서 어머니한테 전화 드리라고 할게요.」

지은은 가족들이 흩어진 이후 줄곧 시어머니를 잊고 있었다. 찾아가 보기는커녕 전화 한 번 하지 못했던 것은 관심을 가질 만한 여유가 없어서였다. 그런 사정을 짐작하면서도 시어머니는 속으로 서운할 것이었다.

「안 그래도 개않다. 남의 집에 있으면서 전화 한 통 쓰는 것도 눈치 보일 낀데…… 그나저나 에미가 많이 힘들제? 요새 학습지 돌린다믄서?」

「네, 마땅히 할 게 없어서요.」

「이 더운 날 그런 거 돌리러 다닐라 카믄 얼매나 힘들겠노?」

시어머니는 마치 그 일이 얼마나 힘든지 잘 아는 사람처럼 말했다. 그건 며느리를 걱정하는 시어머니의 마음일 것이었다.

시어머니가 그 말을 꺼내자 지은은 학습지 지국에서 있었던 일이 떠올라 기분이 언짢아졌다. 지은이 사장을 피하며 한 달을 다 채워 가자 그는 완전히 독이 오른 독사처럼 굴었던 것이다.

「오늘은 부슨 일이 있어도 열 부 이상 확장을 해놓고 들어가도록 해요. 내가 사무실에 지키고 앉아 있을 테니 나한테 보고하고 가요. 그렇지 않으면 오늘 날짜로 그만두는 걸로 알겠어요.」

사장은 며칠 전에 또 여러 명의 사람을 뽑아 놓은 터였다. 그 사정을 빤히 아는 지은으로서는 사장의 처신이 가증스럽기만 했다. 그래서 그동안 묵묵히 참고 있던 지은도 더 이상 가만있을 수가 없었다.

「그렇게만 해봐요. 그랬다간 당장 부당 행위로 고발할 거예요. 그러니 맘대로 하세요.」

「고발? 허, 고발이라…… 고발…… 그거 좋다. 규정을 지키지 않은 직원이 오히려 고발을 한다면…… 나는 제대로 일하지 않은 직원을 대상으로 손해 배상을 청구할 명분이 생기는 거로군. 고발하슈. 고발…… 좋다, 암 좋고말고…….」

지은의 말에 사장은 눈썹도 꿈쩍하지 않았다. 그 모습을 보자 지은은 울고 싶은 심정이 되었다. 그러나 그럴 수는 없는 일이었다. 지은은 이를 악물었다.

그러고 나서 사장은 그녀를 향해 계속 규정 운운하며 말도 안 되는 소리를 늘어놓았다. 지은은 어처구니가 없어서 아무런 대꾸도 하지 않고 서 있었다. 그녀의 그런 모습을 어떻게 받아들였는지 사장은 지은이 있는 쪽으로 다가왔다.

「공연히 그런 엉뚱한 생각 하지 말고 한 부씩이라도 확장을 해 봐요. 내가 오늘 열 부 이상 하라고 한 것은…… 그렇게 했으면 좋겠다는 뜻이고…… 한 부씩 하다 보면 열 부도 되고 스무 부도 되는 거니까…… 확장이 돼야 월급도 더 많이 받고 그러는 거 아니겠소?」

갑자기 유들유들하게 말을 건네던 사장은 슬그머니 팔을 뻗어 지은의 어깨를 잡았다. 지은은 벌레라도 닿은 듯 손을 뿌리치며 고함을 질렀다.

「아니, 왜 이래요? 어딜 만져요?」

「만지다니? 내가 어딜 만졌다고 그래? 지나가려고 몸을 조금 밀친 걸 가지고…… 허어, 이거 생사람을 잡아도 유분수지. 뭐 이런 여자가 다 있어?」

그녀보다 더 크게 소리를 지르며 사장은 펄쩍 뛰었다. 그러자 한쪽에서 학습지를 챙기던 아줌마들이 일제히 돌아봤다. 지은은 기가 막혔다. 그러나 그보다는 창피하고 분한 느낌을 더 견디기 힘들었다. 그녀는 다 챙긴 학습지를 들고 도망치듯 사무실을 빠져나왔다.

'내가 왜 이렇게 살아야 하나…… 내가 무엇 때문에 이런 일까지 겪어야 한단 말인가…….'

학습지를 돌리는 동안 줄곧 참담한 생각에서 벗어날 수 없었던 지은은 자신의 처지가 한심해서 미칠 것만 같았다.

그런 심정으로 학습지를 돌리고 오는데 시어머니가 오빠네 집으로 올라가는 길목의 놀이터 벤치에 앉아서 그녀를 손짓해 불렀던 것이다.

지은은 학습지 돌리는 일을 곧 그만둬야 할 것 같다고 말하려다가 입을 다물었다. 학습지를 돌리면서 그녀가 어떤 일을 겪고 있는지는 더더욱 말할 수가 없었다. 지은은 땀을 닦은 손수건을 건네며 화제를 바꾸었다.

「서방님네는 어때요? 거긴 별일 없죠?」

「거도 요새는 죽을라 칸다. 직장에서 나가라 카지는 않는데, 월급이 많이 깎있다 카더라. 우째 될라꼬 세상이 이카는지 원…….」

「그래도 요즘 같은 때 직장에 다니는 것만 해도 어딘데요.」

「그래 말이다. 그란데도 뭐시 그리 불만인지 노상 싸워 쌓는다. 한 번씩 그칼 때마다 딴 데라도 가 있고 싶다마는 그랄 수도 없고…….」

시어머니의 말로 봐서 시동생 집에 있는 것이 여간 불편하지 않은 모양이었다. 그렇다고 달리 가 있을 곳도 없었다. 지은은 안쓰러운 시선으로 시어머니를 건너다봤다.

「애비는? 애비는 우째 지내노?」

시어머니는 이번에는 남편에 대해 물었다. 어쩌면 그것이 처음부터 묻고 싶은 말이었는지 몰랐다. 몹시 궁금해하는 시어머니의 표정이 그것을 말해 주고 있었다.

「회사 넘기고 나서 여기저기 떠돌아다니는 모양이에요.」

아이들과 함께 만난 이후로는 지은도 남편을 만나지 못했고, 전화 통화조차 해보지 못한 상태였다.

「한 번씩 오기는 오나?」

「아뇨, 통 안 와요. 요즘엔 한동안 전화도 못했어요.」

「내가 이런 말 할 입장은 아니다만…… 애비한테 들오라 캐서 같이 지낼 수는 없나?」

「오빠도 들어와 있으라고 하고, 형부도 자기네 집에 와 있으라고 하는데…… 그 사람이 고집을 피우며 안 들어오는 거예요.」

「가가 염치가 없어서 그라는 기다. 하기사 식구들 얹혀살게 해놓고 지가 무신 낯짝이 있어서 들어오겠노. 못난 지슥…… 어디서 배는 안 곯는지…….」

시어머니는 긴 한숨을 내쉬며 눈물을 찍어 냈다.

「어릴 때는 그누마가 보통 똑똑한 게 아이라서 큰 인물 될 끼라 캤는데…… 우짜다가 집도 절도 없이 떠도는 신세가 됐는 지…… 불쌍한 자슥…….」

지은에게서 넘겨받은 손수건으로 시어머니는 눈가를 문질렀다. 지은은 대꾸할 말을 찾지 못한 채 고개를 외면하고 앉아 있었다.

「에미야, 나도 이런 말 할 염치는 없다만…… 그래도 내 생각에 는 에미가 나서서 애비를 들오라 카는 게 안 낫겠나 싶다. 에미 생각은 어떻노?」

눈가에 눈물 자국을 그대로 남겨 둔 채 시어머니가 물었다. 지은 은 시어머니의 모습이 안쓰러웠지만 그 말에는 반감이 생겼다.

「이머니, 저나 애를노 불편하게 얹혀 있는 처지예요. 그런 상황에 서 제가 나서서 석진 아빠를 들어오라고 할 수는 없어요.」

「그래, 안다. 에미가 어떤 처지라는 거 내 모르는 거 아이다. 그래 도 에미가 안 나서믄 애비가 계속 저래 떠돌 끼고…… 그라다가 몸에 탈이라도 날까 봐 카는 기다. 만일 그런 일이 생긴다 카믄 참말로 큰일 아이가.」

지은은 시어머니가 무엇을 걱정하는지 충분히 알았다. 지은 역 시 그 점이 걱정되지 않는 것은 아니었다. 하지만 남편을 데리고 들어가야 할 곳이 왜 꼭 친정이란 말인가. 그 부분 때문에 지은은 감정이 생겨났다.

「어머니, 생각을 좀 해보세요. 친정에는 이미 저하고 아이들이 얹혀 있잖아요. 그런데 석진 아빠까지 친정에 얹혀살아야 돼요? 사실 애들을 맡길 때도 그랬어요. 서방님이나 아가씨네서 아무도 안 맡으려고 하는 바람에 친정으로 데리고 들어간 거잖아요. 석진 아빠는 다른 형제들이 좀 와 있으라고 하면 안 돼요?」

그럴 생각은 아니었는데, 지은의 목소리는 자신도 모르게 날카로워지고 말았다. 시어머니는 곧 난처한 표정이 되었다.

「그래, 맞다. 에미 말이 다 맞다. 안 그래도 나도 그런 생각 안 해 본 거 아이다. 하지만 그게 마음묵은 대로 안 되니까 내가 이카는 거 아이가. 그런 생각 하믄 나도 속이 다 썩어 문드러진데이. 그 말을 우예 다 하겠노.」

시어머니의 말로 미루어 보면, 시동생한테도 남편을 좀 와 있게 하자고 말했지만 시동생 내외가 선뜻 그러자고 하지 않은 모양이었다. 어쩌면 시누이에게 넌지시 말을 건네 봤을 수도 있었다. 그렇지만 시누이네는 더욱 어려웠을 것이다.

「사돈네 집에서 그렇게 지낼 처지가 못 된다 캐도…… 에미가 우예 좀 해봤으믄 한다. 내사마 그 말 말고 무슨 말을 더 하겠노.」

말은 그렇게 했지만 시어머니는 지은의 대답을 기다리는 눈치였다. 그것이 아니라면 적어도 당신의 말 때문에 며느리의 마음이 움직이길 기대하는 듯했다. 그러나 지은은 시어머니가 원하는 대답을 할 수가 없었다.

「전들 왜 그 사람이 딱하지 않겠어요. 그렇지만 제가 나서서 친정으로 들어오라고 할 수는 없어요. 그리고 사실은…… 그러고 싶은 마음도 없어요.」

지은의 말에 시어머니는 약간 놀라는 눈치였다. 그러나 지은의 말은 진심이었다. 남편과 함께 친정에 얹혀 있다는 것이 궁색해서만은 아니었다. 그보다는 남편에 대한 원망스러운 감정이 더 크게 작용하고 있었다.

「생각을 해보세요. 집을 이 지경으로 만들어 놓은 게 누구예요? 그렇다면 그 사람도 고생을 하면서 애쓰고 있다는 걸 식구들한테 보여 줘야 할 필요가 있다고 생각해요. 그 사람도 아마 그게 식구들한테 덜 미안할 테고요.」

「그래, 그 말도 낮다. 그렇지만 말이다, 애비가 일부러 그 지경을 만든 건 아니잖나. 지도 식구들 먹여 살릴라꼬 그카다 보이 그래 된 거 아이가. 그라니까…… 에미가 마음을 좀 녹녹하게 묵거라.」

「일부러 그랬다면 그게 사람이에요? 그리고 어머니도 잘 아시다시피…… 석진 아빠가 사업한다고 했을 때 제가 얼마나 말렸어요? 처음에 회사에서 실직당했을 때, 그냥 웬만한 데 취직하라고 그렇게 사정하다시피 했잖아요. 그런데도 그 사람…… 대기업의 그럴듯한 직위에 있었다고 아무 데나 취직을 못한 거라고요.

그래서 아무것도 모르고 사업을 시작했다가 온 식구를 이 지경
까지 만든 거란 말이에요. 그러니까 사업은 식구들 먹여 살리려
고 한 게 아니라 자기 체면 때문에 벌인 거라고요.」

지은은 필요 이상으로 발끈하고 말았다. 시어머니와 이야기를
하다 보니 남편에 대한 감정이 자신도 모르게 격해졌던 것이다.

시어머니는 아무 대꾸도 하지 못하고 한숨만 내쉬었다. 그런 시
어머니의 모습을 보는 것이 편치 않았다. 하지만 남편에 대한 이야
기가 계속되자 지은은 자꾸만 화가 치밀어 오르는 것을 억누를 수
가 없었다.

「사실 그 사람이 언제 그렇게 가족을 생각했어요? 꼴난 몇 푼 가
져다준 거요? 그건 가장이면 누구나 다 그렇게 하는 거예요. 그
사람은 자기 하고 싶은 일 다 하고 다니고, 자기 만나고 싶은 사
람 다 만나고 다녔잖아요. 그래서 허구한 날 술에 취해서 들어왔
고, 주말에도 집에 제대로 붙어 있지 않았잖아요. 그건 어머니도
잘 아시잖아요. 그런 사람이 가족을 위해서 뭘 했다고 생각하세
요? 그 사람은 그저 자기 좋아하는 일을 했을 뿐이에요.」

「그래, 에미 말 하나도 그른 거 없다. 하지만 인자 우야겠노. 그래
도 미우나 고우나 애비가 잘돼야 안 되겠나. 그래야 온 식구가
모여 살 수 있을 끼고……」

곁눈질로 지은을 힐끔거리면서 시어머니는 조심스럽게 말했다.
지은은 자신이 시어머니한테 그렇게까지 말할 필요는 없었다는 생

각이 들었다. 그런데도 그녀의 입을 열고 나가는 말은 날카롭기만
했다.

「그 사람 믿고 있다가는 가족들이 언제 같이 살지도 몰라요. 전
그 사람…… 안 믿기로 했어요.」

지은의 입에서는 전혀 뜻밖의 말이 튀어나왔다. 그녀는 지금까
지 단 한 번도 그런 생각을 해본 적이 없었다. 그러나 막상 그 말을
하고 나자 지은은 정말로 남편을 믿을 수 없다는 느낌이 들었다.
시어머니는 걱정스러운 음성으로 물었다.

「안 믿으면 우짤 끼고?」

「모르겠어요, 저도. 하지만 그 사람은 이제 더 못 믿겠어요.」

지은은 마치 단단히 별렀던 사람처럼 야멸치게 말했다. 그 말을
들은 시어머니의 얼굴이 난처한 기색을 띠며 일그러졌다.

「에미야, 그래노 그래 생각하믄 안 된데이. 우옛든동 부부가 서로
믿고 힘을 합치야 무슨 일이 돼도 되는 기다. 아이고, 내 공연한
소릴 해갖고…… 그만 일나야겠다.」

시어머니는 자리를 털고 일어났다. 그제야 지은은 하지 않아도
될 말로 시어머니 마음을 아프게 했다는 생각이 들었다.

「죄송해요, 어머니. 제가 그만 제 기분을 억누르지 못해서 어머
니를 불편하게 해드렸네요.」

「아이다. 얼매나 속이 상하믄 그카겠노. 안 그래도 속 시끄러블
낀데…… 내가 에미 속을 더 긁어 놓은 거 같아 미안쿠나……

내려오지 말그라. 내 차 타는 데 아니께 그냥 갈란다.」

시어머니는 지은을 떠밀며 혼자 가겠다고 했지만 그녀는 그럴 수가 없었다. 지은은 버스 정류장이 있는 데까지 함께 내려갔다. 내려가는 동안 시어머니는 다시 걱정스러운 얼굴로 입을 열었다.

「에미야, 우짜든동 마음 약하게 묵지 말그라. 살다 보믄 이래 궂은날도 있는 기다. 그라고 애비 만나거등…… 속으로야 밉고 야속하드라도…… 겉으로는 잘 대해 주그라. 사람이 그런 지경에 처하믄…… 사소한 말 한마디에도 마음을 다치는 기다. 어려운 땔수록 서로 위로하믄서 빨리 일나야 안 되겠나. 본래 한 달이 크믄 한 달이 작은 기다. 그래 생각하그라.」

버스 정류장까지 가는 동안 시어머니는 같은 말을 여러 차례 반복했다. 지은은 아무 말 없이 따라 걷기만 했다. 버스 정류장에 다다를 때까지, 시어머니가 버스에 올라탈 때까지 지은은 아무 말도 하지 않았다. 그러나 그녀의 마음속은 부글부글 끓고 있었다.

버스에서 내려 백화점 건물로 향하는 동안 지은은 다리가 후들 거려 겨우 걸음을 옮겨 놓았다.

'이런 일이 생기다니…… 이런 어처구니없는 일이 생기다니…… 왜 나한테만 이런 일이 생기는 거야…… 내가 도대체 뭘 얼마나 잘못했기에……'

지은은 속으로 끊임없이 중얼거렸다. 그 말들은 언니의 전화를 받을 때부터 줄곧 그녀의 머릿속을 채우던 것들이었다.

지영으로부터 전화가 걸려 온 것은 지은이 집에 들어와서 샤워를 끝내고 막 옷을 갈아입고 나서였다. 지은이 욕실에서 나오자마자 새언니가 무선 전화기를 건네주었다.

「난데…….」

언니의 목소리는 착 가라앉아 있었다.

「왜 그래, 목소리가? 어디 아파?」

「아니, 그런 게 아니고…… 일이 좀 생겼어.」

지은은 갑자기 가슴이 철렁 내려앉는 것 같았다. 아이들을 맡겨 놓은 후부터는 언니가 무슨 말을 하기만 하면 걱정부터 앞섰다. 일이 생겼다는 말이 아이들한테 무슨 문제가 있다는 것으로 들렸다.

「무슨 일인데? 어서 말을 해봐. 왜 뜸을 들이고 그래?」

「내 말 듣고 놀라지 마. 그냥 짐작하게 들어.」

언니가 그렇게 말하자 지은은 잔뜩 긴장이 되었다. 그 순간 지은의 머릿속에는 아이들이 크게 다쳤을지도 모른다는 생각이 들었다.

「다예가…… 글쎄, 이 철딱서니 없는 것이…… 백화점에서 물건을 훔쳤다는구나.」

「뭐라고? 다예가 물건을 훔쳐?」

「살살 말해. 새언니 듣겠다.」

「지금 그게 문제야? 그런데 다예가 무슨 물건을 훔쳐?」

「난들 그걸 아니? 아무튼 지금 백화점에 잡혀 있는데…… 네가 빨리 가봐야겠어. 나도 조금 전에 전화 받고, 네 형부한테 전화해서 일단 백화점으로 연락을 좀 해두라고 했어. 백화점에서는 경찰에 넘기려고 하다가 어린 학생이라…… 보호자한테 인계하려는 모양이야.」

지은은 맥이 탁 풀렸다. 기껏 언니네 집 돈에 손대지 말라고 혼내 줬더니 이번에는 밖에 나가서 물건을 훔친 것이었다. 갑자기 정신이 멍해지면서 지은은 할 말을 잃었다. 수화기를 통해 걱정하는 언니의 음성이 계속 이어졌다.

「그런데 문제는…… 이번이 처음이 아니라는 거야. 백화점에 설치해 놓은 감시 카메라에 다예가 여러 차례 잡혔대. 그래서 백화점에서는 다예를 잡으려고 벼르고 있었는데 오늘 또 그랬다는 거야. 보호자가 오지 않으면 경찰서로 넘길 거라고 하니까 네가 지금 빨리 가봐야겠어.」

지영은 백화점 위치와 몇 층의 누구를 찾아가야 하는지를 알려 준 다음 전화를 끊었다. 전화기를 내려놓고 나서도 지은은 멍하니 앉아 있었다. 지은은 넋이 나간 듯 그렇게 한동안 앉아 있다가 백화점으로 가기 위해 일어났다.

백화점의 사무실로 찾아 들어가자 의자에 앉아 있는 다예가 눈에 들어왔다. 다예는 지은과 눈이 마주치자 얼른 고개를 돌렸다. 지은은 다예의 반응에 신경 쓸 겨를이 없었다.

「죄송합니다. 제가 이 아이 엄마 되는데요…… 정말 면목이 없

습니다. 한 번만 용서해 주시면…… 다시는 이런 일이 없도록 하
겠습니다.」

지은은 사무실 직원들을 향해 고개를 숙이며 말했다. 그러자 한
남자가 다가오더니 그녀에게 의자를 권했다.

「이렇게 보호자가 오셨으니 됐습니다. 이런 학생들이 가끔 있는
데, 연락을 해도 부모가 오지 않는 경우에는 저희도 참 난감하거
든요. 어린 학생들이 충동적으로 저지른 일인데 범죄자 취급을
할 수도 없고…… 우선 이걸 하나 써주시죠.」

지은은 그 남자가 내미는 종이에 무엇이 쓰여 있는지 제대로 눈
에 들어오지도 않았다. 그러나 이름과 주소를 쓰는 난이 있어서 떨
리는 손으로 그곳을 채워 넣었다.

「너무 놀라지 마십시오. 이런 일이 있다고 해서 다 문제 학생은
아니거든요. 친구들하고 왔다가 호기심 때문에 그러는 경우도
더러 있습니다. 그러다 보면 횟수가 늘어나기도 하고요.」

백화점 직원은 오히려 놀라고 당황한 지은을 안심시켰다. 지은
은 계속 고개를 숙인 채 죄송하다는 말만 되풀이했다.

「그런데 양현모 씨가 누구신가요?」

「형부…… 되는 사람인데요. 그러니까 우리 아이한테는…… 이
모부가 되죠. 왜 그러세요?」

「아까 그분이 그동안 저 학생이 훔쳐 간 물건 값을 온라인으로
송금해 주셨거든요. 그러니까 그냥 학생을 데려가시면 됩니다.

그리고 이런 일을 경험한 아이들이 상습적으로 물건을 훔치는 경우가 있습니다. 앞으론 절대로 그러지 않도록 단단히 주의를 시키셔야 할 겁니다.」

지은은 다시 한 번 머리를 조아리며 사과한 다음 다예를 데리고 사무실에서 나왔다. 지은은 화가 치밀어 올라 견딜 수가 없었다. 너무나 기가 막혔다.

건물 밖으로 나온 지은은 무슨 말부터 해야 할지 생각해 보았다. 그러나 마땅한 말이 떠오르지 않았다. 그때 다예가 불쑥 내뱉듯이 말했다.

「아, 재수 털려. 오늘 안 나오는 건데…… 괜히 나와 가지고…….」

「뭐라고? 재수 털려? 너, 그따위 말버릇 어디서 배웠어?」

지은은 주변에 사람들이 많다는 것도 잊은 채 소리를 질렀다. 그러나 다예는 들은 척도 하지 않고 앞서 걸었다. 지은은 다가가 다예의 팔을 잡았다.

「너, 애가 왜 이 모양이 된 거야? 왜 그래, 도대체?」

여전히 지은의 음성은 크고 높았다. 지나가는 사람들이 그녀를 힐끔거렸다. 그러나 지은에게는 다른 사람들의 시선이 느껴지지 않았다. 다예는 제 엄마한테 잡힌 팔을 빼내려고 버둥거렸다.

「말을 해봐. 왜 훔쳤어? 왜 남의 물건을 훔쳤느냔 말이야?」

「엄마, 지금 길거리에서 딸을 개망신시키려고 작정했어요?」

「뭐라고? 개망신시키려고 작정했냐고? 너, 지금 그 말 다시 한

번 해봐.」

　지은은 제정신이 아니었다. 그녀는 지금 자신이 딸과 같이 있다는 느낌이 들지 않았다. 지은은 다예를 잡고 있지 않던 다른 손으로 딸의 목덜미를 움켜잡았다.

「다시 하라면 못할 줄 알아요? 개망신시키려고 작정했냐고요?」

　다예는 입에 거품을 물고 대들었다. 그 순간 지은은 얼떨결에 손을 내뻗어 다예의 뺨을 후려쳤다. 비명 소리가 들리는가 싶더니 삽시간에 사람들이 모여들었다. 그제야 다예는 시퍼렇던 기세를 꺾고 고개를 떨구었다.

　사람들이 모여들자 지은은 다예를 백화점 건물 뒤편으로 잡아끌었다. 아이를 데리고 들어갈 만한 곳이 있나 둘러보았지만 마땅히 눈에 띄지 않았다. 지은은 다예를 끌고 백화점 주차장 쪽으로 들어섰다.

「너, 그거 어디서 배워 먹은 짓이야? 남의 물건을…… 훔쳐 놓고…… 뭘 잘했다고…… 뭐, 어쩌고 어째?」

　지은은 흥분을 가라앉히지 못해 목소리까지 더듬거렸다. 왼쪽 뺨이 붉게 부어오른 다예는 다시 눈을 동그랗게 뜨고 제 엄마를 노려보았다.

「내가 잘했대요? 내가 잘했다고 그런 거예요? 그리고 내가 아무리 잘못했어도 그렇지, 길거리에서 꼭 그래야 돼요? 딴 데 가서 얘기하면 안 돼요?」

「지가 한 짓은 생각 못하고…… 길거리에서 그렇게 말하게 한 게 누군데? 네가 처음부터 상스러운 말을 했잖아. 그러니까 그러지, 내가 괜히 그래?」

다예는 제 엄마로부터 고개를 돌렸다. 그건 자신의 잘못을 시인하는 것이 아니라 엄마의 말을 더 이상 듣고 싶지 않다는 태도였다. 지은은 속에서 뜨거운 것이 치밀어 올랐다. 그러나 그녀는 심호흡을 하며 마음을 가다듬으려고 애를 썼다. 이렇게 막 나가다가는 죽도 밥도 안 된다는 생각이 들었던 것이다.

지은은 다시 다예를 잡아끌었다. 그러곤 주차장의 한쪽 구석으로 가서 차량이 진입하지 못하도록 세워 둔 바리케이드 위에 걸터앉았다. 다예는 그녀 앞에 삐딱한 자세로 섰다. 지은은 감정적인 말이 튀어 나가지 않게 하기 위해 몇 차례나 다짐을 한 다음 천천히 입을 열었다.

「그래, 아까는 엄마가 흥분해서 그랬어. 그런데 흥분을 안 할 수가 없었어. 다예 네가 어쩌면 그렇게 변할 수 있니? 너 안 그랬잖아. 그리고 넌 그런 애가 아니잖아. 그런데 네가 그런 엄청난 일을 저질렀다니 내가 흥분 안 하게 생겼니? 네 말투도 그래. 재수 털렸다느니, 개망신이라느니 하는 말들이 네 입에서 나오는 걸 듣고 엄마는 너무나 놀랐어. 도대체 왜 이렇게 돼버린 거야?」

다예는 아무런 대꾸도 하지 않았다. 다예의 표정에는 제 엄마의 말을 짜증스러워하는 기색이 역력했다. 그러나 지은은 말을 멈출 수가 없었다.

「물론 네 나이에는 갖고 싶은 것도 많고, 먹고 싶은 것도 많다는 거 알아. 하지만 하고 싶은 걸 다 하면서 살 순 없잖아. 더구나 지금 우리는 가족이 흩어져서 남의 집에 얹혀사는 처진데, 이럴 때일수록 더 참고 살아야 하는 거잖아. 그런데…….」

「나 때문에 우리 집이 이렇게 된 거예요? 내가 하고 싶은 거 다 하고 살아서?」

지은의 말이 채 끝나기도 전에 다예가 가시 돋친 음성으로 톡 쏘아붙였다. 어떤 말도 듣고 싶지 않다는 태도였다. 그러나 지은은 다시 말을 이었다.

「누가 너 때문에 우리 집이 이렇게 됐다고 그랬니? 지금 엄마가 하는 말이…… 그런 뜻이 아니라는 거 너도 잘 알잖아. 중학생이나 돼서 그런 말도 못 알아듣는 건 아닐 테고…… 단지…… 당장 뭘 갖고 싶다고 해서 남의 것을 훔치는 행위는 어떤 경우에도 용서받을 수 없어. 엄마는 지금 이 말을 하려는 거야.」

다예의 태도는 여전히 달라지지 않았다. 지은은 자신의 말이 공허한 메아리에 지나지 않는다고 느꼈다. 그렇다고 아이에게 손찌검을 할 수도 없는 노릇이었다. 손을 댄다고 해서 달라질 것 같지도 않았다. 지은은 속에서 부글대는 기운을 억지로 가라앉히며 다시 입을 열었다.

「세상에 힘들고 어려운 사람은 수도 없이 많아. 그렇다고 모두들

너처럼 남의 것을 훔친다면 어떻게 되겠니? 어떤 일이 있어도 남의 것을 훔쳐서는 안 돼. 정 갖고 싶은 게 있으면 엄마한테 전화를 걸든가 이모한테 얘기해. 아무리 형편이 어려워도 꼭 필요한 것은 사줄 테니까. 알아들었어?」

다예는 대답 대신 고개를 수그렸다. 지은은 다예의 대답을 기다리지 않고 이어서 말했다.

「가족이 흩어져 살게 돼 네가 얼마나 힘든지 엄마도 충분히 짐작해. 그건 석진이나 석빈이도 마찬가지일 거야. 그리고 사실은 엄마도 그래. 엄마도 힘들어 죽겠어. 하지만 하고 싶은 게 있어도 참아야 하고, 필요한 게 있어도 기다려야 해. 그렇지 않으면 이 어려운 순간을 이겨 낼 수가 없어. 너도 엄마가 요즘 학습지 돌리는 거 알지? 그거 해서 몇 푼이나 벌겠니? 그렇지만 그거라도 하지 않으면 당장 너희 학교도 못 보낼 형편이야. 그래서 하는 거야. 힘들고 어려울 때는 그것을 참고 살아가는 수밖에 없어. 그렇게 사는 동안 다른 길이 조금씩 열리는 거란 말이야.」

다예가 제대로 듣는 것 같지 않았음에도 지은은 쉬지 않고 계속 말했다. 한참 동안 듣기만 하던 다예가 고개를 수그린 채 입을 열었다.

「됐어요. 됐으니까 그만해요. 그리고 나…… 친구랑 약속이 있어서 가봐야 돼요. 먼저 갈게요.」

다예는 마치 그 말을 하기 위해 기다렸던 아이처럼 팩 돌아섰다.

지은이 일어서서 딸아이의 이름을 부르자 다예는 도망치듯 다른 골목으로 사라져 버렸다. 온몸의 기운이 쭉 빠져 버린 지은은 그 자리에 털썩 주저앉아 다예가 사라진 골목 쪽으로 시선을 준 채 한동안 일어설 줄 몰랐다.

8

서울역 대합실에는 벌써 많은 사람들이 자리를 차지하고 있었다. TV가 켜져 있는 곳에는 노숙자들이 진을 치듯 몰려 있고, 그 옆쪽으로는 장기를 두거나 바둑을 두는 사람들이 늘어앉아 있었다. 한쪽 벽면에 기대앉은 사람, 이미 바닥에 몸을 누이고 잠든 사람들도 꽤 되었다.

시우는 서부역 쪽으로 이어지는 통로를 따라가 보았다. 앉을 만한 장소에는 구석구석 사람들이 다 들어차 있었다. 여기저기에서 고함 소리가 터져 나왔고, 술판을 벌이고 강소주를 마시는 사람들도 눈에 띄었다.

라면 박스와 신문지를 가져다가 자리를 만들었지만 TV 소리와 웅성거림 때문에 시우는 잠을 청할 수가 없었다. 그러나 그런 상황에 이미 길든 터라 모르는 척하고 눈을 감았다. 그런데 오늘은 왠지 평소보다 더 시끄러운 것 같았다. 한참을 누워 있다가 시우는 하는 수 없이 자리에서 몸을 일으켰다.

시우는 라면 박스와 신문지를 챙겨 들고 서울역 지하도로 향했다. TV 소리만 들리지 않을 뿐 그곳도 사정은 마찬가지였다. 누울 만한 자리를 찾기 위해 두리번거리는데 누군가 시우를 향해 손을 흔들었다. 서울역에서 노숙하면서 서로 친해진 장영만이라는 사람이었다. 그는 혼자 술을 마시고 있었다.

시우는 영만이 내준 옆 자리에 끼어들었다.

「오늘 일 나갔어요?」

영만이 소주병을 든 채로 물었다. 시우는 고개를 가로저었다.

「내가 여기 하루 종일 있었는데, 안 보입디다.」

「일자리가 있을까 해서 좀 돌아다녔습니다.」

「그래, 자리가 있습디까?」

시우는 또다시 고개를 가로서었다. 발이 아프도록 돌아다녔지만 마땅한 일자리는 찾을 수가 없었다. 물론 가는 곳마다 사람을 구한다는 게시물은 많이 볼 수 있었다. 그러나 그것들은 모두 그림의 떡이었다. 우선 뽑는 사람의 수가 너무 적었고, 대부분 젊은 사람을 찾고 있었다. 겨우 조건이 맞는다 싶어서 연락을 해보면 이미 사람을 뽑았다는 말을 듣기 일쑤였다. 시우의 마음은 날이 갈수록 답답해져만 갔다.

한번은 언제든 자리가 있다고 해 전화를 걸었더니 정수기를 판매하는 곳이었다. 카탈로그를 주며 정수기를 팔아 오면 수당을 주겠

다고 했다. 시우는 그것을 들고 사흘을 꼬박 돌아다녔으나 단 한 대
도 팔 수가 없었다. 공연히 발품만 팔고 차비만 내버린 셈이었다.

「아까부터 한잔하고 있었는데…… 혼자 마시니까 좀 그랬어요.
같이 한잔하시죠.」

영만은 소주병을 시우에게 내밀었다. 시우는 술병을 받아 든 채
로 물었다.

「웬 술입니까? 몸도 안 좋아 보이는데…….」

「아, 오늘 좀 그렇습니다. 아까 애들이랑 통화를 했는데, 그때부
터 기분이 영 그렇네요.」

영만이 시무룩한 목소리로 대꾸했다. 술을 마시고 싶은 생각은
없었지만 시우는 소주를 한 모금 삼킨 후 병을 내밀었다. 목 안으
로 뜨거운 기운이 흘러내렸다.

영만은 아내와 아이들을 고향에 내려 보낸 처지였다. 그는 제법
규모가 큰 중소기업을 운영하다가 부도를 내고 한동안 피해 있었
다고 했다.

「애들한테 무슨 문제가 있습니까?」

「작은애가…… 좀 아프대요. 이런 형편에 아프지라도 말아야 하
는데…….」

영만은 술을 벌컥벌컥 들이켰다. 안주는 물론 없었다.

「저녁은 했습니까?」

「아까 요 앞에서 배급을 하기에 국밥 하나 얻어먹었습니다. 양은

적고 사람은 많아서…… 한바탕 난리가 났지요. 이제 얻어먹는 것도 점점 힘들어질 것 같습니다. 민 형은?」

「전 오다가 라면 하나 사먹었습니다. 급식 시간에 맞춰서 올 수가 없어서…….」

시우는 영만이 내민 술병을 받아 들고 다시 한 모금 목 안으로 흘려 넣었다. 라면을 먹은 배 속이라 술기운이 더 심하게 느껴지는 것 같았다. 금세 속이 홧홧 달아올랐다.

「오늘 어디어디 다녀왔습니까?」

영만은 술을 두어 모금 더 들이켠 다음 얼굴을 찡그리면서 물었다. 시우는 축 늘어진 목소리로 대답했다.

「여기저기 많이 다녔습니다. 그런데 다 똑같아요. 사람은 많고, 자리는 없고…… 겨우 자리가 있으면 다 물건 팔아 오라는 데뿐이고…….」

「그래도 그렇게 계속 다니시니까, 그러다가 좋은 자리라도 생길지 누가 압니까. 전 이제 그것도 포기했습니다.」

영만은 들고 있던 술병을 다 비워 버렸다. 그러곤 가방에서 새로운 술병을 꺼냈다. 그는 술병을 따더니 다시 시우에게 내밀었다.

시우는 술병을 받아 든 채 영만을 물끄러미 바라보았다. 그는 정말 모든 것을 포기한 사람처럼 보였다. 시우가 처음 서울역에 왔을 때만 해도 영만은 그런 사람이 아니었다. 노숙하는 처지였지만 그는 뭔가 희망을 갖고 있는 사람처럼 보였었다. 새벽에 일어나서 깨끗이 세면을 한 다음 일자리를 알아보러 다녔고, 저녁때도 함부로 술판에 어울리지 않았다. 비록 공중 화장실에서 하는 세탁이었지만 옷도 깨끗하게 빨아 입었다. 그래서 밤이 깊어 서울역 지하도에 몸을 누이기 전까지는 그곳을 떠도는 노숙자들과 다르게 보였다.

그의 그런 모습은 처음 서울역에 찾아든 시우에게 많은 자극을 주었다. 그와 가까워지게 된 것도 바로 그런 점 때문이었을 것이다. 그곳을 찾아드는 사람들은 서로 처지가 비슷하면서도 자신을 드러내 보이려 하지 않았는데, 영만도 시우도 그 점에서는 마찬가지였다. 그러나 어느 자리에선가 같이 이야기를 나누게 되면서 둘은 그 벽을 허물었다. 그렇게 된 데는 영만을 바라보는 시우의 시선이 다른 노숙자들을 보는 것과 많이 달랐기 때문이었다.

둘이 가까워지자 영만은 시우를 무척 걱정해 주었다. 시우가 다른 노숙자들처럼 되어 버릴까 봐 염려한 것이었다. 그곳에서 마주치는 노숙자들은 거의 희망을 버린 사람들처럼 행동했다. 뭔가 새로운 일을 위해 하루를 준비하는 것이 아니라, 그날그날 겨우 버티는 데 급급한 것처럼 보였다. 그것은 단순한 노숙자가 아니라 부랑아의 모습과 다를 바가 없었다. 시우 역시 자신이 그들처럼 될까 봐 경계하던 터였다. 그렇기 때문에 영만이 걱정해 주는 것을 고맙게 받아들일 수 있었다.

시우는 영만을 따라 새벽에 일어나 다른 사람들보다 일찍 세면을 했고, 그 자리에서 빨래를 했다. 그런 다음에는 급식을 타기 위

해 줄을 섰다. 식사를 마치고 나서는 곧바로 일거리를 찾으러 나섰
다. 시우는 영만을 따라다니면서 여러 가지 일을 했다. 결국 영만
은 서울역에서 어떻게 생활하는 게 바람직한지를 보여 준 선배인
셈이었다.

 그런데 그가 언제부터인가 변하기 시작했다. 새벽에 시우가 깨
워도 좀처럼 일어나지 않았고, 세면과 빨래도 제대로 하지 않았다.
급식을 줄 때도 겨우 어슬렁거리며 따라 나올 때가 많았다. 시우가
일거리를 찾으러 나갈 때도 서울역에 혼자 남았다. 또 밤늦게까지
소주를 들이켜기도 했다. 이제 그는 서울역을 떠도는 많은 노숙자
들과 다를 바 없었다.

 한번은 보다 못해 시우가 한마디 했다.

「장 형, 요즘 특별히 힘든 일 있어요? 예전과 많이 달라진 것 같
아서 걱정이 되네요.」

「그래요? 그냥 내버려 두세요. 나도 지쳐서 그래요.」

「힘들어도 그렇게 늘어지면 안 된다고 장 형이 내게 말했었잖아
요. 그런데 장 형이 그러면 어떡합니까?」

「내가 그런 적이 있었죠. 하지만 뜻대로 안 되네요. 만사가 다 귀
찮고…… 되는 일은 없고…….」

 시우는 영만이 변해 가는 것을 보면서 비로소 서울역에 몰려드
는 다른 노숙자들의 모습을 이해하게 되었다. 그들도 처음에는 뭔
가 희망을 가지고 있었을 것이다. 그러나 실망과 낙담을 거듭하면

서 점차 게으르고 궁상맞은 모습이 되었다는 생각이 들었다.

그런 생각은 곧 시우 자신을 돌아보게 했다. 그 역시 언제 그렇게 변할지 모른다. 그러잖아도 갈수록 점점 더 힘들었다. 그러다가 어느 날 긴장이 풀리면서 마음이 해이해질 수도 있는 일이었다. 그것이 염려되어서 시우는 아침만 되면 보장도 없는 일자리를 찾아 서둘러 나가는지도 몰랐다.

새로 딴 술병의 술을 한 모금 마시고 건네자 영만은 또 벌컥벌컥 들이켰다. 그의 얼굴은 벌써 벌겋게 달아올라 있었다. 시우는 은근히 걱정이 되었다. 그래서 마시고 싶지도 않으면서 슬그머니 그가 쥔 병을 빼앗았다.

「민 형, 아까 내가 애들이랑 통화했다고 했죠?」

시우는 영만이 무슨 말인가를 하고 싶어 한다고 느꼈다. 그래서 말없이 그를 바라보았다.

「애들이랑 통화를 하고 나서…… 마누라하고도 통화를 했어요. 그런데…….」

영만은 손을 내밀어서 시우가 빼앗은 술병을 다시 가져갔다. 그러곤 또다시 벌컥벌컥 들이켰다.

「그런데 우리 마누라가 대뜸 한다는 소리가…… 이혼하자고 합디다. 더 이상 못살겠다고…….」

시우는 대꾸할 말을 찾을 수가 없었다. 그래서 얼른 술병을 빼앗아 술을 한 모금 마셨다. 조금밖에 마시지 않았는데도 술기운이 올랐다.

「전에도 그런 말을 한 적이 있었는데…… 그땐 그냥 속이 상해서 그러겠거니 했죠. 그런데 오늘은…… 옆에서 애가 아프다고 징징거리는데도…… 정색을 하면서 이혼하자고 말하대요. 이 노릇을 어찌해야 좋을지…….」

「아마 많이 힘드셔서 그럴 겁니다. 여자들 힘들면 곧잘 그런 얘기 하잖아요.」

시우는 대수롭지 않다는 듯 말을 받았다. 그러나 영만의 표정은 심각하기만 했다.

「아니, 그런 게 아니에요. 전에 말했을 때는 나도 아무렇지 않게 넘겼는데…… 이번에는 좀 달라요. 뭔가 결심을 한 것 같아요. 그럴 여자가 아닌 줄 알았는데…….」

영민은 또다시 술을 들이켰다. 술병은 바닥을 드러내고 말았다. 그런데도 그는 더 마시고 싶어 하는 눈치였다.

「미안합니다, 괜히…… 유쾌하지 않은 얘기를 꺼내서…… 피곤하실 텐데 그만 주무세요. 나도 자야겠습니다.」

영만은 앉은 자리에서 다리를 뻗어 몸을 누였다. 시우는 그를 위로하고 싶었지만 마땅한 말이 떠오르지 않았다. 하루 종일 돌아다녀서 몸도 여간 무겁지 않았고 술기운 때문에 피곤이 몰려왔다. 시우는 라면 박스를 깔고 누워서 신문지를 덮었다.

밤이 깊었는데도 옆에서 들려오는 웅성거림은 좀처럼 가라앉지 않았다. 대여섯 명이 몰려 앉은 자리에서는 실직자들에 대한 정부의 대책을 신랄하게 비판하고 있었다. 그 소리를 뒤로하고 잠을 청했으나 좀처럼 잠이 오지 않았다.

시우의 머릿속에는 영만이 했던 말들이 어지럽게 떠돌았다.

'옆에서 애가 아프다고 징징거리는데도…… 정색을 하면서 이혼하자고 말하대요…… 그럴 여자가 아닌 줄 알았는데…….'

그 말을 생각하며 시우는 아내를 떠올렸다. 그러자 가슴이 답답해져 왔다.

가족이 뿔뿔이 흩어진 지 3개월이 넘었고, 시우가 서울역 지하도에서 잠을 자기 시작한 지도 벌써 2개월을 넘었다. 그동안 그는 어떤 가능성도 찾지 못했다. 단지 하루하루를 연명할 뿐이었다. 그러면서 서서히 지쳐 가고 있었다. 그런 줄도 모르고 아내는 그에게서 희망적인 소식이 전해지기만 기다리고 있을 것이었다. 변변한 일자리 하나 얻지 못한 상태였기 때문에 시우는 아내에게 연락을 할 수 없었다. 아내는 여러 가지로 힘든 상황에 부대끼고 있을 것이었다. 그럴 때마다 시우를 원망하고, 더구나 아무런 연락도 하지 않고 있는 것에 화가 나 있을지도 모를 일이었다.

'어쩌면 지금 이혼을 생각하고 있을지도 몰라…….'

시우는 아내의 모습을 떠올리며 속으로 생각했다.

'내가 연락을 하면 불쑥 이혼하자고 할 수도 있어…….'

영만이 한 말 때문인지 시우에게는 자꾸만 그런 생각이 들었다.

속으로 아닐 거라고, 그럴 리 없다고 도리질을 하면서도 시우는 불안한 생각에 계속 시달렸다. 시우는 그렇게 한참을 뒤척이다가 겨우 눈을 붙였다.

「좋은 정보 좀 있습니까?」

시우는 게시물을 보다 말고 고개를 돌렸다. 50대 중반쯤 되어 보이는 남자가 웃으며 서 있었다. 물론 모르는 사람이었다.

「글쎄요, 계속 찾아보는 중인데요.」

시우는 약간 고개를 숙여 보이며 대답했다. 그러자 그 남자가 시우를 향해 천천히 다가왔다.

「오늘 처음 오신 분이죠?」

「네, 처음입니다.」

「나는 여기 나온 지 좀 됩니다. 우리 서로 함자나 알고 지냅시다. 나는 최상섭이라고 합니다.」

「네, 저는 민시웁니다.」

시우는 그 남자가 내민 손을 맞잡았다. 그가 워낙 스스럼없이 나와서 빼거나 머뭇거리는 것이 오히려 어색했다.

「처음 보는 사람한테 함부로 말을 붙인다고 날 이상하게 생각지는 마시오. 내 성격이 워낙에 그렇소이다. 그런 데다 선생은 내가 아는 어떤 사람하고 많이 닮아서 더 친근감이 느껴지는 것 같소이다.」

그는 시우의 손을 잡은 채로 호탕하게 웃으며 말했다. 그 바람에 시우 역시 멋쩍은 웃음을 띠지 않을 수 없었다.

「실직자 쉼터라는 데를 여러 군데 다녀 봤는데, 여기가 제일 나은 것 같습디다. 음악도 좋고, 분위기도 좋고, 그리고 차도 맛있고 요…….」

그의 말을 들으면서 시우는 고개를 끄덕였다. 실직자 쉼터에는 처음 와보지만 편하고 좋은 느낌이었다. 무엇보다 사람들이 많지 않은 것이 마음에 들었다. 그러나 이곳은 여유가 좀 있는 사람들이 오는 장소라는 생각이 들었다. 당장 무슨 일이든 찾아야 하는 시우 같은 사람에게는 어울리지 않았다.

「나는 대기업 전무이사로 있다가 그만두었습니다. 민 선생은 어떤 일을 하셨소이까?」

그는 아예 시우의 맞은편 의자에 와서 앉았다. 그 행동 역시 너무나 자연스러웠기 때문에 시우는 마치 그 사람과 이야기를 하기 위해 그곳을 찾은 것 같은 느낌이 들었다. 그리고 그가 자신의 처지를 먼저 밝혔기 때문에 묻는 말에 대답을 하지 않는 것이 오히려 이상할 것 같았다.

「조그만 회사를 하다가 부도를 냈습니다.」

「저런…… 그럼 지금 피해 다니는 형편이오?」

「그런 건 아닙니다. 회사를 다른 사람한테 넘기는 바람에…… 제가 진 빚만 해결하면 되는 처집니다.」

「그것 참 다행이구려. 부도 한번 나면 보통 문제가 아닌 것 같던
데…… 정말 다행입니다그려.」

그는 마치 시우를 걱정해 주기 위해 만난 사람처럼 말했다. 하지
만 시우는 그 사람이 조금 의아하기는 했지만 싫지는 않았다. 시우
는 그곳에 들어온 후 몇 시간째 줄곧 일자리를 찾기 위해 깨알 같
은 글씨만 들여다보고 있었다. 그래서 좀 쉬고 싶은데 마침 잘됐다
는 생각이 들기도 했다.

「최 선생님은 어떤 일로 회사를 그만두신 겁니까?」

이번에는 시우가 물었다. 스스럼없이 말을 걸어오고 관심을 보
여 주어서인지 그와 금세 친해진 듯한 느낌이었다.

「밀려난 거요. 요즘 실직당했다면 다 그런 이유 아니겠소. 구조
조정이다 뭐다 해서…… 그래도 나는 민 선생보다는 형편이 좀
나은 편이오. 퇴직금에다 몇 달치 월급까지 받고 나왔으니……
그렇지만 경제적으로야 좀 여유가 있다 해도 회사 그만두고 집
에 있으려니 그거 정말 못할 노릇입디다. 그래서 날이면 날마다
이렇게 나와 있는 거요.」

아까와는 달리 그의 얼굴에 쓸쓸한 기운이 감돌았다. 그러나 그
는 곧 표정을 바꾸더니 다시 시우를 바라보았다.

「그럼 선생은 어떤 일을 찾고 계시오?」

「처음에는 제가 하던 사업과 관련된 일을 찾았는데 이젠 아무 일
이나 있으면 할 생각입니다. 그런데 마땅한 자리가 없네요.」

「맞아요. 자리가 없어요, 자리가. 특히 나처럼 나이 든 사람은 더 더욱 일할 자리가 없으니…… 그래도 민 선생은 나보다 젊으니까 더 나을 거 아니오.」

그는 입가에 웃음을 머금었다. 그러나 그 웃음은 허탈한 기운을 담고 있었다. 시우가 다시 물었다.

「여유가 좀 있으시면 창업을 하는 게 어떻습니까?」

「창업할 정도는 못 되고…… 정 일자리가 없으면 그저 조그마한 장사라도 하면 어떨까 싶은데, 그것도 불안하고…… 하여튼 그렇소이다. 어디 좋은 장사거리 같은 거 있습디까?」

「아뇨. 저야 뭐 그 방면으로 아는 게 있어야죠.」

「혹시 여기저기 다니다가 좋은 정보가 있으면 내게 좀 알려 주시오. 지금 내 나이에 취직하기는 아무래도 틀린 것 같고…… 그래도 장사가 제일 손쉬우니 그거라도 해서 늘그막에 입에 풀칠은 해야 되지 않겠소.」

그 말을 들으면서 시우는 그가 부러웠다. 할 수만 있으면 시우도 장사를 해보고 싶었다. 일자리를 구하기 위해 돌아다닐 때마다 늘 드는 생각이었다. 혹시나 하는 기대를 가지고 인력 은행 같은 데 찾아가 보기는 하지만 시우에게 맞는 자리는 거의 없었다. 구직 희망서도 수없이 작성해서 제출했지만 단 한 건도 연락이 오지 않았다. 결국 시우를 원하는 자리는 없다는 얘기였다. 그때마다 시우는 장사를 떠올렸다. 하지만 무일푼인 그가 장사를 한다는 것은 일자리를 찾기보다 더 불가능한 일이었다.

「민 선생, 혹시 실업 급여 같은 건 받았소?」

최상섭이 다시 물었다. 그는 마치 좋은 말동무라도 만난 사람처럼 보였다.

「아뇨. 고용 보험에 들지를 않아서 그런 혜택도 못 받습니다.」

「저런…… 그럼 당장 생활은 어떻게 하는 거요?」

「그냥 막일이 얻어걸리면 품삯을 받아서 그걸로 며칠 버티고 그럽니다. 최악의 상태지요.」

「그렇군요. 보통 딱한 분이 아니시구먼.」

그의 얼굴은 다시 시우를 측은해하는 표정으로 바뀌었다. 그가 담배를 꺼내 시우에게 권한 뒤 자신도 피워 물었다. 시우는 낯선 사람을 만나서 그런 얘기까지 하게 될 줄은 생각도 하지 못했다. 그린데 어쩐시 이 사람이 묻는 말에 솔직하게 대답을 해야만 할 것 같았다.

「그래도 용기를 잃지 마시오. 이건 내가 늘 나 자신한테도 하는 애기오만, 아무리 힘들고 답답하더라도 용기를 잃으면 안 돼요. 이런 상황에서 용기를 잃으면 정말로 폐인이 되는 거요.」

그는 진심으로 걱정스럽다는 얼굴로 말했다. 시우는 알았다는 뜻으로 고개를 끄덕였다.

「여기 오는 사람들 보면 별 사람이 다 있습디다. 겉으로 봐선 아무렇지도 않은데, 같이 얘기해 보면 웬 사연들이 그렇게 많은

지…… 그중 제일 딱한 게 뭔지 아시오?」

질문의 형태를 띠고 있었지만 그는 시우의 대답을 기다리는 것이 아니었다. 시우는 그를 마주 바라보았다.

「제일 가슴 아프고 답답한 것은…… 바로 가정이 깨진 사람들 애기요. 내놓고 애기하는 사람들이 없다뿐이지, 그런 사람들이 꽤 됩디다.」

「내놓고 하지 않는 애기를 최 선생님은 어떻게 아십니까?」

「처음엔 애기들을 하지 않지만 친해지면 차츰 쏟아 놓게 되지요. 그 애기들 듣다 보면 기가 막히기도 하고, 어처구니가 없기도 하고…….」

그는 다 피운 담배를 비벼 껐다. 시우도 피우다 만 담배를 끄며 그의 다음 말을 기다렸다.

「부인이 가출하거나 이혼을 요구하고, 돈을 벌러 나가서 다른 남자와 외도를 하는 경우도 있습디다. 그렇게 심한 경우가 아니라 하더라도 부인한테 구박받고 아이들한테 무시당하는 사람들이 많더란 말이오. 직장에서는 실직당하고 집에서는 그런 수모를 겪고…… 그런 경우에 처한 사람들이 제일 안됐다는 생각이 듭디다.」

최상섭이 거기까지 말했을 때, 출입문을 열고 두 사람이 들어섰다. 그들은 그를 보며 인사를 했고, 그 역시 자리에서 몸을 일으키며 반가워했다.

「민 선생, 나중에 또 얘기합시다. 아는 사람들이 와서…….」

최상섭이 자리에서 일어나 그들에게로 가자 시우는 다시 담배를 피워 물었다. 그가 마지막으로 한 말들이 웅웅거리며 머릿속을 맴돌았다. 간밤에 영만으로부터 들은 이야기도 생각났다. 뒤이어 마치 기다렸다는 듯 아내의 모습이 떠올랐다.

'어쩌면 지금 이혼을 생각하고 있을지도 몰라…… 내가 연락을 하면 불쑥 이혼을 하자고 할 수도 있어…….'

또다시 불안한 마음이 들었다. 물론 아내가 그런 낌새를 내보인 적은 없었다. 시우에게 그런 생각이 든 것은 영만의 이야기와 최상섭이라는 사람이 들려준 말 때문이었다. 그러나 그것이 이상하게도 남의 일처럼 여겨지지 않았다.

시우는 불안한 마음을 억누르며 계속 담배를 피워 댔다. 그러나 불안은 좀처럼 가라앉지 않았다.

9

「이혼했다는 게 정말이야?」

「정말이야. 내가 너한테 뭐 하러 거짓말을 하겠니?」

「어쩜 그럴 수가 있니?」

「뭘 그럴 수가 있어? 살다가 정 못 살겠으면 이혼하는 거지, 이혼
이 뭐 별건가?」

「그래도 갠 도저히 이혼 같은 건 못할 애 같았는데…….」

「이혼할 것 같은 애가 따로 있니? 상황이 그렇게 몰리면 이혼하
는 거지.」

「그래도 너무 뜻밖이다. 애들은 어떻게 한대?」

「영주 남편이 알아서 하겠지. 그런 얘기까지는 못 들었어. 난 지
은이 네가 먼저 이혼할 줄 알았는데…….」

「마치 내가 이혼하기를 바라는 사람처럼 말하는구나.」

「그래, 난 정말로 네가 하루빨리 이혼하고 그 답답한 상황에서 벗

어나길 바라. 나 같으면 그런 일 터지자마자 바로 이혼했을 거
야.」

경자는 언제든지, 무슨 일이 생기기만 하면 곧 이혼을 강행할 사
람처럼 말했다. 지은은 처음에는 경자의 태도가 무척이나 못마땅
했다. 상황이 갑자기 달라졌다고 해서 남편과 자식을 버리고 이혼
한다는 것은 아무리 생각해 봐도 옳지 않았다. 그러나 시간이 지날
수록 지은은 상상도 해보지 못했던 이혼 문제를 가끔씩 떠올렸다.
그렇기 때문에 경자가 아무렇지도 않게 꺼낸 영주의 이혼 이야기
에 더 민감해졌는지도 모른다.

「그런데 영주가 이혼을 한 게…… 단순히 남편이 실직한 것 때
문이야? 그건 아니지?」

지은은 계속 영주의 이야기가 궁금했다. 그녀는 어느새 친구와
자신의 처지를 비교해 보고 있었던 것이다.

「겉으로 드러난 건 개 남편의 실직이지. 그런데 그런 일을 당하
고 나면 크든 작든 부부 사이에도 문제가 많이 생길 거 아냐. 그
런 것들이 모여서 결국 이혼까지 하게 된 거겠지.」

「문제가 없는 사람들은 없어. 그 문제가 어떤 문제냐 이거지. 넌
영주랑 친하니까 그 속사정을 다 들었을 거 아냐?」

「다는 아니겠지만…… 얘긴 많이 들었지. 그런데 그 얘기들을
다 종합해 보면…… 결국 남자가 실직하고 나서, 자신감이 없어
진 데서 비롯되는 것들인 거 같아.」

「그러니까 내 말은…… 크게 두드러진 문제들이 뭔지 묻는 거
야. 여러 가지 문제들 중에서, 그래도 이혼까지 하게 된 데엔 결
정적인 이유가 있을 거 아냐.」

지은은 집요하게 물고 늘어졌다. 무슨 이유에서인지 경자는 말
을 할 듯하다가 두루뭉술하게 넘어가려고 했다. 그럴수록 지은의
궁금증은 더욱 커져만 갔다.

「그게 그렇게 궁금해?」

「그럼, 궁금하지. 부부가 살다가 이혼하는 게 쉬운 일이 아닌데,
남편이 실직했다고 해서 무조건 이혼한 것은 아닐 테고, 뭔가 특
별한 이유가 있었을 거 아냐.」

「그래, 이유가 있기는 있지. 하지만 이거…… 남의 집 일이
라…… 하긴 이혼했으니 뭐 말해도 되겠지. 실은…… 영주 남
편이 자꾸만 의심을 하더래.」

「의심? 무슨 의심을 해?」

「뭐긴…… 영주가 바람을 피우는 게 아닌가 하는 거지. 먹고살
길이 막막해서 식당에 일을 하러 나가는데, 조금만 늦게 들어오
면 딴 남자랑 무슨 짓이라도 하고 온 것처럼 닦달을 했다는 거
야. 그것만이 이유는 아니겠지만…… 그것도 크게 작용한 게 사
실인가 봐.」

그런 일로 심하게 의심을 받으면 여간 피곤하지 않을 거라는 생
각이 들기는 했다. 그러나 그런 의심을 하는 데는 그럴 만한 까닭

이 있을 수도 있었다. 지은은 그것도 궁금했지만 차마 물어볼 수는 없었다. 그걸 묻는 것은 영주의 남편과 마찬가지로 친구를 의심하는 게 될 수도 있었던 것이다. 그런데 경자가 먼저 그 부분에 대해 이야기하기 시작했다.

「처음 남편이 실직당했을 때는 영주도 참 잘해 줬대. 그리고 식당에 허드렛일을 하러 나가면서도 남편을 원망하지도 않고. 오히려 일자리를 못 찾아서 빈둥대는 남편이 안돼 보여서 더 잘해 줬다는 거야. 그런데 손님들한테 팁을 받았다는 말을 듣고부터는 의심을 하기 시작하더라는 거지. 거 왜, 있잖아…… 식당에서 고기 잘라서 구워 주면 몇 푼씩 주는 거. 그걸 점점 더 의심하니까 남편에 대한 실망이 커지더라는 거야. 그런 것들이 모여서 싸움이 되고…… 그런데 말이야…… 영주 남편이 그렇게 의심을 하게 된 데는 다른 이유가 또 있었대.」

「뭔데, 그게?」

「걔 남편이 실직당하고 나서 임포가 됐다는 거야.」

「임포? 임포가 뭐야?」

「이런 숙맥…… 남자가 발기가 안 되는 거 말이야. 실직당하면서 받은 스트레스 때문에 그렇게 됐겠지만…… 아무튼 그런 상황이다 보니까 점점 더 자기 아내를 의심하게 되고, 영주는 그럴수록 견딜 수가 없고…… 그렇게 된 거래.」

남편의 발기 불능. 그것은 지은도 겪어 본 일이었다. 남편이 회사에서 밀려난 후, 그는 무척 상처를 받은 것 같았다. 지은은 그녀가 할 수 있는 모든 방법을 다 동원해서 남편을 위로해 주었다. 그 중에서 가장 효과적이라고 생각한 것이 남편과의 섹스였다. 섹스를 하면서 그녀가 남편을 얼마나 사랑하는지 가장 잘 표현할 수 있기 때문이었다.

그러나 막상 잠자리에 들었을 때 지은은 당황하고 말았다. 남편의 성기가 축 늘어진 채 일어서지를 못했던 것이다. 남편도 놀라서 어쩔 줄 모르는 기색이었다. 그러나 지은은 그럴 수도 있다고, 마음을 편히 가지라고, 그렇게 남편을 위로하면서 애무를 계속했다. 하지만 남편의 성기는 일어서기는커녕 점점 더 오그라들고 말았다.

한 번 그런 일이 있고 나자 지은은 다음번 잠자리에 더 신중을 기했다. 일부러 술을 한잔 권하기도 하고, 남편이 긴장하지 않도록 충분한 대화를 하기도 했다. 그러곤 아예 작정을 하고, 잡지 같은 데서 본 대로 자극적인 애무를 해나갔다. 남편은 예전과 달리 무척 흥분하는 것 같았다. 그러나 그것은 기분일 뿐 그의 성기는 일어설 줄을 몰랐다.

그런 일이 몇 차례 반복되자 남편은 아예 지은과 잠자리에 들려고 하지 않았다. 그는 일부러 거실의 소파에서 책을 보다 잠들었다. 지은 역시 남편을 의도적으로 피하게 되었다. 남편을 위한다는 것이 오히려 그에게 상처를 준 것 같아서였다.

남편의 성 기능이 서서히 회복되기 시작한 것은 그가 사업을 벌이고 나서였다. 사업이 한창 번성할 즈음에는 마치 결혼 초기처럼 이틀이 멀다 하고 지은을 못살게 굴었다. 남편이 그렇게 강해지자 지은 역시 남편의 애무를 받으며 흠씬 젖어 들었고, 평소보다 훨씬 더 강렬하게 절정을 느꼈다. 그러니까 남편의 발기 불능은 완전히 심리적인 요인에서 비롯된 것이었다.

그렇지만 남편은 자신의 기능이 정상이 아니었을 때도 그 이유로 지은을 의심하지는 않았다. 물론 그 당시에는 지은이 돈을 벌기 위해 밖에 나간 일이 없었다. 만일 지은이 영주처럼 일하러 나가서 늦었다면 남편도 의심하지 않았으리라는 장담을 할 수 없었다.

'만일 그랬다면…… 나도 이혼하자고 했을까?'

자신에게 일어나지 않은 일이기 때문에 지은은 확실한 대답을 얻을 수 없었다.

「니희는 어떠니? 그런 분제…… 없니?」

경자가 야릇한 표정을 지으며 물었다. 그런 표정이 아니었는데도 지은이 공연히 그렇게 느꼈을 수도 있었다.

「없어. 남편이랑 거의 보지도 못하는데 뭐.」

「못 보면 더 그런 의심을 할 수 있지. 너 역시 남편을 의심할 수도 있는 거고. 그러나저러나, 넌 이혼할 생각은 없는 모양이지?」

지은은 선뜻 대답을 하지 못했다. 경자가 처음 그런 이야기를 꺼냈을 때와는 달리 그녀는 대답을 피하고 있었다. 그런 자신의 모습에 지은은 약간 놀랐다.

「하긴 넌…… 지난번에 얘기하는 거 보니까 이혼도 못하겠더라.」

이혼…… 아무나 하는 거 아니지. 이혼 안 하면 앞으로 닥칠 일들 다 당하고 살아야지 뭐.」

경자는 혼잣말을 하듯 중얼거렸다. 그때 지은은 '정말 이혼을 안 하면 어떻게 될까' 하는 생각이 들었다.

'돈 한 푼 가져다주지 못하는 남편은 아무 기대도 할 수 없고, 아이들한테는 돈이 계속 들어갈 테고, 방 한 칸이라도 마련하려면 적금을 부어야 할 테고, 아무리 그냥 얹혀 있다고는 하지만 오빠네 집과 언니네 집에 얼마라도 생활비를 내놔야 할 텐데…… 경자 말대로 남편이 진 빚 때문에 빚쟁이들이라도 들이닥친다면…….'

그런 생각을 하자 갑자기 머리가 아파 왔다.

쥐새끼 같은 사장한테 시달리면서 학습지를 돌리고 겨우 한 달을 채워 억지로 받아 낸 돈은 너무나 보잘것없는 액수였다. 그렇게 벌어서 뭔가를 한다는 것이 아득하게만 느껴졌다. 그러다 보니 자꾸 큰돈을 벌어야 한다는 생각만 들었다. 그래서 그녀는 단기간에 많은 돈을 벌 수 있다는 다단계 판매에 대해 알아보는 중이었다.

'그런데 내가 만일 이혼을 한다면…….'

지은은 속으로 생각했다. 경자가 말한 대로 우선 많은 부담으로부터 놓여날 것이었다. 그러나 아이들 문제가 걸렸다. 언니네 집에 있으면서도 다예는 남의 물건을 훔치고, 석진은 학교에 제대로 가지 않아 속을 썩였다. 그런 상황에서 아이들을 떼어 놓는다면 그 아이들은 순식간에 문제아가 될 것 같았다. 더구나 아직 어린 석빈은 정서적으로도 심한 타격을 입을 것이었다. 지은은 한숨을 내쉬었다.

'그래, 난 이혼은 못할 거야, 아이들 때문에라도……'
「그런데 얜 왜 이렇게 안 오는 거지? 제대로 약속을 한 거야?」
화제가 궁해진 경자가 지은을 향해 물었다. 그제야 지은도 시계를 들여다보았다. 명근은 약속 시간이 한 시간 가까이 지났음에도 아직 나타나지 않았다. 경자는 둘이 먼저 저녁을 먹자고 했고, 지은은 좀 더 기다려 보자고 했다. 결국 둘은 음료수를 한 잔씩 더 시켰다. 그런 다음 경자는 또 다른 이야기를 장황하게 늘어놓기 시작했다. 경자의 말을 들으면서도 지은의 머릿속에서는 자꾸만 이혼에 대한 생각이 엎치락뒤치락했다.

그러고도 한참이 지난 뒤에야 명근은 헐레벌떡 뛰어 들어왔다. 지은이 경자의 성화에 못 이겨 막 저녁을 시키려던 참이었다.
「아, 미안, 미안. 정말 미안해. 대신 내가 최고급으로 저녁을 살게.」
「저녁만 가지고는 안 될 것 같은데?」
「그럼 술도 살게. 원한다면 나이트도 갈게. 올나잇도 할 수 있어. 뭐든 다 할 테니까 무조건 용서해 줘.」
경자의 말에 명근은 양복을 벗어젖히며 너스레를 떨었다. 20년

만에 보는데도 여전한 모습에 지은은 피식 웃고 말았다.

「야, 지은 씨 정말 오랜만이다. 여전히 예쁘군. 아니 이젠 나이가 들었으니까 아름답다고 해야 되나? 전혀 안 늙어 보이는데. 이거 너무 오랜만인데 손이나 한번 잡아 보자.」

명근이 요란을 떨면서 손을 내밀었다. 지은은 그 손을 맞잡으면서 말했다.

「지금 이 레스토랑 조명이 어두워서 그래. 이 나이에 왜 안 늙었겠어?」

「지은이밖에 안 보이지? 나랑은 악수하자는 소리도 안 하네. 아, 안 되겠다. 저녁이나 제일 비싼 걸로 시켜 먹고 난 빨리 가야지.」

경자가 농담을 하며 끼어드는 바람에 셋은 소리 내어 웃었다. 지은은 아까와 달리 많이 밝아진 기분이었다.

「일이 많은 모양이지? 바쁘면 연락을 하지 그랬어. 다음에 만나도 되는데…….」

「아냐. 일이 없어서 탱자탱자하다가 다 저녁때 바이어가 오는 바람에 잡혀 있었던 거야.」

「바이어 만났다면 수출 건이겠네? 좋은 일이네 뭐. 이 어려운 때에 수출 건 때문에 늦었다면 봐줄 수 있지. 그건 애국하는 일이니까.」

「그런 거 아냐. 생산 설비를 뜯어서 수출하는 거야.」

「생산 설비를 뜯어서 수출한다고? 그게 무슨 말이야?」

「공장 가동을 못한 지가 꽤 됐거든. 그러니까 생산 라인은 멈춰 있고, 약삭빠른 바이어들은 그걸 알고 찾아와서 헐값에 팔라고 하고, 달러를 한 푼이라도 더 만들려다 보니까 그거라도 뜯어서 수출하는 거지. 다시 정상으로 가동이 돼서 새로 설비를 갖추려면 그보다 훨씬 더 많은 돈이 들 거야. 말하자면 제 살 깎아 먹기지. 그런 판국이야.」

「보통 일이 아니구나. 그런 것도 통계에 잡혀서 수출액으로 발표될 거 아냐. 답답한 노릇이군.」

「공장 얘기 그만 하자. 모처럼 만에 만난 자린데 좋은 얘기 해야지. 자, 내가 살 테니까 지은 씨랑 경자 씨 최고로 맛있는 거 시켜.」

경자와 명근이 서로 이야기를 주고받았고 지은은 그들을 바라보기만 했다. 식사를 시킬 때도 지은은 경자가 선택한 것을 따라서 주문했다. 왠지 그들에 비해서 자신이 많이 도태되어 있다는 생각이 들었다. 그러나 지은은 그런 내색을 하지 않으려고 어색한 미소를 띠고 앉아 있었다.

사실 지은은 명근을 만나지 않으려고 했다. 처량한 자신의 모습을 보이고 싶지 않아서였다. 그러나 다시 명근에게서 전화가 걸려왔을 때 약속을 하고 말았다. 어차피 경자한테서 이야기를 다 들었을 텐데, 자신의 처지 때문에 그를 만나지 않는 것도 우스울 것 같았다. 그녀가 없는 상태에서 명근과 경자가 만나 자신에 대한 이야기를 하는 것이 마음에 걸리기도 했다. 또 한편으로는 명근을 만나면 좋은 일자리를 구할 수 있지 않을까 하는 생각을 했다. 그러나 만나자마자 그런 이야기를 꺼낼 수는 없었다. 지은은 좀 더 기회를 보기로 하고 둘의 이야기에 적당히 맞장구를 쳐주었다.

저녁을 먹으면서 나눈 이야기는 주로 대학 시절에 관한 것이었다. 지은과 명근은 방송부였고, 경자는 방송부는 아니었지만 명근과 같은 과였고, 지은과 경자는 고등학교 때부터 단짝이었다.

그 시절 이야기에 빠져 들다 보니 꿈 많던 그때가 생생하게 떠올랐다. 그때는 정말 겁도 없었고, 모든 것이 가능할 것만 같았다. 단 한 번도 자신의 삶이 좋지 않은 상황에 부딪히리라고는 생각해 보지 못했었다.

'그러나…… 그러나 지금 난 이게 뭐람…….'

지은은 자신도 모르게 현재의 처지를 떠올렸다. 이제는 아무리 노력해도 자신감에 차 있던 그 시절로 돌아갈 수 없을 것이었다. 지은은 자신의 모습이 여간 한심하게 느껴지는 게 아니었다.

지은은 어느새 학교 시절 이야기에 짜증이 났다. 지금 자신의 입장이 그런 한가한 이야기를 하고 있을 때가 아니라는 생각이 들었다. 그래서 지은은 명근과 경자가 하는 이야기를 자르고 자신의 절박한 이야기를 꺼냈다.

「명근 씨, 혹시 내가 할 수 있는 일 좀 없을까?」

둘은 대화를 중단하고 지은을 쳐다봤다. 애써 웃는 표정을 지으려 했지만 지은의 얼굴은 어색하게 일그러져 있었다.

「글쎄…… 어떤 일을 찾는데?」

「아무거나…… 무슨 일이든 닥치는 대로 할 수 있어. 경자가 몇 가지 일을 알아봐 주고 있는데…… 그건 괜찮은 일이긴 하지만 몇 개월 정도 배워야 할 수 있는 것들이고…… 지금 나는 당장 급하거든. 바로 시작할 수 있는…… 그런 일 좀 없을까?」

그렇게까지 말할 생각은 아니었다. 그러나 지은은 자신이 체면을 차릴 처지가 아니라는 생각이 들었다. 지은의 마음을 다치게 하지 않으려는 듯 명근은 조심스럽게 대꾸했다.

「글쎄…… 아무 일이나 다 하겠다고 하더라도…… 어떤 성격의 일인지는 생각한 게 있을 거 아냐. 그걸 한번 말해 봐. 예를 들어 학원 강사라든지, 아니면 정보검색사 같은 거라든지…….」

「아냐. 그런 것들도 경험이 있어야 되는 거잖아. 난 아무 경험 없이도 할 수 있는 일이면 돼. 신문 배달이나 우유 배달도 하려고 가봤는데, 그것도 사람이 많이 밀려 있대. 그래서 지금 다단계 판매 쪽으로 알아보고 있어. 그런데 그건 좀 위험한 것 같고…….」

「그건 안 돼, 지은아. 그거 하다가 돈도 못 벌고 빚더미에 올라앉은 사람들 많이 봤어. 아무리 급하더라도 그런 일은 하지 마. 나도 더 알아볼게.」

이번에는 경자가 나섰다. 그녀는 지은이 당장 할 수 있는 일을 구해 주지 못해서 미안해하고 있었다.

「다단계 판매를 생각했었다면 차라리 보험을 해보는 게 어때?
일하는 방법은 비슷하지만 보험은 최소한 위험하지는 않잖아.」

「보험? 그것도 모르는 사람 찾아다니면서 보험에 들어 달라고
사정해야 되는 거잖아. 요즘은 들어 있는 보험도 해약하느라고
난리라면서?」

명근의 말에 지은은 걱정부터 하며 물었다. 오랫동안 사회생활
을 하지 않은 그녀로서는 무슨 일이든 걱정되지 않는 것이 없었다.
그러나 명근은 지은을 향해 손을 내저었다.

「보험이 왜 모르는 사람 찾아다니면서 사정하는 거야? 꼭 보험
에 들어야 할 사람을 설득하는 일이지. 그리고 경제가 어려워지
면서 해약하는 사람들도 많지만 꼭 그런 것만은 아냐. 항상 보험
에 들어 있지 않으면 안 되는 사람들이 얼마나 많은데…… 그 사
람들을 잘 찾아내는 것이 중요하지. 만일 지은 씨가 보험을 시작
한다면 우리 회사 보험들을 지은 씨한테 돌릴 수도 있어. 우리
파트에서 보험 업무를 맡고 있거든. 그러면서 내가 우리 거래처
들을 소개하면 그렇게 아는 사람들이 생겨나는 거 아닌가?」

「그래, 지은아. 명근 씨 생각이 괜찮다. 네가 한다면 나도 사람을
좀 소개할 수 있어. 우선 내 자동차 보험부터 너한테 들지 뭐. 당
장 급한 실정이니까, 그렇게 보험을 시작하면서 학원에 좀 다니
고…… 그래서 내가 소개하는 일로 천천히 바꿀 수도 있잖아.」

명근과 경자는 마치 잔뜩 별렀던 사람처럼 말했다. 지은은 보험

영업은 한 번도 생각해 보지 않았었다. 그런데 두 친구가 이구동성으로 권하자 솔깃해졌다. 그러나 여전히 걱정이 되기는 마찬가지였다.

「만일 명근 씨하고 경자가 소개해 주는 것 외에 더 모집을 못하면 어떡하지? 그럼 거기서 그만둬야 되는 거 아냐?」

그 말에 명근은 너털웃음을 터뜨렸다. 그러나 지은을 비웃는 건 아니었다. 지은의 걱정이 기우에 지나지 않는다는 뜻을 담고 있었다.

「그런 걱정은 하지 마. 우리 회사만 하더라도 화재 보험이니 상해 보험이니 해서 매년 갱신하는 것들이 많아. 그것만으로도 수입이 꽤 될 거야. 내가 소개하는 거래처들도 아마 날 무시하진 못할 거고…… 당장 일을 해야 한다면 그걸 한번 시작해 봐. 보험 일이야말로 하다가 적성에 안 맞으면 중간에 언제든지 그만둘 수 있잖아.」

명근은 마치 지은의 수입을 책임져 줄 것처럼 말했다. 그때부터 화제는 보험 영업에 관한 것으로 이어졌다. 명근과 경자는 열을 올리며 자신들이 아는 이야기를 늘어놓았다. 지은은 그들의 이야기를 들으며 어느 정도 안심이 되었다. 특히 명근이 다니는 회사에서 든 보험들을 가져올 수 있다는 게 제일 든든하게 느껴졌다.

지은은 그 자리에 잘 나왔다는 생각이 들었다. 명근과 경자도 친구를 위해 무언가를 할 수 있어 기뻐하는 것 같았다. 명근은 보험 영업에 대해 아는 것도 많았다. 그는 보험 종류에 대해 장황하게

늘어놓으면서 계약 형태에 따라 어느 것이 수수료가 더 많다는 것
까지 설명했다.

경자가 다른 약속이 있다며 일어설 때까지 셋은 보험에 관한 이
야기를 나누었다. 경자는 둘이 더 있다가 가라고 했지만 지은은 그
녀를 따라 일어섰다. 집에서 엄마를 기다리고 있을 석빈도 걱정되
었고, 셋이 만났다가 명근과 둘만 남는다는 게 좀 어색하기도 했다.

밖으로 나오자마자 경자는 약속 시간에 늦겠다면서 허둥대며 가
버렸다. 명근은 지은을 집까지 데려다 주겠다고 했다. 서로 방향을
묻다 보니 명근의 집은 지은이 사는 곳과 그다지 멀지 않은 거리였
던 것이다. 그녀는 명근의 제안을 거절할 수 없었다.

명근은 능숙한 솜씨로 차를 몰았다. 지은은 아무 말 없이 옆 자
리에 앉아 있었다. 레스토랑에 둘이 남는 게 어색해서 같이 일어섰
는데, 오히려 더 좁은 공간에 나란히 앉게 된 셈이었다. 차가 큰길
로 접어들고 한참을 달렸는데도 둘 다 입을 다물고 있었다. 그 침
묵이 부담스러웠던지 명근이 먼저 말을 꺼냈다.

「경자 씨한테 들었는데…… 지은 씨, 남편하고 별거하고 있다면
서?」

「별거? 별거는 무슨…… 같이 살 수 있는 형편이 못 돼서 떨어져
있는 거지. 명근 씨 부인은 어떤 사람이야? 애들은 몇이고?」

지은은 자신의 이야기를 피하고 싶다는 생각에 느닷없이 명근의

가정에 대해 물었다. 명근은 잠깐 동안 대답이 없었다. 좌회전을 하느라고 입을 다물고 있는 줄 알았는데 직진을 하는 도로로 들어와서도 명근은 말이 없었다. 그러다가 다음 좌회전을 받는 지점에 이르러서야 지은을 돌아보며 말했다.

「실은 나…… 이혼했어. 이혼한 지 몇 년 돼.」

지은은 괜한 걸 물었다고 생각했다. 그런 생각이 들자 갑자기 분위기가 너무나 어색하게 느껴졌다.

「다행히 아이는 없고…… 처음부터 맞지 않는 결혼이었어. 그럴 바엔 차라리 일찍 헤어진 게 잘된 일이지.」

명근은 남의 이야기를 하듯 말했다. 그 순간 지은은 생각했다.

'우린…… 맞는 결혼이었을까…….'

그녀의 머릿속에 남편의 모습이 잠깐 떠올랐다가 사라졌다.

「말 나온 김에…… 지은 씨, 좋은 사람 있으면 소개 좀 해. 처음엔 몰랐는데 요즘은 혼자 사는 게 너무 힘들고…… 외롭고 그렇거든. 어디 좋은 사람 좀 없을까?」

명근의 목소리는 어느새 명랑해져 있었다. 애써 분위기를 바꾸려는 그의 노력이 느껴졌다. 그래서 지은도 짐짓 아무렇지 않은 것처럼 물었다.

「좋은 사람? 어떤 사람을 원하는데? 아는 사람은 별로 없지만, 그래도 어떤 타입을 좋아하는지 알아야 찾아보기라도 할 거 아냐. 어떤 타입을 원해?」

「더도 말고…… 지은 씨 같은 사람이면 돼. 그런 사람만 있으면 지금이라도 탱크처럼 대시해서 다시 결혼할 거야. 그런 사람…… 어디 없을까?」

지은은 대꾸를 할 수가 없었다. 명근의 그 말은 옛날에 그가 지은에게 프러포즈를 해오던 때를 새삼스럽게 생각나게 했다.

'그때 만일 그의 프러포즈를 받아들이고, 그것이 인연이 되어 그와 결혼했다면…… 그랬다면 어떻게 되었을까…….'

불쑥 찾아든 생각에 지은은 화들짝 놀라며 자세를 바로했다. 그러곤 일부러 그의 말을 장난처럼 받아넘겼다.

「농담하는 건 여전하네. 나 같은 사람 만나서 뭐 하게? 더 좋은 사람 만나야지. 그런 사람 있나 한번 알아보고…… 있으면 연락해 줄게.」

「농담 아냐. 진심이야. 정말로 지은 씨 같은 사람만 있으면 아무것도 안 따지고 바로 결혼한다니까. 이왕 알아보려면 지은 씨하고 가장 많이 닮은 사람으로 알아봐 줘. 부탁이야.」

나이가 든 탓일까. 지은은 명근의 말을 빈말로 들으면서도, 기분이 썩 나쁘지 않았다.

'내게 아직 조금이라도 매력이 남아 있긴 한 걸까…….'

그녀는 거울이라도 앞에 있는 것처럼 머리를 매만지며 속으로 중얼거렸다. 그러다 곧 긴 한숨을 내쉬었다.

'매력이 있으면 뭘 해…… 찌들 대로 찌들어서 어떻게 살아야 할

지 막막하기만 한데……'

　지은은 자신의 한심한 처지를 생각하지 않으려고 차창 밖으로 시선을 돌렸다.

「지은 씨가 생활이 어려워서 별거하는 게 아니라…… 남편과 맞지 않아서 별거하는 거라면…… 그러면 지은 씨랑 잘해 보고 싶은데…… 그게 아니라서…… 지은 씨 같은 사람 소개해 달라는 거야.」

　명근은 잠긴 목소리로 더듬대면서 말했다. 그의 말투로 보아 매우 망설이며 꺼낸 말이라는 것을 느낄 수 있었다. 지은은 당황하지 않을 수 없었다. 그런데 그때 다행스럽게도 그녀가 사는 아파트가 멀리 눈에 들어오기 시작했다.

　아파트 단지 입구에 다다랐을 때 지은은 차를 세워 달라고 했다. 명근은 그녀가 사는 아파트 동 입구에 내려 주겠다고 했지만 지은은 왠지 그래서는 안 될 것 같았다. 친구 사이이긴 했지만 석빈이나 새언니가 볼까 봐 걱정되었던 것이다. 차를 멈춘 다음 명근은 명함을 내밀었다. 명함에는 회사 전화번호 외에도 핸드폰 번호, 이메일 주소가 적혀 있었다.

「보험…… 해보면 예상외로 괜찮을 거야. 내가 다 알아서 해 줄 테니까 걱정하지 말고 연락해. 그리고 오늘…… 만나서 반가웠어.」

　명근이 또 손을 내밀었다. 지은은 명함을 쥐지 않은 다른 손으로 그의 손을 맞잡았다. 아까 레스토랑에서는 그러지 않았는데, 명근의 손이 그녀의 손을 꽉 쥐는 힘이 느껴졌다. 지은은 얼른 손을 빼냈다.

차가 돌아 나가는 것을 본 다음에야 지은은 몸을 돌려서 천천히 단지 안으로 걸음을 옮겼다.

'보험이라…….'

지은은 속으로 중얼거리며 텔레비전 광고에서 본 적이 있는 보험 설계사 아줌마의 모습을 떠올려 보았다. 광고 속의 여자는 가입자들에게 행복을 나누어 주는 것처럼 밝은 표정을 짓고 있었다. 지은은 머릿속에 떠오른 광고 모델의 얼굴 위로 자신의 모습을 겹쳐 보았다. 왠지 어울리지 않는 것 같았다.

'그렇지만 처음부터 잘하는 사람은 아무도 없을 거야…….'

지은은 아파트 단지 안으로 걸어 들어가면서 마음을 다잡았다.

'닥치면 못할 게 어딨겠어…… 파렴치한 사장 밑에서 학습지도 돌렸는데…….'

지은은 학습지 지국의 사장 모습이 떠오르자 소름이 돋았다. 그렇지만 그 상황에서도 한 달을 채워 월급을 받았다는 것이 스스로 대견스러웠다. 그리고 그것을 이겨 냈기 때문에 그 이상의 것도 해낼 수 있다는 자신감이 생겼다.

지은은 더 생각해 볼 것도 없이 보험을 시작해야겠다고 마음먹었다. 그러나 다음 순간 명근이 했던 말이 떠올랐다.

‘지은 씨가 생활이 어려워서 별거하는 게 아니라…… 남편과 맞지 않아서 별거하는 거라면…… 그러면 지은 씨랑 잘해 보고 싶은데…… 그게 아니라서…… 지은 씨 같은 사람 소개해 달라는 거야…….’

그 말이 어쩐지 부담스러웠다. 그러나 지은은 애써 그가 그냥 둘러댄 말일 거라고 생각했다. 그러곤 그가 했던 말을 떨쳐 버리기라도 하듯 서둘러 걷기 시작했다.

10

시우는 무슨 말을 해야 할지 몰라서 우두커니 앉아 있었다. 석진은 그의 맞은편에서 열심히 설렁탕 그릇을 비우고 있었다. 식당 안에는 에어컨이 돌아가고 있는데도 석진은 땀을 뻘뻘 흘렸다.

「이거 더 먹어라.」

걸신들린 것처럼 먹어 대는 아들을 향해 시우는 자신의 설렁탕 그릇을 내밀었다. 설렁탕 그릇에 코를 박고 퍼먹던 석진은 그제야 겨우 고개를 들었다.

「아빠는요?」

「난 아침을 늦게 먹었다. 한 그릇만 시키기가 미안해서 두 개 시킨 거니까 마저 먹어.」

그것은 거짓말이었다. 시우는 도무지 밥을 먹을 기분이 아니었다. 아들을 파출소에서 데리고 나온 아버지가 무슨 식욕이 있어서 밥을 목으로 넘기겠는가. 석진은 제 아버지의 설렁탕 그릇을 당겨

놓더니 다시 코를 박았다. 시우는 그 모습을 물끄러미 바라보았다.

석진이 파출소에 잡혀간 건 새벽녘이라고 했다. 석진은 파출소에서 아침을 맞고, 조사를 받은 다음 제 엄마에게 전화를 했다. 그리고 전화를 받은 아내는 놀라서 시우에게 전화를 한 것이었다.

아들을 잘못 키운 시우는 담당 경관 앞에서 머리를 조아린 채 수모를 당했다. 그렇게 빈 다음에야 겨우 석진을 데리고 나올 수 있었다.

석진이 붙잡혀 들어간 것은 삐끼 노릇을 하다가 술에 취한 사람들과 싸움을 했기 때문이었다. 다행히 석진은 적극적으로 가담하지 않았고, 무엇보다도 학생이라는 점 때문에 쉽게 풀려날 수 있었다.

정신없이 설렁탕을 입 안으로 퍼 넣는 아들을 보며 시우는 그동안 아이들한테 너무나 무관심했다는 생각을 했다. 물론 아이들한테 신경을 쓸 여유가 있으면서 모른 척했던 건 아니었다. 그러나 그건 어른들의 사정일 뿐이고, 아들이 이 지경이 되도록 방치한 것은 아버지의 책임이라는 생각이 들었다.

설렁탕 두 그릇을 다 비운 석진은 제 아버지가 계산을 치르기도 전에 식당 밖으로 나갔다. 시우가 따라 나가자 그는 길 건너편의 파출소를 향해 침을 퉤 뱉었다. 불량스럽기 짝이 없는 행동이었다.

행동뿐만이 아니었다. 석진의 차림은 도저히 학생으로 볼 수가 없었다. 무스를 바른 머리, 단추를 풀어 헤친 셔츠, 땅바닥에 질질 끌리는 바짓단, 그 아래로 구겨 신은 단화, 그 모두가 양아치의 행색이었다.

「이제 갈게요, 아빠.」

석진은 청바지 주머니에 양손을 찌른 채 말했다. 그러나 시우는 아들을 그냥 보낼 수가 없었다. 그는 아들을 데리고 가까운 커피숍으로 들어갔다. 그곳에서 석진에게는 사이다를 시켜 주고 시우는 커피를 주문했다.

「석진아.」

시우는 침통한 표정으로 아들의 이름을 불렀다. 석진은 대답 대신 고개를 들어 제 아버지를 마주 바라보았다.

「너, 도대체 어떻게 하려고 이러는 거냐?」

시우는 화를 내기보다는 좋은 말로 타일러야겠다고 생각했다. 고등학교 1학년이면 충분히 말귀를 알아들을 나이였기 때문이다. 그러나 석진은 귀찮다는 표정이었다.

「어떻게 할 생각인지 말을 한번 해봐라.」

「전 정말로 잘못한 게 없다니까요.」

시우의 말에 석진은 짜증스러운 말투로 대꾸했다. 아들의 태도에 시우는 가슴이 답답했다. 이렇게 나오는 아이한테 무슨 말이 제대로 들릴까 하는 생각도 들었다. 그러나 석진을 그대로 내버려 둘 수는 없었다.

「그래, 설사 네가 싸움이 벌어진 자리에서는 잘못한 게 없다고 치자. 하지만 네가 그 자리에 있게 된 것 자체가 옳은 일이 아니잖

아. 누가 너한테 삐끼를 하라고 했냐? 그것부터가 잘못이잖아.」

「그건 그냥…… 아는 형이 며칠 좀 봐달라고 해서 한 것뿐이에요. 그리고 제 친구들 중에도 아르바이트하는 애들 많아요.」

「그런 건 아르바이트라고 할 수가 없어. 그리고 누가 너한테 아르바이트하라고 했냐? 그 시간에 공부를 해도 모자랄 텐데…… 앞으론 어떤 아르바이트도 하지 마라, 알았지?」

석진은 대답하지 않았다. 대답만 하지 않는 것이 아니라 인상까지 찡그렸다. 시우는 그 부분에서 물러설 수가 없어 언성을 높였다.

「왜 대답을 않는 거야? 아빠 말이 말 같지 않아서 그러는 거야?」

「용돈도 제대로 주지 않으면서 왜 못하게 하는 거예요?」

석진은 노골적으로 대들었다. 시우는 울컥 화가 치밀어 올랐지만 자신을 타일렀다. 아이에게 화를 내면 기분 풀이는 될지 몰라도 대화가 끊어져 버릴 것이었다.

「꼭 필요한 용돈은 우선 이모한테 타 쓰라고 엄마가 얘기했잖아.」

「이모한테 손 벌리기 싫단 말이에요.」

「왜? 이모가 그런 것 갖고 뭐라고 할 사람도 아닌데 왜 싫다는 거야?」

「그냥요. 밥 얻어먹는 것도 눈치 보이는데 어떻게 돈까지 달라고 해요?」

석진이 어떤 심정으로 그런 말을 하는지 시우도 충분히 이해할

수 있었다. 그러나 그렇다고 아들이 길거리에 나와서 돈을 벌게 할
수는 없었다.

「너하고 다예가 신세 진 것은 아빠가 나중에 다 갚을 거다. 그러
니 눈치 볼 것 없어. 그리고 네가 이모한테 타 쓰는 용돈도 나중
에 다 갚을 거야. 앞으론 이런 짓 하지 말고 이모한테 타 쓰도록
해.」

역시 석진은 대답하지 않았다. 그러나 시우는 어떻게 하든 아들
의 대답을 얻어 내야 한다고 생각했다.

「물론 이모한테 타 쓰면 꼭 필요한 것 외에는 달라고 할 수 없겠
지. 그것이 좀 불편하긴 하겠지만 절약하는 습관을 길러 줄 거
다. 그러니까 앞으로 절대 돈 몇 푼 벌겠다고 길거리로 나오지
마라.」

「…….」

「대답해, 어서.」

「아빠는 왜 아빠 생각만 강요하세요? 저도 이젠 다 컸어요. 저한
테도 제 생활이 있으니까 아빠는 상관하지 마세요.」

「아니, 이 녀석이 정말?」

시우는 더 이상 참지 못하고 주먹을 움켜쥐었다. 움켜쥔 주먹이
부르르 떨렸다. 여차하면 주먹을 뻗을 것만 같아서 시우는 손바닥
을 펴고 심호흡을 했다.

「생각을 해보세요. 돈이 필요해서 나쁜 짓을 하는 애들도 많아

요. 그런데 전 떳떳하게 제가 벌어서 쓰겠다는데, 왜 그러세요?」

「단지 돈을 버는 것만이 목적이라면 네 말이 맞는지도 모르겠다. 하지만 넌 공부하는 학생이야. 너희가 공부하기 위해서 필요한 돈은 아무리 어려워도 아빠하고 엄마가 마련할 거다. 그러니까 넌 최대한으로 절약하면서 공부나 열심히 하도록 해. 이 얘긴 여기서 끝낼 테니까 깊이 생각해 보고 아빠 말을 따르도록 해라.」

아들의 대답을 듣고 싶었지만 그랬다가는 반목만 더 깊어질 것 같아서 시우는 서둘러 이야기를 매듭지었다.

「그리고 지난번에 학교를 며칠 빠졌다면서? 그건 왜 그랬어?」

「어떤 새끼가 까불기에 몇 대 패줬는데, 그것 때문에 좀 귀찮은 일이 생겨서 그랬어요.」

「네 입으로 다 컸다고 말하면서 아직도 친구들이랑 치고받고 싸우냐?」

「그럼 쪼그만 게 기어오르는데 어떡해요?」

「그러니 아직 네가 어리다는 거야. 그리고 친구를 때려서 문제가 됐으면 사과하고 벌을 받아야지, 무단으로 학교를 빠지면서 피하는 건 창피한 일 아니냐?」

석진은 대답 대신 떨떠름한 표정을 지으며 시우를 외면했다. 아버지의 말을 무시한다는 표시였다. 속에서 다시 뜨거운 것이 치밀어 올랐지만 시우는 이번에도 잘 참아 냈다.

「게다가 옷차림이 그게 뭐냐? 그렇게 하고 다니면 누가 너더러

학생이라 그러겠어?」

「제 옷이 뭐 어때서요?」

「어떻긴…… 너 옷 입은 거 보면 불량배라고 자랑하고 다니는
것 같다.」

「요즘 애들 다 이렇게 입고 다니는데요, 뭐.」

어느 것 하나 자신의 잘못을 시인하고 고쳐야겠다는 태도가 아
니었다. 자신은 잘못한 것이 없고, 자신이 한 일은 무조건 옳다며,
다른 아이들까지 끌어들여 변명했다. 대화를 더 해봤자 소용이 없
었다. 아들이 아니었으면 진작 그만두었을 대화를 시우는 계속 이
어 갔다.

「그렇게 입은 아이들끼리 몰려다니니까 다른 애들도 다 너 같은
줄 아는 거야. 단정하게 입고 다니는 애들이 더 많아. 지금 당장
단추 잠그고, 질질 끌리는 바지 걷어서 입어.」

석진은 시키는 대로 하지 않고 가만히 앉아 있었다. 그러나 시우
는 그냥 넘어갈 수가 없었다. 눈앞에서 바로잡을 수 있는 것부터
하나씩 고쳐 나가야 한다는 생각이었다. 그래서 그는 조금 전까지
와는 달리 언성을 높여 다그쳤다.

「왜 말을 안 듣는 거냐? 빨리 못해!」

「아이 참…… 다 이러고 다니는데, 촌스럽게…….」

불만스럽게 투덜거리면서도 석진은 마지못해 셔츠의 단추를 채
우고 청바지의 바짓단을 걷어 올렸다. 시우는 아들이 이곳을 나가

서 조금 지나면 다시 원래의 차림으로 되돌아가리라는 걸 알았다. 그러면서도 그는 그렇게 시킬 수밖에 없었다. 그것이 자식을 키우는 부모의 심정이었다.

「머리에 무스 바른 거, 정말 보기 싫다. 들어가자마자 머리부터 감도록 해. 넌 이제 무엇이 잘하는 일이고 무엇이 잘못하는 일인지 충분히 분간할 수 있는 나이야. 아빠가 얘기하지 않은 것들도 네가 잘 생각해서 행동하도록 해. 가끔 들러서 네가 잘하고 있는지 보고, 이모한테도 물어볼 테니까 또다시 이런 일 없도록 해라. 알겠지?」

아버지의 잔소리가 끝났다는 생각이 들어서인지 석진은 얼른 고개를 끄덕였다. 시우는 주머니에서 몇 푼 안 되는 돈을 꺼내 석진에게 내밀었다.

「우선 급한 거 있으면 이걸로 써. 필요하면 이모한테 더 달라고 하고. 아빠가 나중에 다 갚을 거니까 쓸데없는 걱정은 안 해도 돼.」

「됐어요, 아빠. 저도 제가 번 돈 있어요. 아빠도 필요하실 텐데 그냥 넣어 두세요.」

「받아 둬, 이 녀석아. 공연히 길거리에 나와서 돈 벌 궁리나 하지 말고.」

석진은 마지못해 돈을 받아 넣었다.

밖으로 나온 시우는 아들한테 먼저 가라고 손짓을 했다. 석진은 고개를 숙인 다음 곧바로 돌아섰다. 시우는 멀어져 가는 아들의 뒷모습을 물끄러미 바라보았다. 석진은 얼마쯤 걸어간 뒤 힐끗 뒤를 돌아보곤 몸을 구부려 접었던 바짓단을 내리더니 다시 바지를 질질 끌며 걸었다.

'자식은, 특히 청소년기의 자식은 인내심을 가지고 반복해서 교육해야 한다……'

어느 책에선가 읽은 구절을 떠올리며 시우는 천천히 몸을 돌렸다. 인내심을 가지고 반복해야 하는 일이 어디 자식 교육뿐이겠는가. 세상을 살다 보면 도처에 그래야 할 일투성이가 아닌가. 시우는 그런 생각을 하며 횡단보도를 건넜다.

「자자, 가까운 데 아무 데나 들어갑시다.」

실직자 쉼터에서 다시 만난 최상섭은 눈에 띄는 포장마차로 시우를 데리고 들어갔다. 시우는 술을 마시고 싶지도 않았고, 낮에 석진에게 돈을 다 털어 주는 바람에 주머니도 비어 있었다. 그러나 최상섭은 자기가 사겠다며 막무가내로 시우를 잡아끌었다.

이른 시간이긴 했지만 포장마차 안은 텅 비어 있었다. 최상섭은 안주거리가 잘 보이는 지점을 찾아 앉았고 시우는 그 옆에 따라 앉았다. 막상 자리에 앉고 나서도 시우는 괜히 따라왔다는 생각을 했다.

「아주머니, 우리가 개시하는 거 같은데 잘해 주시구려. 첫 손님한테 잘해야 손님이 많이 온다고 합디다.」

최상섭은 포장마차 주인을 향해 너스레를 떨었다. 그는 성격이 원래 활달한 것 같았다.

「여부가 있나요. 뭐든 말씀만 하세요. 우리 집에 없는 것은 사다가라도 해드릴 테니까요.」

주인아주머니도 호탕하게 말을 받았다. 그 말에 그는 기분 좋은 표정을 지으며 웃었다.

「우선 소주부터 한 병 주시고…… 안주는 뭘로 하는 게 좋을까요? 한번 추천해 보시구려.」

「글쎄요. 곰장어도 좋고, 오징어도 싱싱하고, 대합도 오늘 막 사가지고 온 것들이에요. 뭐든 골라 보세요.」

「그렇다면 우선 곰장어부터 하나 해주시오. 맛이 좋으면 내 오늘부터 이 집을 단골로 삼을 테니까 잘해 주쇼.」

「그럼 벌써 단골은 정해진 거나 다름이 없네요. 맛이 기가 막힐 테니까요.」

두 사람은 장단이 아주 잘 맞았다. 시우는 그들의 대화를 들으며 묵묵히 앉아 있었다.

「그래, 요즘 손님은 많습니까?」

「말 마세요. 손님이 반도 더 줄었어요. 경제가 어렵다고들 하니까 죄다 집에 사 들고 가서 마시는지…… 이런 상태로 나가다가는 이 장사도 못해 먹겠어요.」

「그래도 좋은 술집에 가던 사람들이 돈 아끼느라고 이런 데 올 거 아니오? 그런 손님들 붙잡으면 되지.」

「그런데 그게 그렇지가 않더라고요. 손님이 좀 있어도 안주는 안 시키고 술만 마시는 사람들도 많고…… 아무튼 죽을 맛이에요. 그러니까 오늘 좀 많이들 드세요.」

주인아주머니는 소주와 어묵 국물을 내밀며 호들갑스럽게 말했다. 소주가 나오자 최상섭은 시우를 돌아봤다.

「그동안 일자리는 좀 찾아봤소?」

최상섭은 시우의 잔에 술을 따르며 물었다. 술병을 건네받은 시우는 그의 잔에 술을 따르며 대답했다.

「계속 찾아보고는 있는데 아직 마땅한 자리가 없네요.」

「하긴…… 일자리 찾는 게 쉬운 일은 아니죠. 자자, 우선 한 잔 쭉 듭시다.」

최상섭은 단숨에 술잔을 비웠다. 그러나 시우는 반쯤 마시다 잔을 내려놓았다. 빈속이라 조심해야 할 것 같아서였다. 시우는 술병을 들어 다시 그의 잔을 채웠다.

「민 선생이 한다는 막일은 좀 했소?」

「그것도 자리가 없어서 요 며칠은 못했습니다. 그 일도 쉽지가 않네요. 그래서 하도 답답해서 오늘 여기 나와 본 겁니다.」

시우는 고개를 숙이며 대답했다. 최상섭은 손을 내밀어 시우의 어깨를 잡았다.

「잘 나오셨소. 오늘 나하고 한잔하면서 기분이나 좀 푸시오. 자,
들어요.」

최상섭은 술잔을 들어 올렸다. 시우도 하는 수 없이 술잔을 들었
다. 그러곤 잔을 부딪친 다음 잔을 비웠다. 그가 그 잔을 다시 채
웠다.

「내가 오늘 이렇게 웃고 떠들고 있지만, 사실은 기분이 별로 안
좋다오. 그래서 술을 한잔하고 싶었는데 마침 민 선생을 만난 거
요. 그러니 오늘 우리 답답한 얘기 좀 속 시원하게 털어놓아 봅
시다.」

「최 선생님은 그런 일이 별로 없을 것 같은 분으로 보이는데요.」
시우의 말에 최상섭은 고개를 가로저었다.

「그렇지 않소이다. 나도 고민이 많은 사람이오. 내 천성이 워낙
허허실실하다 보니 그렇게 안 보이는 거요. 사실 나는 가정적으
로 문제가 많은 사람이오.」

시우는 고개를 들어 그를 바라보았다. 지난번에 만났을 때는 그
런 말을 하지 않았었다. 실직당한 사람들 이야기를 하면서, 가정적
으로 문제가 있는 사람의 말을 듣는 것이 제일 답답하고 딱하다는
말만 했었다. 그 말로 볼 때, 그 자신은 거기에 해당하지 않는 것으
로 들렸다. 그런데 그게 아닌 모양이었다.

최상섭은 술잔을 들어 입으로 가져가더니 천천히 잔을 비웠다.
그러곤 담배를 피워 물었다. 갑자기 무거운 표정이 그의 얼굴을 덮

었다.

「사실 이런 말은 하고 싶지도 않소. 해봐야 뭐 달라지는 것도 없고…… 말하고 나면 속만 더 쓰리고…… 그런데 어떤 때는 훌훌 털어 버리듯 말해 버리고 나면 속이 후련해지기도 합디다. 오늘이 그런 날인 것 같소이다.」

「최 선생님의 이런 모습을 보니까 마치 다른 분을 대하는 것 같습니다. 무척이나 활달해 보였는데…….」

시우는 그의 빈 잔에 술을 따르며 말했다. 그는 크게 고개를 끄덕였다.

「어쩌면 집에 문제가 있기 때문에 밖에 나와서 더 이러는지도 모르겠소. 밖에만 나오면 해방감이 느껴지니 말이오. 하지만 안에 응어리 같은 게 맺혀 있어서 그런지 한 번씩 나를 휘저어 놓는구려.」

최상섭이 그렇게 말하는 사이에 안주가 나왔다. 그는 젓가락을 들며 시우를 돌아봤다.

「어서 드시오. 냄새가 좋은 걸 보니 맛도 좋을 것 같구려.」

곰장어 한 토막을 맛있게 씹으면서 그가 말했다.

「음, 정말 맛이 좋구먼. 됐어, 이 집을 단골로 정하겠소.」

최상섭은 기분이 좋은 듯 껄껄껄 웃었다. 그는 마치 두 개의 모습을 자유자재로 넘나드는 것처럼 보였다. 시우는 말없이 그를 바라보았다.

「민 선생, 난 말이오. 회사 다닐 때 여섯 시면 아침을 먹고 출근하는 사람이었소. 그런데 회사를 그만두고 나서도 그 습관이 그대로 남아 있는 거요. 그래서 내가 아침을 좀 일찍 먹자고 했더니, 집사람이 뭐라는 줄 아시오? 여태껏 신물 나도록 해왔는데 또 새벽밥이냐고 타박을 줍디다. 이게 도대체 있을 수 있는 일이오?」

그는 담배 연기를 길게 내뿜었다. 시우는 뭐라고 대꾸할 말이 없었다.

「그래서 내가 어쩌는 줄 아시오? 아침에 슈퍼에 내려가서 빵하고 우유를 사먹고 나옵니다. 그 시간에 내가 갈 데가 어디 있겠소? 공연히 여기저기 쏘다니는 거요. 내가 이렇게 살고 있소이다.」

그는 허탈한 표정을 지으며 다시 담배 연기를 빨아들였다. 시우도 담배를 피워 물었다.

「그뿐인 줄 아시오? 어쩌다 내가 집에 있으면 왜 안 나가느냐고 성화를 해대는 거요. 내가 있으면 일일이 간섭하고 잔소리를 늘어놓는다면서…… 그러니 눈만 뜨면 쫓겨나는 사람처럼 집을 나오고, 잠이나 자러 들어가는 신세란 말이오. 이게 어디 사는 거요?」

그는 다시 술잔을 비웠고, 시우는 말없이 그 잔을 채웠다.

「난 도대체 우리 집사람이 나한테 그러는 걸 이해할 수가 없소이다. 그동안 열심히 일해서 돈 벌어다 주고 편히 살게 해줬는데,

회사에서 밀려났다고 그렇게 푸대접을 해야 되겠소? 그게 부부
간의 도리란 말이오?」

최상섭은 약간 흥분하고 있었다. 시우는 잔을 들어 술을 조금 마
셨다. 무슨 말로든 대꾸를 하고 싶었지만 정말 아무 말도 떠오르지
않았다. 그런데 그때 포장마차 주인이 불쑥 끼어들었다.

「엿듣은 것처럼 되어 버렸지만, 들리는 말이라 어쩔 수 없었네요.
그런데 손님, 사모님이 손님을 왜 그렇게 대한다고 생각하세요?」

「그거야 내가 직장에서 내몰리고 무능력한 사람이 되고 나니까
날 무시해서 그러는 거 아니겠소.」

최상섭은 화난 사람처럼 투덜거리듯 대답했다. 그러자 포장마차
주인이 손을 내저었다.

「아니에요. 그건 모르시는 말씀이에요. 사모님이 손님한테 그러
시는 이유는…… 평소에 손님이 잘 못해 주셨기 때문이라고요.
아시겠어요?」

포장마차 주인은 마치 그 이야기를 하기 위해 벼르기라도 했던
사람처럼 말했다. 그러자 최상섭의 얼굴이 묘하게 일그러졌다.

「내가 평소에 못해 준 게 뭐 있소? 가족들 먹여 살리려고 뼈 빠
지게 일한 죄밖에 없소. 회사에서 온갖 치사한 꼴 다 당하면서
그렇게 힘들게 돈 벌어다 줬는데, 그게 잘 못해 준 거란 말이오?」

「물론 돈이야 벌어다 주셨겠지요. 그 때문에 힘도 많이 들었을
테고요. 그런데 그러다 보니 가족들한테 다른 일로 소홀했을 수

도 있다 이 말이에요. 제 생각에는 아마 그런 것들이 쌓여서 그
렇게 된 게 아닌가 싶네요.」

「그래도 나는 하느라고 했소. 내가 가족들한테 잘못한 부분이 있
으면 그건 어쩔 수 없이 그렇게 된 거란 말이오. 그걸 마누라가
이해 못하면 누가 이해하겠소?」

「이해를 하면서도 서운한 부분이 있을 수 있지요. 저도 이 장사
하기 전에는 남편한테 그런 원망이 없었던 게 아니에요. 그리고
제가 아는 여자들도 다들 그런 부분들이 있는 것 같더라고요. 그
래서 드리는 말씀이에요.」

어느새 최상섭과 포장마차 주인 둘이서만 대화를 나누고 있었다.
시우는 옆에 멀뚱히 앉아서 이야기를 듣고 있을 뿐이었다.

「그런 거야 일시적으로 서운할 수도 있지만 실직한 남편을 두고
두고 구박할 성질은 아니라고 보오. 안 그렇소, 민 선생?」

그제야 그는 시우를 돌아보며 물었다. 시우는 뭐라고 대답해야
할지 몰라서 그냥 고개만 끄덕였다.

「솔직히 말해서 회사 일 열심히 하면서 집에 들어와서도 온갖 신
경 다 쓰며 잘해 줄 수 있는 가장이 얼마나 되겠소? 결국 일을 열
심히 하다 보면 어쩔 수 없이 가정에 소홀하게 될 수밖에 없는
거 아니겠소?」

시우가 대꾸를 않자 이번에도 포장마차 주인이 나섰다.

「그러니까 그동안 우리나라 남자들한테 문제가 많았다는 거죠.

다들 그런 생각들을 갖고 있으니까요. 하지만 집에 있는 여자 입장에서는 또 그렇지 않죠. 돈 벌어 온다고 제멋대로 하고 다니는 것 같고, 가족들한테는 신경도 안 쓰는 것 같고…… 그런 서운한 점들이 한꺼번에 터져 나와서 그럴 거예요. 그러니까 지금부터라도 잘해 주세요. 그러면 좋아질 거예요.」

그러고 나서도 최상섭과 포장마차 주인은 그 문제로 한참 동안 더 이야기를 나누었다. 그동안 시우는 소주잔을 기울이거나 담배를 피우면서 두 사람의 이야기를 듣고만 있었다.

「그런데 민 선생, 혹시 장사 한번 해볼 생각 없소?」

갑자기 화제를 바꾸며 최상섭이 물었다.

「장사라뇨?」

「이번에 실직자 쉼터에 누가 찾아와서 권하던데…… 썩 괜찮을 것 같다는 생각이 듭디다.」

「어떤 건데요?」

「도시락 체인점인데…… 장소만 좋으면 장사가 꽤 될 것 같습디다. 나는 한번 해볼까 하는데, 민 선생은 어떻소?」

「돈이 있어야지요.」

「하고 싶은 생각이 있으면 자본금이야 어디서 빌릴 수도 있는 거 아니겠소?」

「저 같은 사람한테 누가 돈을 빌려 주겠습니까? 빚만 잔뜩 지고 있는 사람한테…….」

시우는 주눅 든 목소리로 대답했다. 그러나 그는 마치 자신이 체인점 영업 사원이라도 되는 것처럼 적극적으로 말했다.

「빚이 많으니까 장사 같은 걸 해서 빨리 벌어 갚아야지요. 지금 일자리를 얻는다고 해도 그 빚을 언제 다 갚겠소? 하지만 장사는 자기가 열심히 하면 그만큼 벌이가 오르는 거 아니오? 그러니 생각이 있으면 어디서 돈을 좀 구해서 해보는 것도 괜찮을 것 같은데.」

「자본금이 얼마나 드는데요?」

「다 합쳐서 2천5백만 원이 채 안 든다고 합디다. 그 정도면 괜찮은 거 아니오? 그 돈으로 요즘 뭘 하겠소?」

그 말을 듣자니 시우는 한숨부터 나왔다. 최상섭에게는 얼마 안 되는 돈일지 몰라도 시우에게는 엄청난 액수였던 것이다.

「전 불가능합니다. 최 선생님이나 하시죠. 도시락 체인점이면 괜찮을 것도 같네요.」

「민 선생도 같이 해봅시다. 거기 직원이 실직자 쉼터에 왔었는데, 꽤 많은 사람들이 관심을 갖습디다.」

마음 같아서는 시우도 한번 해보고 싶었다. 그의 말대로 그 정도 자본금으로 할 수 있다면 괜찮을 것 같았다. 하지만 그 돈을 어디서 구한단 말인가. 시우는 잠깐 동안 돈을 빌릴 만한 사람을 떠올려 보았다. 그러나 생각나는 사람이 없었다.

「그러니까 민 선생은 돈 때문에 못한다는 거 아니오? 민 선생, 돈 빌리는 것도 말이오, 어떤 때는 뜻하지 않게 이루어지는 거요. 제일 큰 돈이 가게 보증금일 테니까, 가게야 돈 빌리는 사람 앞으로 공증을 서주겠다고 하면 되는 거고…… 나머지 시설비와 운영비는 그까짓 거 얼마나 되겠소? 확실하게 가게를 한다면 서로 보증을 서서 대출도 좀 받을 수 있을 거고…….」

그 말을 듣고 보니 그럴 법하다는 생각이 들었다. 보증금 계약서를 돈 빌려 주는 사람에게 맡기고 공증을 서놓는다면, 설사 장사가 안 되어서 그만둔다고 하더라도 그 사람은 그 돈을 떼일 염려가 없었다. 그리고 시설비와 운영비 같은 것은 다른 사람한테 빌릴 수도 있는 일이었다. 그런 생각이 들자 시우의 머릿속이 바쁘게 돌아가기 시작했다.

「내 생각에 꽤 괜찮을 거 같아서 권하는 거요. 나랑 같이 시작하면 서로 정보도 교환하고 좋을 거 아니오. 한번 잘 생각해 보시오. 그리고 생각 있으면 다시 한 번 나오시오.」

그제야 시우는 도시락 체인점을 하는 데 필요한 세부 사항들을 최상섭에게 묻기 시작했다. 시우가 관심을 보이자 그는 열을 올리며 설명해 주었다.

잠시 후에 그는 또 다른 이야기로 화제를 바꾸었다. 그러나 시우의 머릿속은 도시락 체인점에 대한 생각으로 가득 차 있었다.

11

지은은 서류를 정리하다 말고 사무실 창문이 있는 쪽으로 다가섰다. 17층에서 내려다보는 풍경은 그녀가 다른 곳에 와 있는 듯한 느낌을 주었다. 성냥갑만 한 승용차들과 손가락만 한 사람들이 오밀조밀 몰려다니는 게 앙증맞게 느껴졌다. 이렇게 내려다볼 때는 날마다 자신이 세상에 합류한다는 것이 실감나지 않았다.

창문 밖 거리를 내려다보며 지은은 자신이 일자리를 찾기 위해 돌아다니던 때를 생각했다. 그 당시에는 이렇게 높은 건물의 사무실에서 아래를 내려다보게 될 줄은 상상도 못했었다. 보험 설계사가 된다는 것도 마찬가지였다. 한 번도 생각해 본 적 없는 직종이었다. 그러나 막상 시작을 해보니 주어진 일에 차츰 길이 들어 가고 있었다.

처음에 입사해서 교육을 받고 필요한 업무를 배워 나갈 때는 걱정이 참 많았다. 다른 직원이 사람을 만나러 갈 때 따라 나가는 것도 여간 어색하지 않았다. 그러나 모든 과정이 조금씩 익숙해져 갔다.

그나마 다행인 것은 명근이 약속대로 계약을 물어다 준 것이었다. 그러나 예상했던 것보다는 많지 않았다. 현재 맺어져 있는 계약이 끝나야 새로 지은에게 가입할 수 있는 것들이 많았기 때문이다. 어차피 많은 부분을 혼자 해내지 않으면 안 되는 상황이었다.

그렇지만 지은은 명근에게 고마운 마음을 갖고 있었다. 우선 그가 일하는 계기를 만들어 준 셈이고, 나름으로 그녀를 도와주려고 무척 애쓰고 있었던 것이다. 그리고 무엇보다도 틈만 나면 힘들어하는 그녀를 위로해 주었다.

지은은 창밖을 내다보면서 어느새 명근을 생각하고 있었다. 명근과는 보험 계약을 연결시켜 주는 일 때문에 자주 만났다. 둘이 점심을 같이 먹는 일도 있었고, 새로운 계약자를 소개받기 위해 합석할 때도 있었다. 그러다 보니 지은은 그와 많이 가까워졌다. 그러던 어느 날 그가 지은에게 자신의 감정을 토로해 왔다.

「지은 씨, 나랑 결혼해 줘.」

점심을 먹고 나서 차를 마시던 중이었다. 처음에 지은은 그의 말을 잘못 들은 줄 알았다. 그러나 명근은 다시 또렷하게 그 말을 반복했다.

「무슨 소리야, 지금? 남편 있는 여자한테 결혼해 달라니?」

지은은 가볍게 받아넘기려고 했다. 그러나 명근은 심각했다.

「그래, 알아. 하지만 지금 둘 사이는 정상이 아니잖아. 앞으로 얼마나 더 그 상태가 지속될지도 모르고. 그러다가 정말 이혼할 수도 있는 거잖아.」

「지금 우리 부부는 이혼하고 말고를 생각할 정신도 없어. 앞에 놓여 있는 일만 해도 숨이 막힐 지경이라고.」

「지금 상태도 이혼한 것과 크게 다를 것도 없잖아. 어쩌면 이혼하는 게 더 나을지도 모르고 말이야. 지은 씨, 나도 생각 많이 해 봤는데…… 생각할수록 지은 씨가 너무나 좋아. 만일 지은 씨가 정상적으로 잘사는 상태라고 하더라도, 이혼시키고 결혼하고 싶어. 그런데 지금 그렇게 떨어져 있는 상황이니까…… 더 그런 마음이 들어. 지은 씨, 나랑 결혼해 줘.」

지은은 아무런 대꾸도 할 수 없었다. 그것은 망설여서가 아니라 황당했기 때문이었다. 명근이 지은에게 잘해 주는 걸 보면서 호감을 갖고 있다고는 느꼈지만 이 정도일 거라는 생각은 못했었다.

「지은 씨 아이들 문제도 생각을 해봤어. 막내는 데려와서 같이 살고, 위로 두 아이는 집을 얻어서 생활비를 대주면 되잖아. 파출부를 둬서 모든 걸 다 챙겨 주라고 하고, 부족한 것 없이 해줄 수 있어. 그리고 지은 씨 남편은…… 어차피 짊어져야 할 짐이니까 혼자 빚을 갚아 나가다가 좋은 사람 만나서 다시 결혼할 수도 있고…….」

명근이 그런 생각까지 하고 있을 줄은 더더욱 몰랐다. 지은은 이번에는 놀라서 아무 말도 할 수가 없었다.

「옛날에 지은 씨를 좋아해서 쫓아다닌 적이 있었기 때문에 더 애 틋한 느낌이 드는지도 모르겠어. 아무튼 난 지은 씨가 너무나 좋아. 내 사람 만들어서, 행복하게 해주고 싶어. 지금 지은 씨가 몇 푼 벌겠다고 고생하는 것도 보기 너무 안타까워. 지은 씨한테 그런 고생 시키고 싶지 않아.」

지은은 계속 입을 다물고 있었다. 명근이 자신을 쫓아다니던 대학 시절의 일이 잠깐 떠올랐다가 사라졌다. 그때 명근은 눈에 보이는 게 없는 사람처럼 저돌적이었고, 지은은 그게 두려워서 무조건 도망 다니기만 했었다. 그러나 지금은 그런 느낌이 전혀 들지 않았다. 당혹스럽기는 했지만 명근이 자신을 그렇게 생각해 주고 있다는 것이 싫지 않았다. 어쩌면 그건 상대가 명근이 아니어도 마찬가지일 것 같았다. 너무나 힘든 상태였기 때문에 누군가가 자신에게 관심을 갖고 힘이 돼주고 싶어 한다는 것, 그 자체만으로도 지은에게는 위로가 되었던 것이다.

그러나 남편과 이혼하고 자신과 결혼하자는 명근의 말은 지은에게 어려운 주문이었다. 물론 힘들 때 이혼을 생각해 보지 않은 것은 아니었다. 하지만 그것은 그 순간을 견디기 힘들어서 충동처럼 품어 본 생각에 지나지 않았다. 구체적으로 이혼을 위한 과정을 떠올려 본다든지, 이혼 후에 무엇을 어떻게 할 거라든지 하는 계획을 세워 본 적은 없었다. 힘든 순간을 벗어나고 싶었을 뿐이지 이혼까지 할 마음은 아니었던 것이다.

「명근 씨.」

지은은 망설이다가 입을 열었다. 명근이 그녀를 빤히 건너다보았다.

「난 명근 씨가 내 생각을 해주고 날 도와주는 것이 얼마나 고마운지 몰라. 어떤 때는 그것이 내게 너무나 큰 힘이 돼. 지금 나는 그걸로 충분해. 만일 내가 지금 이 상태에서 이혼을 생각한다면…… 아마 더 힘들어질 것 같아. 이혼은…… 그렇게 간단한 문제가 아니잖아.」

이전과 달리 지은은 무척 완만하고 부드럽게 표현했다. 경자가 이혼 얘기를 처음 꺼냈을 때만 해도 지은은 들어서는 안 될 말을 들은 것처럼 완강한 반응을 보였었다. 그러나 명근에게 한 말은 그렇지가 않았다. 듣기에 따라서는, 이혼을 할 수도 있지만 지금은 적당한 시기가 아니라는 의미일 수도 있었다.

「알아, 나도. 그렇지만 지은 씨가 지금 힘든 것은…… 이혼을 하지 않고 그 상태를 계속 유지하려고 하기 때문이야. 물론 이런 상태에서, 그러잖아도 고통 받고 있는 남편과 헤어지는 것이 지은 씨를 힘들게 하겠지. 하지만 지은 씨 남편은…… 이혼을 하든 그렇지 않든 마찬가지로 힘들 거야. 그리고 어쩌면…… 현실적인 문제만 생각한다면…… 남편도 지은 씨하고 아이들이 어려운 상황에서 벗어나 행복한 생활을 하기를 바랄지도 모르고…… 어쩌면 남편이 지고 있는 짐을 덜어 주는 셈이 될지도 몰라…….」

「그래. 나도 이 어려운 상황에서 벗어나고 싶어. 아이들에게도 남들처럼 잘해 주고 싶고…… 나 혼자 모든 것을 감당하고 있다고 생각하면 견딜 수 없을 때도 있어. 하지만…… 이혼은 그렇게 쉬운 문제가 아냐. 어쩔 수 없이 이혼할 수밖에 없는 상황이 되었다면 모르지만…… 어려운 형편으로부터 도망치기 위해 이혼할 수는 없어. 그리고 남편은…… 가족을 책임져야 할 짐을 덜기 위해 은근히 이혼을 바랄 그런 사람은 아니야. 사정이 어려워서 가족들에게 연락을 못하고 있긴 하지만…….」

그렇게 말하면서 지은은 남편을 떠올렸다. 술에 취해 고래고래 고함을 지르며 오빠네 집에 찾아왔을 때, 그리고 석빈이 생일날 아이들과 함께 만났을 때 외에는 남편을 만난 적이 없었다. 석진이 파출소에 잡혀 있다는 연락을 받고 전화를 했을 때도 통화만 잠깐 했을 뿐이었다. 그것만을 놓고 본다면 남편은 지은과 아이들에게 무관심하다고밖에 할 수가 없었다. 물론 지은은 남편의 사정을 충분히 짐작했다. 그는 지금 빚쟁이들을 상대하는 것만으로도 감당하기 어려운 고통을 겪고 있을 것이었다. 그럼에도 불구하고 지은은 순간순간 남편에 대해 서운함을 느꼈다. 그것은 남편에 대한 원망과는 성격이 또 다른, 한 남자의 아내로서 남편에 대해 느끼는 그런 아쉬움이었다.

「지은 씨가 남편에 대해 어떻게 생각하는지도 알아. 하지만 지금 지은 씨가 처한 현실은, 이렇게 얘기해서 안됐지만 언제 나아질지 전혀 장담할 수가 없어. 그래서 말인데…… 그 상황을 벗어나라고 말하고 싶어. 그리고 그 방법 중 하나가 나하고 결혼하는 거라고 생각해. 지은 씨, 나하고 결혼해 줘. 지은 씨도 아이들도 다 행복하게 해줄게.」

지은은 명근의 말을 들으면서 심하게 흔들리는 자신을 느꼈다. 그리고 자신과 아이들이 떨어져 나가면, 남편도 홀가분해질지 모른다는 생각도 해보았다. 그러나 곧 고개를 흔들었다.

「아냐, 명근 씨. 난 자신이 없어. 나도 힘들지만 아마 남편은 나보다 더 힘들 거야. 그런 사람한테 헤어지자고 할 수가 없어. 그 사람이 나한테 이혼하자고 하기 전엔…… 난 그 사람한테 먼저 그런 말 못해.」

그 말을 하고 나자 지은은 갑자기 눈물이 솟아올랐다. 얼른 손수건으로 눈을 가린 다음 그녀는 울음에 잠긴 목소리로 계속 말했다.

「그냥 이대로 명근 씨가 날 좀 도와줘. 나…… 너무나 힘들거든. 결혼하자고 해서 날 더 힘들게 하지 말고…… 그냥 이 상태로 날 좀 도와줘, 명근 씨.」

「알았어. 지은 씨 생각이 정 그렇다면 어쩔 수 없지. 하지만 이거 하나는 분명히 알아 둬. 난 지은 씨를 좋아하고, 그리고 꼭 결혼해서 내 사람으로 만들고 싶어. 지은 씨 마음 바뀌면 언제든지 말해 줘. 그때까지 기다릴게. 그리고 힘들 때는 언제나 나한테 말해. 내가 다 들어 주고, 내가 도울 수 있는 한 도울 테니까.」

명근은 더 이상 결혼하자고 조르지 않았다. 대학 시절 그녀를 쫓아다니던 때와는 전혀 달랐다. 그 말을 한 이후에는 단 한 번도 결혼에 대한 이야기를 꺼내지 않았고, 그 비슷한 말도 하지 않았다.

그러나 그와 통화를 할 때나 만나서 이야기를 할 때, 지은은 문득문득 명근이 자신을 어떤 마음으로 대하는지 느껴졌다. 그런데 이상하게도 그런 느낌이 불편하거나 부담스럽지 않았다. 오히려 그런 마음을 가지고 있으면서도 표현하지 않는 명근에게 고맙다는 생각이 들 뿐이었다.

뒤에서 지은을 부르는 소리가 들려서 그녀는 창가에서 돌아섰다. 소장이 누군가를 만나러 나가면서 그녀에게 같이 가자고 하는 것이었다. 지은은 명근에 대한 생각에서 돌아와 어질러 놓은 서류를 정리했다.

'난 더 강해져야 돼……'

지은은 스스로에게 타이르듯 말했다.

'그렇지 않으면 이 어려운 순간을 이겨 나갈 수가 없어……'

지은은 다짐하듯 또 한 번 스스로에게 말하며 서류 가방의 손잡이를 힘껏 움켜잡았다.

초인종이 울렸다. 새언니는 밖에 나가고 집에는 석빈과 지은밖에 없었다. 벨 소리가 나자 석빈이 나가서 문을 열었다.

「여기가 민시우 씨 집인가? 어이구, 잘해 놓고 사는구먼.」

그 소리에 지은은 벌떡 몸을 일으켰다. 좋지 않은 예감 때문에 몸이 뻣뻣해졌다.

지은이 내다보자 불량배처럼 생긴 청년 둘이 현관 앞에 서 있었다. 청년들과 제 엄마를 번갈아 바라보던 석빈이 얼른 뒤로 물러섰다.

「민시우 씨 와이프 되슈? 우린 민 사장인지 민 도둑놈인지 하는 사람 찾으러 왔시다. 지금 어디 있소?」

「그 사람 여기 없는데요. 어디서 오셨어요?」

그들의 말투로 봐서 빚쟁이일 거라는 느낌이 들었다. 그런데도 지은은 떨리는 목소리로 그렇게 물었다.

「우린 별거 아니우. 그저 돈 받으러 온 사람이우. 그러니 어서 민 씨나 나오라고 하슈.」

현관 앞에서 얼쩡거리며 서 있던 두 청년은 신발을 신은 채 거실로 들어섰다. 지은은 자신도 모르게 그중 한 명을 손으로 밀쳤다.

「아니, 이 사람들이 왜 이래요? 아무리 돈을 받으러 왔어도 그렇지, 눈에 보이는 게 없어요?」

「그래, 보이는 게 없다 이 쌍년아. 남의 돈 떼먹고 도망간 주제에 어디서 주둥아릴 함부로 놀려? 그리고 어딜 밀고 지랄이야?」

얼굴에 반창고를 붙인 청년이 지은을 후려칠 듯한 자세를 취하며 소리를 질렀다. 그러자 팔뚝에 문신을 한 청년이 그를 막고 나섰다.

「야야, 왜 쌍욕을 하고 그래. 우리가 여기 찾느라 고생을 좀 하기는 했지만, 돈만 받아 가면 되잖아. 이 아줌씨 보통 반반한 게 아닌데, 넌 미인을 대하는 태도가 어째 그 모양이냐. 어이, 아줌씨. 어서 아저씨 나오라고 하슈.」

그 청년은 이죽거리며 비칠비칠 다가왔다. 지은은 뒷걸음질로 물러섰고, 겁에 질린 석빈은 제 엄마 뒤에 붙어 섰다. 다가오던 청년들은 거실 탁자에 엉덩이를 걸쳤다.

「민시우 씨는 지금 여기 안 살아요. 그리고 아이와 나도 이 집에 얹혀사는 거예요.」

지은은 몸이 부들부들 떨렸지만 분명한 어조로 또박또박 말했다. 그러자 청년들이 코웃음을 쳤다.

「이 아줌씨가 왜 이래? 그런 헛소리 하지 말고 어서 민 사장이나 나오라고 해. 그 고운 얼굴에 흉터 생기고 나서 말 들을래?」

「그 사람 여기 안 산다고 했잖아요. 왜들 이러는 거예요, 정말? 당신들 어디서 온 사람들이에요?」

청년들의 태도에 화도 났지만, 지은은 겁이 나서 견딜 수가 없었다. 그래서 지은은 두려움을 이기기 위해 소리를 지르고 말았다. 청년들은 멈칫 놀라는 기색이더니 곧 험상궂은 얼굴이 되었다.

「어라? 이게 되레 큰소리네? 야, 이거 안 되겠다. 곱게 말했더니 말을 안 듣잖아. 이 쌍년을 그냥…….」

반창고를 붙인 청년이 자리에서 일어서더니 지은에게로 다가섰다. 그녀가 미처 피할 겨를도 없이 그는 지은의 머리채를 움켜잡았다. 지은과 석빈의 비명이 동시에 거실에 울려 퍼졌다. 바로 다음 순간 찢어지는 듯한 석빈의 목소리가 들렸다.

「우리 엄마한테 왜 그러는 거야, 이 나쁜 새끼들.」

눈 깜짝할 사이에 튀어 나간 석빈이 청년의 정강이를 걸어찼다. 그 바람에 반창고를 붙인 청년이 지은의 머리채를 잡았던 손을 놓고 억, 하며 뒤로 물러났다.

「아니, 이 도둑놈의 새끼가…….」

그 청년은 석빈한테 달려들려고 했으나 팔뚝에 문신을 한 청년이 그를 붙잡으며 말렸다. 지은은 돌아서서 석빈을 품에 안았다. 석빈은 분노와 공포로 오돌오돌 떨며 눈물을 흘렸다. 지은의 눈에시도 눈물이 배어났나.

「어이, 아줌씨. 아저씨가 없으면 어서 연락이라도 하슈. 우리가 만나러 왔으니 어서 이쪽으로 오라고.」

팔에 문신을 한 청년은 같이 온 청년을 붙잡은 채로 말했다. 석빈한테 정강이를 걸어차인 반창고 붙인 청년은 석빈을 노려보며 계속 씨근댔다.

그제야 지은은 남편에게 연락을 해야겠다는 생각이 들었다. 지은은 석빈을 데리고 방으로 들어가 전화기를 집어 들고 남편의 전화번호를 눌렀다. 청년들은 거실에서 저희들끼리 떠들어 대고 있었다.

「그것 봐라. 왜 손을 함부로 쓰고 그래. 아무리 애지만 지 엄마한
테 그러는데 가만있겠냐?」

「저 쌍년이 소리를 지르니까 그렇지. 하여튼 이놈의 새끼, 내가
가만 안 둘 거야.」

「관둬. 그렇다고 애를 두들겨 팰 거냐. 그냥 우린 돈만 받아다 주
면 되는 거야.」

「저런 것들이 신사적으로 말해서 순순히 돈을 내놓냐? 이렇게
개지랄을 떨어도 안 주려고 버팅기는 것들인데…….」

청년들이 그렇게 떠들어 대는 사이에 남편이 전화를 받았다. 그
런데 전화기 속에서 시끄러운 음악 소리가 들려왔다.

「어, 난데…… 무슨 일이야?」

술에 취한 목소리였다. 아내는 지금 빚쟁이들한테 봉변을 당하
고 있는데 남편이라는 작자는 술을 마시고 있다는 생각에 너무나
화가 났다.

「당신 지금 술집이에요? 아니, 어떻게 된 사람이 그래요? 지금
술이 입으로 넘어가요? 여긴 지금 빚쟁이들이 찾아와서 난리가
났는데, 당신 정신 있는 사람이에요?」

너무 격한 감정 때문에 지은의 목소리는 거의 울부짖는 것 같았
다. 전화기 속의 남편은 뭐라고 대꾸를 해왔지만 지은에게는 그 소
리가 들리지 않았다. 그녀가 겨우 알아들은 내용은 남편도 빚쟁이

를 만나고 있다는 것이었다.

「말도 안 되는 소리 하지 말아요. 빚쟁이가 당신 붙들고 술 마시 재요? 하여튼 난 몰라요. 바꿔 줄 테니까 당신이 알아서 해요.」

지은은 울먹이면서 석빈을 데리고 방에서 나왔다. 무선 전화기를 건네주자 반창고를 붙인 청년이 석빈과 지은을 동시에 째려보더니 거칠게 전화기를 받아 들었다.

「민 사장이슈? 나, 명동에 있는 천 사장님이 보내서 온 사람인데…… 술집이유? 세월 좋시다. 뭐라고? 웃기고 있네…… 하여튼 그건 내가 알 거 없고…… 돈 어떻게 할 거야? ……어쭈…… 놀고 있네…… 우리 사장님이 지금 혈압 올라서 당장 받아 오라고 하는데…… 그따위로 나오면…… 여기 있는 아줌씨라도 데리고 갈 거니까 알아서 하슈. 아줌씨가 워낙 반반해서 돈 좀 되겠어…… 수작 부리지 마…… 그래서? 어떻게 할 건데? 만나자고? 좋지, 만나는 거야…… 어딘데 거기? 만일 나가서…… 개수작 부리면 죽는 줄 알어…… 어디라고? 정확히 대 보슈…….」

남편과 청년의 통화가 이어지는 동안 지은은 석빈을 껴안은 채 계속 울고 있었다. 지은이 안고 있는데도 석빈은 한 손으로 제 엄마의 옷자락을 꼭 움켜잡은 채 부들부들 떨었다. 팔에 문신을 한 청년은 거실 탁자에서 담배를 피우며 통화하고 있는 청년을 바라보고 있었다.

반창고를 붙인 청년이 통화를 끝내자 지은은 석빈을 데리고 뒤

쪽으로 더 물러났다. 그는 인상을 쓰면서 일행을 돌아봤다.

「그 새끼가 만나재. 꼴에 지 마누라 생각은 되게 하는군. 우리가 뭐 어쩌기라도 할까 봐 겁은 나는 모양이지. 하여튼 이런 새끼들은 이렇게 해야 말을 듣는다니까.」

「가자. 일단 만나 보지 뭐. 저도 생각이 있으니까 만나자는 거겠지.」

팔에 문신을 한 청년이 자리에서 일어나 얼굴에 반창고를 붙인 청년을 잡아끌었다. 팔을 붙잡힌 청년은 지은과 석빈을 돌아보며 거칠게 말했다.

「너, 이 쥐새끼 같은 자식. 오늘 운 좋은 줄 알아. 안 그랬으면 너, 뼈도 못 추렸을 거야. 그리고 아줌씨, 얼굴 값 하느라고 그렇게 성질 부리다간 면상에 벌창 나는 수가 있어. 아무튼 일이 잘 안 되면 다시 올 테니까…… 그땐 개지랄 떨지 마슈. 그냥 두고 가기 아까운데…… 언제 연애나 한 번 합시다. 내가 죽여 줄 테니까…….」

계속 이죽거릴 기세였지만 팔에 문신을 한 청년이 잡아끄는 바람에 그는 킬킬거리며 밖으로 나갔다. 그들이 가고 나자 지은은 털썩 그 자리에 주저앉아 소리 내어 울기 시작했다. 눈물범벅이 된 얼굴로 제 엄마를 바라보던 석빈은 문을 세차게 닫으면서 방으로 들어가 버렸다.

지은은 울음을 그쳐야 한다고 생각했다. 그러나 그럴수록 오히려 더 격한 울음이 솟구쳐 올랐다. 그들에게 당한 수모와 치욕을 견디지 못해 지은은 격렬하게 몸을 떨었다. 이런 일을 당하게 해놓고 술이나 퍼 마시고 있는 남편이 죽이고 싶도록 미웠다. 앞으로 얼마나 더 많은 일을 겪어야 할지 암담하기만 했다. 이혼을 하라고 윽박지르듯 말하던 경자의 말이 비로소 현실로 느껴지기 시작했다. 힘든 일이 있으면 언제든지 연락하라고 하던 명근의 말도 떠올랐다. 지은은 무릎걸음으로 몸을 움직여서 전화기를 집어 들었다. 다이얼을 누르자 명근이 바로 받았다.

「명근 씨? 명근 씨…… 나, 지은이야…… 명근 씨, 나 좀 도와 줘. 나 지금…… 너무나 힘들어…….」

느닷없는 전화에 명근은 무척 당황한 것 같았다. 그러나 지은은 자신의 입에서 마구 쏟아져 나오는 말들을 추스를 겨를도 없이 주서리주서리 늘어놓았다.

「명근 씨…… 나…… 너무 무섭고 힘들어…… 지금 죽고 싶은 심정이야…… 지금껏 살면서…… 이런 일은 처음이야…… 명근 씨, 나 있잖아…….」

지은은 왜 명근에게 전화를 했는지, 자신이 무슨 말을 하는 건지 제대로 알 수가 없었다. 하지만 무슨 말이든 하지 않으면 못 견딜 것 같았고, 다행스럽게도 명근은 그녀의 말을 들어주었다. 지은은 울먹이면서, 밑도 끝도 없는 말을 그렇게 늘어놓았다.

12

「사장님, 큰일 났습니다. 초록기획이 또 부도났습니다.」

「뭐야? 그게 무슨 소리야? 부도가 또 나다니?」

「새로 맡으신 사장님이 원래 하던 사업이 부도나는 바람에 새로 끊은 어음들을 못 막게 됐어요.」

박 부장은 그렇게 된 것이 마치 자신의 잘못이기라도 한 것처럼 침통한 얼굴로 말했다. 시우는 맥이 탁 풀리는 것 같았다.

「일부 거래처에서는 사장님이 계획적으로 그런 일을 꾸민 거라고 흥분하고 있습니다.」

「계획적이라니? 그건 또 무슨 말이야?」

「이렇게 될 줄 뻔히 알면서, 허수아비를 내세워 인수하게 해놓고 피했다는 거죠. 그런데 사정을 잘 모르는 경리부 여직원이 사장님 전화번호를 몇 군데 가르쳐 준 모양입니다. 우선 전화번호부터 바꾸시고 좀 피해 계세요.」

박 부장은 진심으로 시우를 걱정해서 하는 말이었다. 그러나 시우는 그럴 수가 없었다. 그랬다가는 또 그들이 아내를 찾아갈 것이었다. 무슨 일이 있어도 그것만은 막아야 했다.

「그래서 지금 사무실은 어떻게 돼 있나?」

「채권단들이 완전히 장악한 상탭니다. 집기하고 시설물에는 이미 딱지가 붙었고, 직원들은 출근을 안 하고 있습니다. 저하고 경리만 나와서 걸려 오는 전화를 받습니다.」

「그럼, 새로 인수한 사장은?」

「연락이 되지 않습니다. 원래 하던 사업이 워낙 크게 부도가 나서 초록기획은 신경도 못 쓰는 것 같습니다. 새로운 사장님이 연락이 안 되니까 거래처에서는 사장님이라도 만나야겠다고 난립니다. 당분간 몸을 피하시는 게 좋을 것 같습니다.」

박 부장은 계속 시우한테 몸을 피하라고 송용했다. 그가 그렇게 말하는 걸로 봐서 채권단이 어떻게 나올지 충분히 짐작할 수 있었다.

「이미 난 법적으로 회사를 넘겼는데, 그 사람들이 날 만나서 뭘 어쩌겠다는 거지?」

처음에는 당황했지만 시우는 한편 그런 생각이 들었다. 그러나 박 부장은 다급한 목소리로 그의 말을 받았다.

「지금 그 사람들한테는 그게 통하지 않습니다. 자기네들이 당했다고 생각하니까, 누구든 만나서 분풀이를 하겠다는 겁니다.」

「난 피할 수도 없는 상태야. 집을 팔면서 주민등록을 처남 집으

로 옮겨 놨기 때문에 그쪽으로들 몰려갈 거라고. 내가 직접 만나
야지, 그쪽으로 가서 우리 집사람을 괴롭히게 할 수는 없어.」
「설마 사장님이 안 계신데, 사모님한테 어떻게 하기야 하겠습니
까. 지금 그 사람들이 찾는 건 사장님인데…….」
시우는 고개를 가로저었다. 거래처 사장들이 직접 아내를 찾아
간다면 자신의 얼굴을 봐서라도 함부로 행동할 수는 없을 것이었
다. 그러나 그들이 다른 사람을 보내기 때문에 문제였다. 지난번에
도 시우는 아내를 찾아갔던 두 청년을 만나 끔찍하게 시달렸던 것
이다.
「그래도 제 생각에는 사장님이 피하시는 게 좋을 것 같습니다.
지금 특별히 하시는 일은 없잖습니까?」
「아니 뭘 좀 준비하고 있어. 아직 시작은 안 했지만…….」
도시락 전문 체인점 운영을 말하는 것이었다. 그 일을 위해 그는
돈을 알아보는 중이었다.
「그게 무슨 일인지는 모르지만…… 당분간 보류하는 것이 좋을
것 같습니다. 사장님이 만일 무슨 일을 시작한다고 하면 거래처
에서 가만있지 않을 겁니다.」
박 부장의 말에도 일리가 있었다. 그러나 다른 한편으로는 그 반
대의 경우도 생각해 볼 수 있었다. 만일 시우가 뭔가를 시작해서
한 푼이라도 벌고 있다면, 벌어서 갚기를 바라며 기다려 줄 수도
있는 것이다. 그러는 동안 초록기획을 인수했던 후배가 나타나서

뒷수습을 할 수도 있는 일이었다.

시우가 진 빚은 초록기획과 관련된 채권자들에게만 걸려 있는 것이 아니었다. 개인적으로 진 빚도 적은 액수가 아니었다. 그에게 돈을 빌려 준 사람들을 안심시키려면 뭔가를 시작하는 것은 피할 수 없는 선택처럼 느껴졌다. 그 생각을 하자 시우는 더욱 다급해졌다.

「박 부장, 자네 혹시 돈 좀 없나?」

「찻값 정도는 저한테 있습니다, 사장님.」

「아니, 그게 아니라…… 나한테 빌려 줄 돈 좀 없냐, 이 말이야.」

「참 사장님도…… 제가 무슨 돈이 있겠습니까. 새로 사장님이 오셨지만 밀린 월급도 제대로 못 받고…… 저도 여기저기서 빌려다 쓰느라 죽을 맛입니다.」

박 부장이 웃는 바람에 시우도 멋쩍게 따라 웃었다. 웃다 말고 박 부장은 석성스러운 표정으로 물었다.

「저한테까지 그런 말씀 하시는 걸 보니까…… 많이 어려우신 모양이죠?」

「어렵기도 하지만…… 뭔가를 시작해 보려니까…… 만나는 사람마다 그것부터 물어보게 돼. 그런데 통 돈을 빌릴 수가 없네. 하긴 나 같은 사람한테 돈 빌려 줬다가 언제 받을지 모르니까…….」

시우는 그동안 여러 군데 돈 부탁을 했다가 거절당한 일들이 떠올랐다. 그들은 하나같이 시우의 전화를 받자마자 어떻게 지내느

나는 안부를 물었다. 그러곤 약속이나 한 듯 용기 잃지 말고 재기하라는 말을 전해 왔다. 그래서 시우가 뭔가를 시작해 보려고 하는데 자금이 부족하다는 말을 꺼내면, 그들은 마치 기다렸다는 듯 자기네들의 어려운 사정을 늘어놓았다. 그러니까 재기하는 것은 바라지만 스스로 알아서 해야지 어떤 도움을 주기는 곤란하다는 것이었다.

「전 그런 뜻은 아닙니다, 사장님.」

「알아. 나도 답답해서 자네한테 한번 물어본 것뿐이야. 내가 자네한테 못 준 돈도 꽤 되는데, 이런 말로 자네를 불편하게 해서 미안해. 그냥 못 들은 걸로 하게.」

말은 그렇게 하면서도 시우는 답답한 마음을 억누를 길이 없었다. 박 부장이 여전히 걱정스럽다는 표정으로 물었다.

「그럼 앞으로 사장님 연락처를 물어 오는 사람들한테는 어떻게 얘기할까요?」

「그냥 내 전화번호 알려 줘. 어차피 피할 수도 없는 처지니까. 그리고 내가 뭘 시작하게 되면…… 거기 연락처 알려 줄 테니까 그 번호로 전화하라고 해. 참, 자네는 앞으로 어떻게 할 거야?」

「사무실이 정리되는 대로 다른 자리 알아봐야죠. 만일 무슨 일 있으면 연락 드릴게요.」

박 부장이 그만 들어가 봐야 한다는 바람에 시우도 따라 일어섰다. 시우가 조금 전에 한 말 때문인지 박 부장은 잽싸게 달려 나가서 찻값을 계산했다.

「사장님, 얼굴이 많이 안돼 보입니다. 건강 조심하세요. 앞으로
어려운 일이 많을 텐데 건강하셔야 이겨 내죠.」

박 부장은 그렇게 마지막 인사를 하곤 돌아섰다. 시우는 착잡한
심정으로 그의 뒷모습을 보며 한참을 그 자리에 서 있었다.

박 부장과 헤어지고 나자 우려했던 일이 곧바로 현실로 나타났
다. 전화기가 요란하게 울어 대기 시작했던 것이다. 수화기 저쪽에
서 음성을 전해 오는 사람은 인쇄소 황 전무였다.

「민 사장님, 지금 장난하는 겁니까, 뭡니까? 세상에 이런 법이 어
딨습니까?」

「죄송합니다. 저도 조금 전에 얘길 들었습니다. 이렇게 되리라고
는 상상도 못했습니다.」

시우는 황 전무가 앞에 있기라도 한 것처럼 고개를 숙이며 말했다.

「그런 말이 어딨어요? 인수한 지 얼마나 됐다고 벌써 부도를 낸
단 말입니까? 이건 다 계획적으로 짜고 한 일밖에 안 돼요. 아무
튼 난 민 사장님 보고 인수하는 사람을 만난 거니까, 민 사장님이
책임지고 해결해요.」

황 전무는 예전과는 달리 언성을 높이며 함부로 말을 했다. 그러
나 시우는 그것을 탓할 계제가 아니었다. 무슨 말을 해야 할지 몰
라 시우는 전화기를 든 채 어정쩡하게 서 있을 뿐이었다.

「왜 대답이 없어요? 해결 안 할 거예요?」

「지금 제가…… 해결할 방도가 없어서…….」

「뭐라고요? 그걸 지금 말이라고 하는 겁니까? 해결을 못하겠다 니?」

「그런 뜻이 아니라…… 제 형편은…… 전무님도 잘 아시잖습니 까. 제 입 하나도…… 해결을 못하고 있는 처지라…….」

시우는 기어들어 가는 듯한 목소리로 대답했다. 정말 어디로든 들어가서 숨고 싶었다. 그래서 영영 밖으로 나오고 싶지 않았다.

「그건 민 사장님 사정이지 난 알 바 아니고…… 어서 말해 봐요. 어떻게 할 거예요?」

어떻게 해결할 것인가……. 시우는 그 말을 입속으로 되뇌어 보 았다. 그건 시우가 대답할 수 있는 문제가 아니었다. 아니 굳이 대 답을 하라면 아무런 해결도 할 수 없다고 말할 수밖에 없었다. 그 러나 그렇게 대답할 수는 없는 노릇이었다.

「어떻게든 제가 새로 인수한 사람을 찾아보겠습니다. 그런 후에 연락을 드리겠습니다.」

한참을 망설이다가 시우는 겨우 그렇게 대답했다. 그러자 수화 기 속에서는 한 옥타브나 더 높아진 음성이 들려왔다.

「아니 민 사장님, 무슨 말을 그렇게 합니까? 지금 겨우 사람을 찾 아보겠다 이겁니까? 정말 이럴 거예요?」

「죄송합니다. 저도 어쩔 수가 없는 상황이라…….」

시우는 다시 전화기를 든 채 머리를 조아렸다.

「그렇게는 안 돼요. 그렇게는 안 되니까…… 지금 납득할 수 있을 만한 조건을 제시해 봐요. 그렇지 않으면, 나도 가만있지 않을 겁니다.」

시우는 아무런 조건도 제시할 수 없었다. 할 수 있는 일은 그저 죄송하다는 말뿐이었다. 황 전무는 계속 몰아붙였다.

「그것뿐만이 아니잖아요. 민 사장님이 끊었다가 못 막은 어음도 아직 전혀 해결하지 못하고 있잖아요. 도대체 어쩌자는 겁니까?」

「죄송합니다. 그것도 곧 뭔가를 시작해서 조금씩 갚아 나가겠습니다. 조금만 더 기다려 주십시오.」

「이미 끊어진 어음도 안 막고, 새로 인수한 사람이 끊은 어음도 부도를 내고, 그럼 우린 흙 파먹고 살란 말입니까?」

「죄송합니다. 사정이 어떻게 꼬이다 보니…… 저도 지금 죽고 싶은 심정입니다. 조금만 기다려 주시면…….」

「죽는다고요? 아니, 지금 누구한테 협박하는 겁니까?」

「그게 아니라…… 죽고 싶은 심정이라고 했습니다.」

「아무튼 죽지는 마십시오. 죽지 말고 우리 돈 갚아야 할 거 아닙니까.」

그 말은 시우에게 묘하게 들렸다. 차라리 죽는다면 독촉을 하지 않겠다는 뜻으로 들리기도 했고, 죽더라도 돈을 갚고 나서 죽으라는 뜻으로 들리기도 했다.

황 전무는 한참 동안이나 시우를 더 닦달한 다음에야 겨우 전화를 끊었다. 그런데 곧 또다시 전화벨이 울렸다.

「이것 봐요, 민 사장. 나 좀 살려 주소.」

전화가 연결되자마자 출력소 사장은 죽는 소리부터 했다. 시우는 어떻게 말을 받아야 할지 몰라 난감했다.

「지금 우리 마누라가 아파서 누워 있는데, 약도 못 쓰고 있는 형편이에요. 그런데 몇 푼 안 되는 것마저 이렇게 부도를 내니 어떻게 하란 말이오, 민 사장. 제발 부탁이니 이번에 터진 어음만이라도 현금으로 좀 바꿔 주소.」

출력소 사장은 그야말로 통사정을 했다. 시우는 가슴이 답답해서 미칠 것만 같았다. 일방적으로 빚 독촉을 받는 것은 그래도 견딜 수 있었다. 그러나 딱한 입장에 처한 사람들이 사정하며 돈을 달라고 할 때는 말을 듣는 것만으로도 여간 고통스럽지 않았다.

「죄송합니다, 사장님. 저도 그럴 수만 있으면 얼마나 좋겠습니까. 정말 무슨 말씀을 드려야 좋을지 모르겠습니다.」

「그럼 도대체 어쩌겠다는 말이오? 그냥 이대로 나자빠지겠다 이 말이오? 당신 정말 염치도 없는 사람이구먼. 원래 그런 사람이오, 당신? 그렇게 피도 눈물도 없는 사람이냔 말이오?」

처음엔 사정조로 말하던 출력소 사장도 막말을 해댔다. 그러나 시우로서는 그가 어떻게 나오든 당하고 있는 수밖에 없었다.

「정말 죄송합니다. 저도 지금 숨이 넘어갈 지경입니다. 어려우시겠지만 우선 다른 데서 빌려 쓰시면…… 제가 나중에라도 어떻게…….」

「그걸 말이라고 하는 거요? 내가 빌려서 어떻게 해볼 수 있는 상황이면 지금 당신한테 연락해서 이렇게 사정을 하겠소? 당신, 그렇게 안 봤는데…… 정말 뻔뻔한 사람이구먼.」

시우는 출력소 사장이 앞에 있으면 울면서라도 사정을 하고 싶었다. 실제로 그는 울먹이고 있었다. 그런데도 출력소 사장은 시우를 비정하고 파렴치한 사람으로 몰아붙였다.

그 전화를 끊기도 전에 또 통화 대기음이 들려왔다. 이번에는 집을 담보로 해서 보증을 서준 친구 영대였다. 출력소 사장이 좀처럼 전화를 끊지 않았기 때문에 시우는 통화음이 한참을 울어 댄 다음에야 겨우 영대와 통화를 할 수 있었다.

「어떻게 돼가고 있냐? 오늘 또 최고장이 날아왔다.」

시우는 숨이 막힐 것 같았다. 그러나 영대에게도 역시 미안하다는 말밖에 할 수가 없었다.

「물론 네 사정 모르는 건 아니지만…… 나도 어떻게 할 도리가 없어서 또 연락한 거야. 아직 아무 대책이 없는 거냐?」

「아직…… 조금 있으면 뭘 좀 시작해 보려고 하는데…… 그렇게 되면 밀린 이자라도 갚아 나갈게. 조금만 더 기다려 줘.」

「그게 언제쯤인데? 나도 답답해서 이러는 거야.」

소리를 높이진 않았지만 영대의 음성에는 화가 나서 견딜 수 없다는 기색이 뚝뚝 묻어났다. 시우는 도시락 체인점을 언제 열 수 있는지 확실한 날짜를 댈 수가 없었다. 그래서 그냥 대강 얼버무렸다.

「아마 다음 달부터는 가능할 거야. 네가 우선 이자를 좀 내주면…… 내가 조금씩 나눠서 갚을게. 다음 달이 지나고부터는 조금씩 나아질 거 같아. 정말 미안하다.」

「지금 이 문제로 마누라하고 냉전 상태야. 이 일 말고도 집에 복잡한 문제가 많거든. 그러니까 어렵더라도…… 빨리 좀 어떻게 해봐라. 제발 부탁이다.」

「그래. 내가 입이 열 개라도 할 말이 없다. 아무튼 조금만 더 마음고생 좀 해줘. 내가 이 은혜 잊지 않을게.」

간신히 전화를 끊고 나자 또다시 전화가 걸려 왔다. 시우는 돌아버릴 것 같았다. 할 수만 있다면 전화기를 내동댕이치고 싶었다.

그러나 그는 아내를 떠올렸다.

'무슨 일이 있어도 빚쟁이들이 또다시 아내를 찾아가게 해서는 안 돼…… 무슨 일이 있어도 내가 다 상대할 거야…….'

그것만이 그가 지금 아내에게 해줄 수 있는 전부라고 생각하며 시우는 전화기 폴더를 열었다.

밤 깊은 대학로는 젊은이들로 가득 차 있었다. 어디를 둘러봐도 청소년들뿐이었다. 그들은 마치 시위라도 하는 것처럼 대학로 곳곳에 모여 있었다. 그들의 머리 위로 경쾌한 말소리와 웃음소리가 끊임없이 솟아올랐다.

마로니에 공원에서는 누군가 기타를 치며 노래를 불렀다. 그를 중심으로 많은 젊은이들이 모여 있었다. 인도 쪽으로는 젊은이들의 행렬이 물결처럼 이어졌다. 밤이 깊어 갈수록 더 많은 젊은이들이 거리로 쏟아져 나오는 것 같았다.

시우는 폭주족을 기다리기 위해 대학로 한 모퉁이에 쭈그리고 앉았다. 정확히 말하면 오토바이를 타고 나타날 큰아들 석진을 기다리는 것이었다.

아이들 소식이 궁금해서 처형 집으로 전화를 걸었을 때, 처형은 걱정스러운 음성으로 말했었다.

「제부, 지금 아이들이 아무도 없어요. 웬일인지 일찍들 들어오지를 않아요. 그리고 석진이는…… 밤에 오토바이를 타고 돌아다니는 것 같아요. 얼마 전에도 심하게 다쳐서 온 적이 있어요. 아무래도 제부가 석진이를 한번 만나 보는 게 좋을 것 같아요.」

그 말을 듣고 시우는 가만있을 수가 없었다. 오후 내내 빚쟁이들한테 시달려 탈진한 상태였지만 시우는 전화를 끊자마자 처형 집으로 향했다.

그때까지도 석진과 다예는 돌아와 있지 않았다. 시우는 거실에 멀뚱거리며 있기도 뭣해서 다예가 쓰는 방으로 들어갔다. 기다리는 동안 그는 다예의 책들을 이것저것 뒤적여 보았다. 공부를 통하지 않는지 문제집들이 거의 풀지 않은 상태로 꽂혀 있었다. 그 책들을 한 권씩 훑어보다가 그는 노트 하나를 발견했다. 낙서장 비슷한 것이었는데, 아무렇게나 휘갈겨 쓴 글씨들이 눈에 띄었다. 그것들을 무심코 들여다보다가 시우는 심장이 멎는 것 같은 충격을 받았다.

아빠가 밉다. 왜 우리 가족을 이 지경으로 만들어 놓았을까. 남들은 아무리 어려워도 가족이 흩어져 살지는 않는다. 우린 언제까지 이렇게 살아야 하나. 엄마한테도 아빠한테도 물어볼 수가 없다. 요즘에는 그 누구도 전화 한 통 하지 않는다.

노트를 든 시우의 손이 부들부들 떨렸다. 다예가 그런 마음을 갖고 있을 줄은 생각도 못했다. 그는 노트의 다른 페이지를 넘겨 보았다.

우리 반 애 두 명이 가출을 했다. 나도 이모네 집에서 나가고 싶다. 이모도 이모부도 잘해 주지만 오빠와 내가 불쌍해서 그러는 거다. 난 그게 싫다. 여기서 나가 혼자 힘으로 살고 싶다. 그러나 그런 생각을 하면 너무 무섭다.

문장 하나하나가 시우의 가슴을 후벼 팠다. 그는 노트에서 눈을 떼고 잠시 심호흡을 했다. 그래도 답답한 마음이 가라앉지 않았다.

시우는 또 다른 페이지에서 다음과 같은 구절을 발견했다.

오빠는 어제도 대학로에 갔었다고 한다. 나도 오토바이를 타고 싶다. 하지만 오빠가 데려가 주지 않는다. 몰래 가볼 생각을 하다 그만두었다. 오빠도 친구한테 얻어 타는데 나까지 얻어 타면 비참할 것 같다. 그래도 오빠는 좋을 것이다. 오토바이를 타고 미친 듯이 달릴 수 있으니까. 오빠는 아직 오토바이를 잘 못 타서 많이 다친다. 그러다가 오빠가 죽으면 어떡하나.

시우는 더는 노트를 들고 있을 수가 없었다. 그는 방에서 나와 석진의 방으로 가보았다. 석진이 쓰는 책상 위에는 오토바이를 탈 때 끼는 장갑이 버젓이 놓여 있었다. 서랍을 열자 기름을 넣은 영수증이 나왔다. 시우는 초조한 가슴을 쓸어내리며 밖으로 나왔다.

저녁상을 차리던 처형은 가겠다고 나서는 시우를 붙잡았다. 그러나 태평스럽게 그곳에 앉아서 저녁을 먹을 수가 없었다. 시우는 서둘러 인사를 하고는 현관문을 나와 곧장 대학로로 향했다.

오토바이 폭주족이 나타날 때까지는 적지 않은 시간을 기다려야 했다. 그렇게 기다리는 시우의 눈앞에 다예가 쓴 글들이 어른거렸다. 그리고 슬픈 표정을 짓고 있는 다예의 모습도 떠올랐다. 짐을 싸들고 집을 나서는 다예의 모습이 그려지기도 했다. 그럴 때마다 시우는 깊은 한숨을 내쉬었다.

시우는 또 오토바이를 타는 석진의 모습도 생각해 보았다. 그의 생각 속에 나타나는 석진은 번번이 오토바이를 타다 넘어졌다. 피투성이가 된 석진의 모습이 떠오르기도 했다. 그럴 때마다 시우는 앉아 있던 자리에서 벌떡 일어섰다.

한 떼의 폭주족들이 대학로에 진입한 것은 자정이 넘어서였다. 그들은 마치 잠복해 있다가 일시에 출몰한 게릴라처럼 갑작스럽게 모습을 드러냈다. 시우는 자세히 보기 위해 도로 쪽으로 내려섰다.

요란한 소리를 내며 도로 한복판을 질주하는 무리는 순식간에 눈앞에 나타났다가 삽시간에 사라졌다. 뒤에 여자 아이가 타고 있는 오토바이도 더러 눈에 띄었다. 그들은 혜화동 로터리에서 유턴을 해서는 이화동 쪽으로 미친 듯 달렸다가, 어느 틈에 혜화동 쪽으로 다시 달려왔다. 그들 속에서 석진의 모습을 찾는 것은 불가능할지도 모른다는 생각이 들었다. 그러나 시우는 눈을 부릅뜨고 그들을 살펴보았다.

오토바이들이 곡예를 하며 도로를 점령하자 차량들은 속도를 내지 못한 채 멈칫대다가 겨우 빠져나갔다. 마치 오토바이 전용 도로에 승용차들이 잘못 끼어든 것 같은 형국이었다.

시우는 거리를 따라 이리저리 뛰어다니며 오토바이를 타고 있는 젊은이들을 번갈아 바라보았다. 그러다가 길 건너편에서 오토바이 한 대가 멈춰 서는 것을 보았다. 희미한 가로등 때문에 자세히 보이지는 않았지만, 오토바이에서 내려서는 아이가 석진인 것 같았다. 그 오토바이에 다른 아이가 올라타더니 다시 이화동 쪽으로 내달렸다. 시우는 횡단보도를 반쯤 건너면서 그 아이를 유심히 바라보았다. 석진이었다.

시우는 한달음에 횡단보도를 건넜다. 그 바람에 질주하는 오토바이와 부딪칠 뻔했다. 시우가 다가가 팔을 붙잡자 석진은 화들짝 놀랐다.

「너 이 녀석, 누가 이런 짓 하라고 그랬어?」

시우는 언성을 높이며 다짜고짜 석진의 팔을 잡아끌었다. 석진은 제 아버지의 팔을 뿌리쳤다.

「왜 이래요? 쪽팔리게…… 아이 참…….」

「뭐라고? 쪽팔려? 아니, 이 녀석이 정말…….」

「놓고 말해도 되잖아요. 사람들 다 보는데…….」

석진은 수위를 둘러보며 불만스러운 얼굴로 말했다. 시우는 기가 막혔다. 시우가 다시 팔을 붙잡고 끌어당기자 석진은 볼멘소리로 툴툴거리며 끌려 왔다.

먹자골목 입구에는 전등을 내다 건 포장마차들이 즐비하게 늘어서 있었다. 도로가 있는 방향으로 조금 떨어진 곳에 걸터앉을 수 있는 자리가 있었다. 시우는 그곳에 석진을 끌어다 앉혔다.

「석진아, 너 왜 이렇게 속을 썩이냐?」

「제가 언제 속을 썩였다고 그래요?」

「네가 이런 짓을 하는 게 속 썩이는 거 아니고 뭐야?」

「제가 오토바이 타는 게 어때서요? 아빠가 언제 저한테 오토바이 사줬어요? 저 혼자 얻어 타는데, 왜 그래요?」

「아니, 이놈의 자식이?」

시우는 아들의 멱살을 틀어쥐고 말했다. 주위에 앉아 있던 젊은 이들이 모두 그들을 바라보았다. 시우는 시선을 의식해서 쥐었던 멱살을 놓았다.

「너 언제부터 오토바이 탄 거야? 누가 너더러 이런 거 타라고 했어?」

시우는 목소리를 낮추려고 했지만 뜻대로 되지 않았다. 석진은 짜증스러운 표정을 지을 뿐 대답을 하지 않았다. 시우가 다시 다그쳤을 때에야 퉁명스럽게 입을 열었다.

「답답해서 타는 거예요. 저도 숨이 막혀서 미치겠어요. 그래서 오토바이 좀 타는데, 그게 뭐 어때서 그래요?」

그 말을 들으면서 시우는 다예가 써놓은 낙서를 떠올렸다. 아이들에게도 그가 잘 모르는 고충이 있을 것이었다. 그러나 아무리 그렇더라도 오토바이를 타고 밤거리를 질주하게 할 수는 없었다.

「그래, 설사 답답한 게 있다고 치자. 그래도 그것을 풀 수 있는 방법이 얼마든지 있잖아. 꼭 이렇게 위험한 짓을 해야 되겠어? 네가 이러고 다니면 엄마 아빠가 얼마나 걱정할지 생각이나 해봤어?」

「엄마 아빠가 절 생각해요? 웃기지 마세요. 그런 사람들이 그렇게 연락도 안 하고 와보지도 않아요? 됐어요, 그만두세요.」

「너 아주 말버릇이 고약하구나. 엄마 아빠가 바빠서 연락을 못하면 너라도 전화를 할 수 있는 일 아니냐. 그걸 지금 이유라고 대는 거냐? 집안이 어려울 때는 흩어져 있더라도 온 식구가 한마음이 돼야 할 거 아냐?」

「아무튼 됐어요. 전 그냥 제가 하고 싶은 대로 하고 살래요. 그러니까 간섭하지 마세요. 아빠도 아빠가 하고 싶어서 사업하신 거잖아요. 절 그냥 내버려 두세요.」

길거리에서 더 이상 얘기할 수 없어 시우는 석진의 손목을 잡고 일어섰다.

「안 되겠다. 가자, 집에 가서 차근차근 얘기 좀 해보자.」

「우리가 집이 어딨어요? 이 밤중에 이모네 집에 가서 얘기하자고요? 관둬요. 그리고 전 할 얘기도 없어요.」

그 말은 시우의 가슴 한쪽을 몹시 아프게 했다. 그러나 시우는 석진의 손목을 잡은 채 도로가 있는 쪽으로 잡아끌었다. 질질 끌려오던 석진은 도로로 나오자 제 아버지의 손을 확 뿌리쳤다.

「싫어요. 절 내버려 두세요. 제 일은 제가 알아서 하겠어요.」

손을 뿌리친 석진은 오토바이들이 질주하는 도로 한복판으로 뛰어들었다. 시우는 다급하게 아들의 이름을 불렀다. 그러나 석진은 이미 도로를 가로질러서 흥사단 건물이 있는 쪽으로 사라져 버렸다.

길 건너편을 멍하니 바라보던 시우는 그 자리에 힘없이 주저앉고 말았다.

13

지은은 축 늘어진 몸을 이끌고 한강 고수부지로 내려섰다. 후덥지근한 바람이 불어와 그녀의 머리칼과 옷자락을 흔들며 지나갔다. 붉은 노을빛이 강 표면에 비쳤다.

지은의 걸음걸이는 술 취한 사람처럼 휘청거렸다. 거센 바람이 불면 금방이라도 쓰러져 버릴 것 같았다. 그러나 걸음걸이보다 더 심하게 흔들리는 것은 그녀의 마음이었다. 지은은 마음의 갈피를 잡지 못했다.

더 이상 내려갈 수 없는 지점에까지 이르렀을 때 지은은 강을 내려다보며 멈춰 섰다. 그제야 비로소 강물이 흐르는 소리가 들려오기 시작했다. 노을빛은 강 표면에서 잘게 부서졌다. 멀리 바라다보이는 강 건너편에서는 하나씩 불빛이 켜졌다.

그 광경을 바라다보며 지은은 깊은 한숨을 내쉬었다. 한숨과 함께 그녀의 눈가에 눈물이 배어났다. 지은은 손등으로 눈물을 닦아 냈다. 또 한 차례의 바람이 건듯 불어와 그녀를 에워쌌다.

지은의 머릿속에는 남편과의 통화 내용이 뒤죽박죽 엉켰다. 그
것들은 마치 씹다 버린 껌처럼 그녀의 의식에 함부로 들러붙었다.
그녀는 고개를 흔들었다. 지은의 입에서 또다시 깊은 한숨이 흘러
나왔다. 마치 가슴의 한 부분이 기화되어 그녀의 목을 통해 밖으로
분출되는 것 같았다. 그리고 그 공허한 빈자리로 거친 바람이 불어
와 마구 부딪는 듯한 느낌이었다.

남편에게서 전화가 걸려 온 것은 퇴근 시간이 지나서였다. 마침
지은은 계약 서류를 정리하느라 자리를 지키고 있었다. 사무실에
는 경리부 여직원과 그녀 둘밖에 없었다. 전화 받으라는 말을 들었
을 때 지은은 남편에게서 걸려 온 것이라고는 생각지 못했었다.

「나야…….」

남편은 축 늘어신 목소리로 자신을 알려 왔다. 그의 목소리를 듣
는 순간 지은은 가슴이 답답해졌다.

「집으로 전화했더니 처남 댁이 여기 전화번호를 알려 줘서……
언제…… 취직한 거야?」

「얼마 안 됐어요. 어디예요?」

「길거리야. 많이…… 힘들지? 미안해…….」

남편은 여전히 기운 없는 목소리였다. 그 말을 들으면서 지은은
기운이 빠져 어깨가 처진 남편의 모습을 떠올렸다. 그러자 가슴이
더 답답해지는 것 같았다.

「밥은 제대로 먹고 다니는 거예요? 일은 좀 해요?」

「밥은…… 그냥저냥 때우고 있어. 일은…… 좀처럼 자리가 나지 않아서…….」

지은은 한숨을 내쉬었다. 남편의 목소리가 어찌나 낮게 가라앉아 있는지 그녀마저 기운이 빠지는 것 같았다.

「지난번에 많이 놀랐지? 미안해, 정말.」

지난번이란 청년 둘이 찾아와서 행패를 부렸던 일을 말하는 것이었다. 그 말을 듣고 나자 지은은 그때 일이 떠오르며 가슴이 뛰기 시작했다. 이어서 남편에 대한 원망이 서서히 고개를 쳐들었다.

「앞으론 그런 일 없을 거야. 내가 빚쟁이들한테 바로바로 연락하면 그런 일 안 생겨. 그러니까 이젠 걱정하지 않아도 돼.」

남편은 그런 일을 막아 줄 수 있을 것처럼 말했다. 그러나 그건 그의 생각일 뿐이었다. 그 일이 있고 나서도 다른 빚쟁이들한테서 여러 차례 곤욕을 치렀었다. 지은이 없을 때 찾아온 어떤 여자가 새언니한테 한바탕 퍼붓고 간 적도 있었다고 했다.

「난 당신 말 안 믿어요.」

지은의 음성은 어느새 냉랭해져 있었다. 수화기 속의 남편은 당황한 음성으로 물었다.

「안 믿다니? 왜? 무슨 일 있었어?」

「그래요, 있었어요. 그것도 여러 차례나.」

「그럼 나한테 연락하지 그랬어?」

「안 그래도 당신 전화번호 알려 줬어요. 그런데도 계속 전화를 해대는 거예요. 정말 생각만 해도 끔찍해요.」

지은은 빚쟁이들한테 시달리던 생각을 하며 몸을 떨었다. 청년 둘이 찾아와서 행패를 부리고 난 다음부터는 전화가 걸려 오는 것만으로도 몸이 와들와들 떨렸다. 그들이 언제 들이닥칠지 모른다는 생각도 그녀를 걷잡을 수 없이 불안하게 했다.

「미안해…….」

「그냥 미안하다는 말로 될 일이 아니잖아요. 뭔가 대책을 세워야 하는 거 아니에요?」

결국 지은은 언성을 높이고 말았다. 그 순간에도 지은의 머릿속에는 청년들이 찾아왔던 일과 전화를 받으면서 시달렸던 일들이 계속 떠올랐다. 남편은 한동안 아무 말이 없었다. 그러다 두어 차례 연이어 한숨이 이어지더니 힘없는 목소리가 들려왔다.

「알았어. 앞으로 절대로 그런 일 없도록 할게. 그리고 혹시라도 빚쟁이들한테 연락이 오면…… 무조건 나한테 전화하라고 해. 당신이 그 사람들 번호로 나한테 메시지를 보내든지. 그러면 내가 바로 연락해서 조치를 취할 테니까.」

남편은 뻔한 이야기를 하고 있었다. 지은이 듣기에 그것은 대책이 아니었다. 대책을 세우려면 뭔가 근원적인 문제가 해결되어야 했다. 그것은 남편이 확실한 어떤 일인가를 해야만 가능한 일이었다. 그렇지 않다면 그런 일은 계속될 수밖에 없을 것 같았다.

「하여튼 그런 일들은 나한테 맡겨. 그리고 내가 오늘 전화한
건…….」

남편은 잠시 머뭇거렸다. 지은은 이미 화가 나 있는 상태였기 때
문에 그의 다음 말이 기다려지지 않았다.

「석진이하고 다예한테 좀 가봐. 애들이 지금 얼마나 힘들어하고
있는지 알아? 내가 그럴 수 없는 형편이니까 당신이라도 애들을
좀 자주 만나야 할 거 아냐.」

그러잖아도 지은은 석진과 다예를 한동안 못 찾아가 봤다고 생
각하고 있었다. 그런데 화가 난 상태에서 남편으로부터 그런 말을
듣자 갑자기 발끈하고 말았다.

「내가 놀면서 애들을 안 만나요? 왜 말을 그렇게 해요?」

「말을 그렇게 하는 게 아니라…… 애들이 잘못될까 봐 걱정이
돼서 그러는 거야.」

「당신만 애들이 잘못될까 봐 걱정해요? 나는 걱정 안 하는 줄 알
아요? 같은 말이라도 꼭 그렇게 해야 돼요?」

지은은 송곳처럼 날카로워져 있었다. 그녀가 그렇게 나온 것은
어쩌면 남편에 대한 누적된 감정 때문인지도 몰랐다.

「여보, 왜 그래? 무슨 일 있어?」

「그래요, 있어요. 하지만 상관하지 말아요.」

지은은 매몰차게 말했다. 그동안 남편에 대해 가졌던 원망과 짜
증이 한꺼번에 폭발하는 것 같았다. 지은의 반응에 남편은 뜨악한

목소리를 전해 왔다.

「상관하지 말라니. 왜 그래, 여보?」

「상관하지 말라는데 뭘 왜 그래요? 그리고 우리…… 이혼해요.」

그 말이 자신의 입을 열고 나가자 지은은 멈칫 놀랐다. 그 순간 그런 말을 하게 될 줄은 몰랐다. 그러나 그 말은 마치 오래 준비하고 있었던 것처럼 너무나 거침없이 남편에게 전달되고 말았다. 남편은 한동안 말이 없었다. 지은도 아무 말 없이 전화기를 들고 있었다. 수화기를 통해 전해지는 미세한 기계음이 겨우 둘 사이를 연결시켜 놓고 있었다.

「여보…….」

남편이 그녀를 부르는 소리가 한숨 소리에 섞여서 들려왔다. 그러곤 또다시 침묵이 이어졌다. 전화기를 들고 있는 지은의 머릿속에 그녀를 힘들게 했넌 낳은 일늘이 다투어 떠올랐다. 가족들이 흩어지기 전부터, 남편이 사업을 시작하기 전부터, 남편이 직장 생활을 할 때부터의 일들이 뒤죽박죽 그녀의 머리를 어지럽혔다. 지은은 가슴이 너무나 답답해서 숨이 막힐 것만 같았다.

「나도 이제 지쳤어요. 그러니까 우리 이혼하고…… 각자의 삶을 살아요. 아이들 문제는…… 내가 알아서 할게요. 당신은…… 당신 앞에 놓인 일들이나 해결해요.」

지은은 마치 이혼 후에 대해 구체적인 계획을 세워 둔 사람처럼 말했다. 그러나 그녀는 충동처럼 이혼을 떠올려 보긴 했지만 그다음 일은 생각해 본 적이 없었다. 알 수 없는 어떤 힘이 내부로 스며 들어 와서 그녀에게 그렇게 시키고 있는 것만 같았다.

「여보, 난 당신이 무슨 말을 해도 아무 할 말이 없는 사람이야. 하지만…… 무슨 이유 때문에 그러는지는 알아야 할 거 아냐.」

남편은 힘없는 목소리로 말했다. 그 말에 이어 남편의 긴 한숨이 이어졌다. 지은도 한숨을 내쉬었다.

「너무 힘들어서 그래요. 더는 못 견디겠어요. 그러니까 그렇게 알아요. 그리고…… 더 할 말 없으니까 전화 끊겠어요.」

지은은 전화기를 내려놓으면서 또다시 깊은 한숨을 내쉬었다. 가슴속에서 뜨거운 것이 마구 치밀어 올랐다. 심호흡을 하며 마음을 진정시키려고 했지만 잘 되지 않았다. 그래서 지은은 가방을 챙겨 들고 자리를 털고 일어섰던 것이다.

사무실에서 나와 곧장 향한 곳이 고수부지였다. 처음부터 한강에 가야겠다고 작정한 것은 아니었다. 어딘가로 가려고 밖으로 나왔지만 마땅히 떠오르는 데가 없어서 그냥 버스를 탔고, 한강이 보이는 지점에서 내린 것뿐이었다.

이제 노을은 다 지고 땅거미가 깔렸다. 강 표면에 비치는 불빛들은 아까보다 더 선명하게 빛나고 있었다. 어두워지는 것에 비례해 강물이 흘러가는 소리도 커졌다. 지은은 강둑을 걷다 말고 오던 길로 되돌아섰다.

「아아, 어떻게 하지…….」

지은의 입에서는 저절로 그런 말이 흘러나왔다.

「이제 어떻게 해야 하지…….」

아까보다 더 드세진 바람이 그녀의 등을 떠밀듯 불어왔다. 지은의 머릿속에는 남편과 나눈 대화가 계속 들러붙어 있었다.

불쑥 튀어나온 말이지만, 남편과는 정말 이혼을 해야 할 것 같았다. 그렇지 않으면 빚쟁이들로부터 얼마나 더 시달려야 할지 알 수 없었다. 그리고 남편이 일자리를 얻어 재기하는 것도 막연하기만 했다. 보험 설계사 일은 여간 힘든 게 아니었고, 아이들을 생각하면 가슴이 미어졌다. 이 상태가 계속되다가는 정신이 어떻게 되어 버릴지 모른다는 생각마저 들었다.

「아아, 그런데 어떻게 하지…….」

지은은 답답하고 막막했다. 그리고 불안하고 두려웠다.

「정말 어떻게 해야 하지…….」

지은은 걸음을 멈추고 강물을 바라보며 중얼거렸다. 그냥 강물에 뛰어들고 싶다는 생각이 불쑥 들기도 했다. 그런 생각을 하자 아이들의 얼굴이 눈앞에 어른거렸다. 지은은 실성한 사람처럼 터질 것 같은 가슴을 쓸어내리며 오래도록 강물을 바라보았다.

「명근 씨, 나 술 한 잔 더 줘.」

지은은 명근을 향해 빈 잔을 내밀며 말했다. 명근은 난처한 얼굴로 지은을 건너다보았다.

「술도 못 마시는 사람이 왜 이래? 정말 무슨 일 있는 거야?」

「술 한 잔 달라니까. 안 주면 내가 새로 시킬 거야.」

명근은 하는 수 없이 지은의 잔에 술을 따랐다. 지은은 잔을 입으로 가져갔다. 그러나 두어 모금 마시고는 잔을 내려놓았다.

「얘기해 봐. 무슨 일이야?」

명근은 궁금해서 못 견디겠다는 표정으로 물었다. 지은은 고개를 가로저었다. 무슨 말이든 시작하기만 하면 모두 쏟아 놓고 말 것 같았다. 그래서 아무 말도 할 수가 없었다.

「또 빚쟁이들이 쳐들어온 거야?」

「아냐, 그냥 술 한잔 마시고 싶어서 그러는 거야.」

지은은 다시 잔을 들어 술을 한 모금 마셨다. 생각 같아서는 단숨에 잔을 비우고 싶은데, 뜻대로 잘 되지 않았다. 조금밖에 마시지 않았는데도 술기운은 이미 온몸에 퍼졌다.

처음부터 술을 마실 생각은 아니었다. 사실은 명근과 만나기로 한 약속 자체를 취소하고 싶었다. 그러나 고수부지에서 전화했을 때는 이미 명근이 약속 장소로 떠나고 난 다음이었다. 하는 수 없이 지은은 잠깐 만나서 서류만 넘겨주려고 약속 장소에 나온 것이었다. 둘이 만난 레스토랑에서 명근은 저녁을 먹자고 했고, 지은은 차나 한잔 마시자고 했다. 그렇게 옥신각신하다가 갑자기 지은이 술을 시킨 것이었다.

일단 술을 마시기 시작하자 지은은 취하고 싶었다. 취해서 머릿속을 어지럽히는 모든 생각들을 잊고 싶었다. 그러나 술기운이 오르면서 그녀의 의식은 더욱 또렷해졌다. 그게 싫어서 지은은 자꾸만 더 술을 입으로 가져갔다.

「지은 씨, 무슨 일인지 말을 해봐. 그러면 마음이 좀 가벼워질 거야.」

명근은 지은에게 무슨 일인가 있다고 단정하고 있었다. 지은은 그런 그가 약간 불편했다. 하지만 그가 보이는 관심은 싫지 않았다. 자신이 혼자가 아니라는 생각이 들기도 했고, 뭔가 푸근한 느낌이 전해지는 것도 같았다.

처음 만나서부터 지금까지 명근은 지은에게 너무나 잘해 주었다. 그를 만날 때마다 그녀는 그것을 충분히 느낄 수 있었다. 마치 그는 어떻게 하면 지은에게 좀 더 잘해 줄 수 있는지 끊임없이 고민하는 사람처럼 보였다. 그 때문인지 명근에게 두었던 거리감이 점차 줄어들었다. 때론 모두 내려놓고 그에게 기대고 싶다는 생각이 들기도 했다.

「무슨 일인지 말하기 곤란하면 기분이 어떤지라도 말해 봐.」

명근은 미소를 띠면서 말했다. 그의 그런 얼굴이 지은에게는 천진난만한 소년처럼 느껴졌다.

「그냥 답답해. 그리고 미치겠어. 마구 도망치고 싶고, 죽고 싶다는 생각도 들어. 살다 보면 그럴 때 있잖아.」

「그래, 그럴 때 있지. 그렇지만 원인을 그대로 둔 채 피하기만 하면 그런 기분에서 절대로 벗어나지 못해. 아니 점점 더 심해질 수도 있지. 그리고 그 원인이 마음속에 있는지 아니면 다른 상황 때문인지도 알아야 할 거야. 어느 쪽인 것 같아?」

「글쎄, 둘 다겠지 뭐.」

지은은 다시 잔을 들어 술을 마셨다. 명근은 지은에게서 눈을 떼지 않았다.

「그렇겠지. 지금 지은 씨가 처한 상황이 그러니까. 그런데 갑자기 술을 마시면서 잊고 싶은 기분이 드는 건…… 어떤 계기 같은 게 있어서일 거야. 가장 최근에 일어난 일이 뭐야?」

명근은 집요하게 물었다. 지은은 고개를 들어 그를 잠시 바라볼 뿐 아무런 대답도 하지 않았다.

「지은 씨, 내가 이렇게 캐물으니까 힘들어?」

「아니, 그렇진 않아. 하지만 그런 거 안 물어봤으면 좋겠어.」

「알았어. 내가 자꾸 이렇게 묻는 건…… 술 안 마시던 사람이 갑자기 그렇게 마시니까 걱정이 돼서 그러지. 이제 그만 마셔. 벌써 취한 것 같아.」

명근은 정말로 걱정이 된다는 눈길을 보내 왔다. 그의 시선을 느끼면서 지은은 또 술을 한 모금 마셨다.

「명근 씨가 왜 그러는지 나도 다 알아. 하지만 그냥 내버려 둬. 그런 얘기…… 하고 싶지 않아. 명근 씨가 날 위해서 그런다는 것도 알아. 난 그게 참 고마워. 하지만 지금은 그런 말…… 안

할래.」

지은은 명근이 진심으로 고마웠다. 그리고 그 편안한 기분에 자신을 오래 내맡기고 싶었다. 술을 마시면서 적당히 이완된 상태가 그녀의 그런 심리를 더 부추겼다.

「알았어. 정 그렇다면 더 이상 물어보지 않을게. 내가 왜 지은 씨를 불편하게 하겠어? 더 잘해 주고 싶은 마음뿐인데…….」

명근은 부드러운 음성으로 말한 다음 앞에 놓인 잔을 비웠다. 지은이 병을 들어 술을 따라 주었다.

지은은 명근을 건너다보았다. 이목구비가 반듯한, 잘생긴 남자가 클로즈업되어 왔다. 그는 멋있고 예의가 발랐으며 단정했다. 어디에 내놓아도 손색이 없는 사람이었다. 그런 그가 자신에게 무엇인가를 해주기 위해 애쓰고 있다는 것이 여간 기분 좋지 않았다. 그리고 그런 감정은 좀 더 특별한 눈으로 그를 바라다보게 했다.

'내가 정말 저 남자한테 끌리고 있는 것인가…… 아니면 저 남자의 경제력 때문인가…….'

지은은 명근을 바라보며 그런 생각을 하다 말고 어색하게 시선을 피했다.

그 순간 남편이 떠올랐다. 남편과 통화를 하면서 이혼하자고 했던 말들도 떠올랐다. 지은은 다시 고개를 들고 명근을 바라보았다.

「더 이상 못 마시겠어. 이제 그만 가봐야겠어.」

「그래, 잘 생각했어. 그만 일어나자.」

명근이 일어서는 것을 보며 지은은 가방을 챙겨 들었다. 술기운 때문에 다리가 후들거렸다. 비틀거리는 걸음으로 밖으로 나가자 명근이 대리 운전을 부탁하고 있었다.

승용차에 오르자 아까보다 술기운이 더 오르는 것 같았다. 지은은 심호흡을 하며 눈을 감았다. 그러다가 설핏 졸기도 했다. 명근이 흔들어서야 지은은 눈을 떴다.

「우리 집 앞인데, 올라가서 커피 한잔하고 가. 그러면 술이 좀 깰 거야.」

그냥 가겠다고 버티던 지은은 새언니한테 술 취한 모습을 보이고 싶지 않다는 생각을 했다. 그러나 명근과 단둘이 아파트 안으로 들어가는 것이 내키지 않았다. 지은이 쭈뼛거리자 명근이 그녀를 잡아끌었다.

「괜찮아, 동창네 집인데 뭐 어때. 아무 걱정 안 해도 돼.」

명근이 그렇게까지 말하는데 계속 안 올라가겠다고 하는 게 오히려 어색했다. 하는 수 없이 지은은 명근을 따라 그의 아파트로 올라갔다.

문을 열고 불을 켜자 꽤 너른 평수의 아파트 실내가 눈에 들어왔다. 집을 팔기 전 지은이 살았던 아파트와 비슷한 구조였다. 지은은 조금 쓸쓸한 기분을 느끼며 안으로 들어섰다.

지은은 명근이 권해 주는 의자에 앉아서 실내를 이리저리 둘러보았다. 혼자 사는데도 아주 잘 꾸며져 있었다. 마치 알뜰한 아내가 방금 정리를 끝낸 공간처럼 보였다.

「깨끗하지? 파출부 아줌마가 해주는 거야. 나도 빨리 결혼해서 아내하고 여기서 행복하게 살았으면 좋겠어.」

명근은 지은을 빤히 바라보며 말했다. 지은은 명근에게서 시선을 돌려 다시 실내를 훑어보았다. 가족이 뿔뿔이 흩어지기 전, 단란하고 행복했던 한때가 잠깐 떠올랐다. 지은은 한숨을 내쉬었다.

「커피 마시지? 다른 거 마시고 싶으면 말해. 차 종류는 여러 가지가 있으니까.」

지은은 차보다는 술을 한잔 더 하고 싶었다. 그러나 그래서는 안 된다는 생각이 들어 커피를 달라고 했다.

명근은 양복저고리를 벗더니 주방으로 가서 물을 올려놓았다. 잔을 두 개 꺼낸 다음 다시 지은을 돌아봤다.

「파출부 아줌마를 빼고는 지은 씨가 이 집에 온 최초의 여자 손님이야. 거기 지은 씨가 그렇게 앉아 있으니까 아주 잘 어울려.」

커피를 타 가지고 온 명근은 잔을 내려놓고 지은의 앞자리에 앉았다. 그는 몹시 기분 좋은 표정을 하고 있었다. 지은은 그 모습이 보기 좋았다.

「밤에 여기 혼자 앉아서 지은 씨 생각을 해보곤 해. 어떤 날은 지은 씨를 생각하는 것만으로도 너무 좋아. 지은 씨가 앞에 있다고 생각하고 막 이야기하는 경우도 있어. 그런데 오늘 정말로 지은 씨가 여기 이렇게 있으니까 얼마나 좋은지 모르겠어.」

「명근 씨, 내가…… 정말로 내가 그렇게 좋아?」

지은은 찻잔을 들다 말고 명근을 향해 물었다. 그가 자신을 좋아한다고는 느꼈지만, 생각만 하고 있어도 좋은 정도라는 게 잘 믿어지지 않았다. 그러나 명근은 그런 질문을 받은 것 자체를 즐거워하는 기색이었다.

「너무너무 좋아. 이렇게밖에는 뭐라고 달리 표현할 수가 없어.」

명근은 그렇게 말하면서 지은을 향해 강렬한 시선을 던졌다. 지은은 그를 마주 바라보고 있을 수가 없어서 자리에서 일어섰다. 그러나 술기운 때문에 다리가 후들거렸다.

지은은 거실 한쪽에 놓인 오디오 세트 가까이 다가섰다. 그때 명근이 뒤에서 다가왔다.

「시크리트 가든 2집이 있는데, 들어 봤어?」

「아니.」

지은은 가족이 뿔뿔이 흩어져 사는 마당에 그런 호사를 누릴 겨를이 어디 있냐고 말하려다가 그만두었다.

「한번 들어 봐. 매혹적이야.」

그는 CD를 집어넣더니 플레이 버튼을 눌렀다. 감미로운 음악이 거실 가득 퍼졌다. 지은은 의자가 있는 곳으로 되돌아가려고 걸음을 옮기다가 비틀거렸다. 명근이 얼른 손을 내밀었다. 그 바람에 지은은 등을 명근에게 기댄 상태가 되고 말았다.

지은이 몸을 앞으로 움직이려고 할 때 명근의 팔이 그녀의 상체를 감싸 안았다. 지은은 그 팔을 밀어내려고 했다. 그러자 명근의 팔이 더 힘껏 그녀의 몸을 감쌌다.

「지은 씨…….」

명근의 뜨거운 입김이 귓가에 느껴졌다. 지은은 다시 한 번 그의 팔을 밀어내려 했다. 그러나 그녀의 손에는 힘이 들어가 있지 않았다. 명근은 그녀를 더욱 옥죄었다.

「사랑해, 지은 씨…….」

또 한 번 명근의 뜨거운 입김이 다가왔다. 오랫동안 남편을 안지 못했던 지은의 몸이 예민하게 떨렸다. 명근은 천천히 그녀의 몸을 돌려 자신을 향하게 하더니 다시 꼭 껴안았다. 남편의 모습이 잠깐 떠올랐다가 사라져 갔다. 지은은 몸속의 기운이란 기운이 다 빠져 나가 버리는 것 같은 느낌을 받았다.

‘안 돼…… 이러면 안 돼…….’

지은은 그렇게 말했다. 그러나 그 말은 머릿속에서만 맴돌 뿐 입을 열고 나와 주지 않았다. 명근의 입김이 더욱 뜨거워지는 순간, 사라졌던 남편의 모습이 다시 떠올랐다. 뒤이어 아이들의 얼굴이 다투어 떠올랐다. 지은은 정신이 번쩍 들었다. 지은은 있는 힘을 다해서 명근을 밀쳐 내고 가방도 잊은 채 허둥지둥 아파트를 빠져 나왔다.

14

어지러운 발소리에 시우는 눈을 떴다. 서울역 지하도에는 벌써 출근을 서두르는 사람들이 바쁜 걸음으로 지나다니고 있었다. 바닥에서 배어나는 한기 때문에 온몸이 굳어 있는 것만 같았다. 시우는 뻣뻣해진 두 손을 양쪽 겨드랑이 사이에 넣은 채 양팔을 몸통 쪽으로 바짝 끌어당겼다. 따뜻한 기운이 두 손을 에워싸는 것이 느껴졌다. 그 자세로 몸을 비틀듯 움직였다. 뼈마디 여기저기서 우두둑거리는 소리가 들려왔다. 그렇게 한참을 움직이고 나자 경직되었던 몸이 조금 풀리는 것 같았다.

시우는 천천히 일어나 앉았다. 뻐근한 느낌이 허리와 어깨 근처에서 전해져 왔다. 그는 손을 뻗어 그곳을 주물렀다. 이리저리 고개를 돌리며 목 운동을 한 다음에야 자리를 털고 일어났다.

아직 잠에서 깨어나지 않은 사람들이 많았다. 그들은 갖가지 포즈로 곯아떨어져 있었다. 그러나 바닥의 한기 때문인지 모두들 몸

을 웅크린 자세였다. 신문지를 온전히 덮고 있는 사람은 얼마 되지
않았다.

시우는 눈으로 영만을 찾았다. 그는 새우처럼 등을 오므린 채 두
손을 사타구니 사이에 틀어박고 옆으로 누워 있었다. 잠을 자다 바
닥에 깐 라면 박스가 밀려났는지 그의 머리는 그냥 맨바닥에 닿아
있었다. 시우는 자신이 덮었던 신문지를 뭉쳐서 영만의 머리 아래
에 받쳐 주었다.

시우는 라면 박스를 잘 접어서 들고 일어났다. 그러곤 그것을 지
하도 광고판 뒷면에 집어넣었다.

공중 화장실에서는 부지런한 몇 사람이 벌써 세면을 하고 있었
다. 가방을 챙겨 들고 들어간 시우는 먼저 면도부터 했다. 거울 속
에 비친 얼굴이 해쓱하기만 했다. 수염을 깎고 나자 더 야위어 보
였다. 찬물이 손에 닿자 잠에서 깨었을 때처럼 다시 뻣뻣해졌다.
시우는 손을 비벼 가며 세면을 하고, 빨래까지 다 해치웠다.

급식을 타러 가기 전에 시우는 영만이 누워 있는 자리로 가보았
다. 여전히 그는 웅크린 채 잠들어 있었다. 시우는 가만히 그를 흔
들었다. 간밤에 마신 술 냄새가 아직 풍겼다. 시우가 한 차례 더 흔
들자 영만은 얼굴을 찡그리면서 눈을 떴다.

「그만 일어나요. 식사하러 갑시다.」

그 소리에 영만은 벌떡 몸을 일으켰다. 그는 늦게 일어나는 바람
에 이틀씩이나 급식을 타지 못했던 것이다. 자리에서 일어난 영만

은 말끔하게 씻은 시우를 바라보며 물었다.

「민 형, 오늘도 일 나가요?」

「아뇨, 오늘은 어디 좀 가볼 데가 있어요.」

「어딜 가는데요?」

「도시락 체인점 계약했다고 했잖아요. 거기서 오늘 계약자들을 대상으로 사업 설명회가 있어요.」

「좋겠군요. 그럼 이제 사장님 되는 겁니까?」

「사장은요…… 이제 겨우 계약만 한 건데요. 아직 돈을 많이 구해야 돼요. 계획대로 안 될까 봐 걱정이에요.」

그 말을 하면서도 시우는 걱정이 되었다. 자기 돈은 한 푼도 없이 모두 빌려다 대는 상황이라, 여러 군데 부탁을 해놓았지만 돈을 손에 쥐기 전까지는 안심할 수 없었던 것이다. 그래도 계약금과 보증금을 만들 수 있었던 것은 손윗동서가 큰 힘이 되어 주었기 때문이었다.

시우가 손윗동서를 만난 것은 며칠 전이었다. 그때까지만 해도 시우는 도시락 체인점을 하고 싶은 욕심은 있었지만 마음속으로 거의 포기한 상태였다.

「애들 데려다 놓고 나서 찾아뵙지도 못했습니다. 면목이 없습니다.」

시우의 말에 사람 좋은 손윗동서는 손을 내저었다.

「그게 무슨 소리야. 그런 말 하지 마. 지금 동서가 그런 정신이 어디 있겠어? 그래, 하는 일은 어때?」

「일자리가 없어서 닥치는 대로 막일을 하고 있습니다. 그런데 그 일도 잘 나오지 않네요.」

「그래서 어떡해? 빨리 자리를 잡아야지.」

손윗동서는 걱정스러운 표정을 지으며 말했다. 그는 건성이 아니라 진심으로 걱정해 주었다. 손윗동서는 예전부터 친형님처럼 시우에게 무척이나 잘 대해 주었고, 무슨 일이 있을 때마다 어떤 형태로든 도움이 되려고 많이 애써 주었던 것이다.

「저도 그러고 싶습니다. 그래서 형님한테 어려운 부탁을 좀 드리려고 이렇게 뵙자고 한 것입니다.」

그렇게 입을 열고서도 시우는 한동안 머뭇거렸다. 손윗동서는 재촉하지 않고 시우가 말을 꺼낼 때까지 기다려 주었다.

「장사를 한번 해보려고 합니다. 도시락 체인점인데…… 조건이 아주 좋습니다. 마진도 괜찮을 것 같고요.」

시우는 체인점 사업 본부에서 나눠 준 카탈로그를 꺼냈다. 거기에는 어느 용도에 얼마가 들어가는지에서부터 도시락 체인점 사업에 대한 전망까지 자세하게 나와 있었다.

손윗동서는 한참 동안 그것을 들여다보았다. 그러곤 고개를 들어 시우를 바라보았다.

「이런 거 하려면 자금이 좀 있어야 할 텐데, 어떻게 하려고?」

「그것 때문에 형님을 뵙자고 한 겁니다.」

그제야 손윗동서는 시우가 왜 자기를 만나자고 했는지 알아차린 것 같았다. 그의 얼굴에 난처한 표정이 떠올랐다.

「동서, 우리 집 사정이 어떤지 몰라서 그러는 거 같은데…… 사실은 우리도 아주 빠듯해. 이런 돈을 빌려 줄 여유가 있었으면…… 아마 동서네 식구들 헤어져 살지 말라고 방을 하나 얻어 줬을 거야. 나나 집사람이나 그런 마음 가지고 있다는 거 동서도 알잖아.」

「압니다, 형님. 형님이나 처형이나 어떤 분들인지 너무나 잘 알죠. 그리고 지금 형님한테 여유 자금이 있을 것 같아서가 아니라…… 어디서 융통이라도 좀 해주실 수 없을까 해서 드리는 말씀입니다.」

손윗동서는 여전히 난처한 표정을 지었다. 시우는 계속 말을 이었다.

「실직자 쉼터에서 얻은 정봅니다. 이 기업체에서 실직자들한테 창업 기회를 준다는 취지로, 최소한의 비용으로 할 수 있도록 구성했다고 합니다. 이것저것 따져 봤더니 조건이 너무나 좋습니다. 그리고 마진율도 40퍼센트에서 50퍼센트까지 된다고 합니다.」

「글쎄 아무리 조건이 좋아도 돈이 있어야지. 그리고 돈을 빌리는 것도 그래. 요즘 같은 때 누가 선뜻 돈을 빌려 주냐 이 말이야.」

「그래서 말씀인데요, 여기 들어가는 돈 중에서 제일 많은 액수는 가게 보증금입니다. 돈을 빌려 주시는 분 앞으로 가게 계약서만큼 공증을 해드리면, 나중에 장사가 안 돼서 그만둔다고 해도 보증금은 되돌려받을 수 있지 않겠습니까. 그런 조건이라면 돈을 좀 마련할 수도 있지 않을까 싶은데요.」

그 대목에서 손윗동서는 뭔가 골똘하게 생각하는 눈치였다. 시우는 안에 품고 있던 말을 계속 쏟아 냈다.

「형님, 이런 일로 돈을 알아보는 것이 쉽지 않다는 거 저도 잘 압니다. 그리고 형님한테 이런 말씀드릴 염치도 없습니다. 그런데 이렇게라도 하지 않으면 저한테는 일어설 기회가 영영 없을 것 같습니다. 막일 해서는 끼니 때우기도 어렵고, 일자리를 얻는다고 해도 언제 돈을 모아서 방 한 칸이라도 얻겠습니까. 그런데 장사는 자기가 얼마나 열심히 하느냐에 따라 빨리 돈을 모을 수 있지 않겠습니까. 그렇게 부지런히 벌어서 식구들하고도 모여 살고 싶고, 형님하고 처형한테 진 신세도 갚고 싶습니다.」

시우의 말을 다 듣고 나서야 손윗동서는 고개를 끄덕였다. 그리고 그는 그날부터 돈을 알아보기 시작했고, 계약금과 보증금에 해당하는 액수를 융통해 주겠다고 했다. 그래서 시우는 마감이 임박해서야 겨우 계약금을 낼 수 있었다.

시우는 영만과 함께 급식을 타기 위해 줄을 섰다. 어느새 꽤 많은 사람들이 나와 있었다. 그들 중에는 시우처럼 깨끗이 씻은 사람도 있었지만, 영만처럼 막 잠에서 깬 상태로 나온 사람도 적지 않았다.

날이 갈수록 씻지 않고 급식을 타러 나오는 사람들이 많아졌다.

「민 형, 난 오늘 시골에 내려가 봐야겠어요.」

줄을 따라가며 영만이 말했다. 시골로 내려간다는 말은 아내와 아이들을 맡겨 놓은 고향으로 간다는 것이었다.

「왜요? 무슨 일 있어요?」

「마누라가…… 아무 말 없이 나가서 며칠째 돌아오지 않고 있대요.」

영만이 축 늘어진 목소리로 말했다. 시우는 아무 대꾸도 할 수가 없었다.

「전화 걸 때마다 이혼하자고 하더니…… 끝내 그렇게 나가 버린 모양이에요. 내가 내려가서 애들이라도 만나 보고…… 거기서 애들이랑 살든가…… 애들을 데리고 올라와서 보육원 같은 데라도 맡기든가…… 어떻게든 해야 될 거 같아요.」

그 말을 들으면서 시우는 아내를 떠올렸다. 정확히 말하면 아내와의 통화 내용이 떠올랐다고 해야 옳았다. 아내는 말했었다.

'우리…… 이혼해요…… 나도 이제 지쳤어요. 그러니까 우리 이혼하고…… 각자의 삶을 살아요. 아이들 문제는…… 내가 알아서 할게요. 당신은…… 당신 앞에 놓인 일들이나 해결해요…….'

아내가 했던 말들이 떠올라서 시우는 고개를 흔들었다.

그날 시우는 아내와 무슨 말인가를 더 하고 싶었다. 그러나 아내는 일방적으로 전화를 끊었다. 다시 전화를 걸 수도 있었지만 시우는 그렇게 하지 못했다. 그랬다가는 더 비참해질 것 같아서였다.

'화가 나서 그랬을 거야…… 빚쟁이들한테 시달리다 보면 얼마나 답답하고 화가 나겠어…… 그래서 자신도 모르게 나온 말일 거야…….'

시우는 억지로 그렇게 위안을 삼았다. 그러나 그럴수록 단호하고 냉정하던 아내의 목소리가 떠올랐다.

'아냐, 아내는 나하고 이혼할 여자가 아니야…… 힘들고 어려워서 그렇게 말했을 뿐이야…….'

시우는 계속해서 그렇게 생각했다. 그러나 진정이 되지 않았다.

그 순간 시우는 불쑥 죽고 싶다는 생각이 들었다. 한동안 잊고 지낸 생각이었다. 빚쟁이들한테 시달릴 때마다 그는 죽고 싶었다. 그러나 자신이 죽고 나면 아내와 아이들이 시달릴까 봐 죽을 수 없었다. 그러는 동안 자살 충동은 그의 의식 속에서 자취를 감춘 것 같았다. 그런데 아내로부터 이혼하자는 말을 듣자 그 충동은 의식의 표면을 뒤집으며 튀어 올랐다. 그가 죽지 않으려고 한 것은 가족들을 위한 것이었는데, 그런 식으로 가족과 결별한다면 자신이 살아야 할 이유가 없다는 생각이 들었다.

그러나 시우는 곧 고개를 가로저었다.

'아내는 정말로 나하고 이혼하려고 그런 말을 한 게 아니야…… 내가 무능력하게 아무것도 하지 못하니까 답답해서 그렇게 말했을 뿐이야…….'

시우는 생각을 가다듬었다. 그러곤 도시락 체인점에 대한 일을 떠올렸다.

'내가 그걸 시작하면…… 그래서 다시 일어서면…… 설사 아내한테 그런 생각이 들었다가도 사라지게 될 거야…….'

그 일이 있고 나서 시우는 도시락 체인점을 하기 위해 돈을 빌리는 일에 더 열심이었다. 아직 적지 않은 액수를 더 빌려야 했지만, 그는 기를 쓰며 그 일에 매달렸다.

그런데 영만의 말이 다시 아내와의 통화 내용을 환기시켜 준 것이었다. 잊고 있었던 참혹한 기분이 다시 치솟았다. 그 기분은 밥을 먹을 때까지, 사업 설명회에 가기 위해 서울역에서 출발할 때까지 줄곧 그를 떠나지 않았다.

도시락 체인점 사업 본부가 있던 사무실은 아수라장이 되어 있었다. 사무실 안에는 책상 몇 개만 덩그마니 놓여 있고, 그 위에는 계약자들로부터 받은 서류들이 수북이 쌓여 있었다. 그 주위에는 20~30명가량 되는 사람들이 웅성거리며 서 있었고 사무실 바닥에는 찢겨진 포스터와 카탈로그들이 함부로 나뒹굴고 있었다.

그 광경을 보는 순간 시우는 한눈에 무슨 일이 일어났는지 알 수 있었다. 그것을 깨닫는 순간 시우는 그 자리에 털썩 주저앉고 말았다.

「이 개새끼들, 어디 해먹을 짓이 없어서…… 이런 날강도 같은 놈들…….」

누군가가 악에 받친 듯 고함을 치며 책상을 걷어찼다. 그러자 또 다른 누군가가 소리를 질렀다.

「등쳐 먹을 게 따로 있지. 우리 같은 사람들 등을 쳐먹어? 이 개 같은 새끼들, 걸리기만 하면 확 찢어 죽일 거야.」

그러자 여기저기서 한마디씩 하는 소리가 들려왔다. 모두 극악 한 욕설과 포악한 악다구니들이었다.

「우선 이 건물 관리실부터 가봅시다. 사무실 세를 줬으면 세를 얻었던 사람에 대한 기록이 있을 거 아니오.」

누군가가 그렇게 말하면서 사무실을 나서자 몇 사람이 그 뒤를 따랐다.

「누가 나가서 경찰에 신고를 해요. 그리고 언론사에도 연락을 하 는 게 좋을 거예요. 여기저기 알려야 하루빨리 이놈들을 잡을 수 있을 테니까.」

그 말에 또 한 떼의 사람들이 우르르 몰려 나갔다. 그러나 몰려 선 대부분의 사람들은 뺨이라도 얻어맞은 듯한 표정으로 멍하니 서 있었다.

뒤늦게 사무실로 들어선 사람들은 놀란 표정을 짓다가 먼저 와 있는 사람들한테 이것저것 물었다. 그러고는 먼저 와 있던 사람들 이 만들어 놓은 분위기에 합류했다.

시우는 눈앞이 캄캄했다. 모든 희망이 사라져 버린 것이었다. 무엇을 어찌해야 할지 아무런 생각도 나지 않았다.

「이럴 수가…….」

시우의 입에서는 그 말밖에 나오지 않았다.

「어떻게 이럴 수가 있는가…….」

시우는 바닥에 주저앉은 채 그 말만을 되풀이했다.

도시락 체인점은 시우에게 거의 마지막 희망이라고 할 수 있었다. 그것을 시작하기만 하면 뭔가 새로운 가능성이 열릴 것 같았다. 그래서 그는 돈을 구하기 위해 할 수 있는 모든 방법을 동원했는데 그 모든 것이 한순간에 물거품이 되어 버린 것이었다.

「이게 다 체인점을 하자고 바람 잡은 그 영감탱이 짓이야. 자기도 같은 처지인 것처럼 굴면서 같이 하자고 꼬드기더니 다 한패였던 거야. 그 영감탱이를 찾아야 해. 그래서 요절을 내든지 해야지…….」

누군가가 격한 목소리로 소리를 질렀다. 그러고 보니 실직자 쉼터에서 본 얼굴들이 제법 눈에 띄었다. 그들은 대부분 최상섭이라는 사람과 친하게 이야기를 나누던 사람들이었다.

그때 한쪽에서 대책을 세울 대표단을 구성해야 한다는 말이 나왔다. 많은 사람들이 그 말에 동조했다. 그러자 누군가 일을 맡을 수 있는 사람은 나오라고 했고, 여러 사람이 앞으로 나섰다. 그들은 우왕좌왕하면서도 민첩하게 움직였다.

시우는 그 모습을 멍한 시선으로 바라보며 앉아 있었다. 온몸의 기운이 다 빠져나가 버린 것 같았다. 아무 생각도 떠오르지 않았고, 눈앞에 닥친 사태에 대해 그 어떤 행동도 할 수가 없었다. 그저 암담하기만 했다.

시우는 도시락 체인점 사업 본부에서 나왔던 직원을 떠올려 보았다. 실직자 쉼터로 찾아왔던 그는 도저히 사기꾼처럼 보이지 않았다. 그는 실직해서 그곳에 모인 사람들에게 도시락 체인점을 성실하게 설명했고 적극적으로 권했다. 그는 체인점 사업을 환히 꿰고 있는 것처럼 보였다. 그래서 그의 말에 더욱 확신을 가질 수 있었다. 누가 질문을 하면 그는 친절하고 자상하게 답변을 해주어 누가 보아도 그 사업에 대한 확실한 노하우를 가지고 있는 것처럼 느껴졌다. 그런데 그것이 다 사기였단 말인가. 시우는 믿을 수가 없었다.

도시락 체인점에 대한 관심이 커지면서 혹시나 하는 의심을 안 해본 건 아니었다. 그러나 사업 본부가 있는 사무실에 전화를 걸어 담당 직원을 찾은 적도 있고, 또 직접 사무실을 방문해 보고는 믿지 않을 수가 없었다. 사업 본부 자체가 사기를 치기 위해 마련되었다고는 상상도 해보지 못했던 것이다.

「이럴 수가 있는가…….」

한숨과 함께 시우의 입에서는 계속 같은 말만 흘러나왔다. 아무리 생각해도 현실처럼 느껴지지가 않았다. 시우에게 먼저 접근해 위로하고 격려해 주는 척하며 이렇게 사기를 친 최상섭이라는 사람에 대한 배신감도 그를 견딜 수 없게 했다. 사람에 대한 믿음이 송두리째 사라져 버리는 것 같았다.

눈앞에선 많은 사람들이 고함을 치거나 대책을 이야기하며 바쁘게 움직이고 있었다.

「자자, 여러분, 여기를 잠깐 주목해 주세요. 여러분 모두 너무나 어처구니없는 일을 당해서 황당하고 당혹스러울 줄 압니다. 그러나 이런 때일수록 침착하게 대처하면서 하루빨리 사기꾼들을 잡고, 우리 돈을 찾아야 합니다. 우선 정확한 피해액을 집계해 보려고 하니까 한 사람씩 나와서 이름을 쓰고, 이 사무실에 낸 돈의 액수를 적어 주십시오. 나중에 경찰이 와서 할 일이지만 우리가 미리 한 가지씩 해나갑시다.」

대책을 위해 모인 사람들 중 한 명이 큰 소리로 말했다. 어느새 노트가 준비되었고, 그 말을 들은 사람들이 줄을 서기 시작했다. 시우는 주저앉은 자리에서 꼼짝도 할 수가 없었다.

뒤이어 언론사에서 기자들이 들이닥쳤다. 취재 기자는 대책을 위해 모여 있는 사람들과 이야기를 나누었고, 사진 기자는 몰려선 사람들을 향해 카메라 플래시를 터뜨렸다. 그사이에 사람들은 점점 더 많아져 사무실 안을 거의 가득 채웠다.

조금 전까지는 어안이 벙벙해서 멍하니 있었지만 시간이 조금 지나자 시우는 자신에게 닥친 일을 구체적으로 깨닫기 시작했다. 처음에는 막연하게 느낌으로 전해지던 것이 현실로 다가왔다. 그러자 걱정과 불안, 낙담과 절망 등 복잡한 감정이 뒤엉켰다.

그와 동시에 돈을 마련해 주기 위해 애써 준 손윗동서의 모습이 떠올랐다. 그리고 이혼하자던 아내와 아이들의 모습이 다투어 떠올랐다. 가족들의 모습이 머릿속을 가득 채우자 시우는 목이 콱 막히는 것 같았다. 누군가 목을 조르는 것 같아서 숨을 쉬기가 힘들었다. 실제로 목을 졸린 것처럼 얼굴이 달아오르고 등줄기에 땀이 솟았다. 또 팔과 다리의 힘이 다 빠져나가는 것 같았다. 시우는 견딜 수가 없어서 미친 사람처럼 바닥을 나뒹굴기 시작했다. 그 순간 그의 입에서는 속으로 참고 있던 말들이 터져 나왔다.

「안 돼, 안 돼! 이럴 수는 없어! 이건 꿈이야…… 이런 말도 안 되는 일이 어떻게…… 안 돼, 절대 안 돼! 이제 난 어떡해…… 어떡해! 우리 가족은 어떡해! 안 돼…… 안 돼…… 이건 아냐…… 안 돼…….」

절망은 한순간에 찾아온다. 그것은 마치 잠복해 있던 게릴라처럼, 일시에 출몰하여 상황을 에워싼다. 그렇게 삽시간에 포위당하고 나면 대응할 기력을 잃고 만다. 대항하려는 그 어떤 시도도 할 수 없게 된다. 무엇을 판단하고 준비하기도 전에 무릎이 꿇린다. 그렇게 포로가 되어 버리는 것이다.

시우가 바로 그런 상태였다. 그는 어떤 행동도 할 수 없었고 아무것도 생각할 수가 없었다. 너무나 절망스러웠다. 그는 마치 낭떠러지에서 떨어진 듯한 기분이었다. 그 충격이 너무나 커서 다시 기

어오를 엄두가 나지 않았다. 그것은 곧 그 안에 묻히는 것을 의미
했다.

시우는 자신 앞에 놓인 모든 길이 막혀 있다는 생각이 들었다.
모든 길이 막혀 있을 때, 남아 있는 한 가지 길은 죽음뿐이었다. 시
우는 자살을 생각했다.

아내가 이혼하자는 말을 했을 때 시우는 한동안 잊고 있던 자살
충동을 느꼈었다. 그러나 그는 그것을 애써 눌러 참았다. 그때는
새로운 길이 하나 더 있다고 느꼈기 때문이었다. 도시락 체인점을
계기로 아내의 생각을 되돌릴 수 있다고 믿었다. 다른 가능성도 열
어 나갈 수 있을 것 같았다. 그러나 그것마저 물거품이 되어 버렸
으니 마지막으로 남은 길 또한 완전히 사라진 것이었다. 길이 사라
짐으로써 빛도 사라져 버렸다. 시우는 어둠 속에 갇혀서 마지막 선
택을 할 수밖에 없다고 생각했다.

시우는 길을 따라 걸었다. 가야 할 지점도 정해진 시간도 없었
다. 그는 무작정 걸었다. 마치 오래전부터 그렇게 걷고 있었던 것
처럼 천천히, 아주 천천히 걸었다. 그렇게 걷는 동안 그의 머릿속
에는 많은 것들이 떠올랐다. 그것들은 서로 뒤엉키기도 했고, 갈래
갈래 풀어지기도 했다. 시우는 그렇게 다투어 떠오르는 생각들을
머릿속에 가득 담은 채 하염없이 걸었다.

많은 생각들 중에서 시우는 자신이 살아온 길을 떠올렸다. 돌아
보면 참으로 순탄치 않은 나날이었다. 어느 한순간도 긴장하지 않

고 산 적이 없는 것 같았다. 늘 초조와 불안에 휩싸여 살아왔다는 느낌이었다.

그가 고등학교 때 아버지가 갑작스럽게 세상을 떠나셨기 때문에, 집에만 계시던 어머니가 집안 살림을 꾸려 가야 했는데, 그것이 생각처럼 잘 되지 않았다. 그래서 그때부터 아르바이트를 하며 고학을 하지 않으면 안 되었다. 대학에 들어가서도 그는 졸업할 때까지 아이들을 가르쳤다. 친구들과 마음 편하게 어울려 논 기억이 별로 없었다. 학교에 가는 시간이 아니면 늘 아이들에게 시달리는 것이 그가 보낸 대학 생활의 전부였다.

어려운 경쟁을 뚫고 대기업에 들어간 것은 행운이었다. 그러나 그 안에서의 생활 역시 결코 평탄치 않았다. 그 안에서 도태되지 않기 위해 끊임없이 스스로를 연마해야 했다. 다행스럽게도 능력을 인정받아 빠르게 승진했지만, 그런 만큼 불안과 두려움이 커지는 것이 사실이었다.

그 후 다니던 회사에서 밀려나고, 사업을 하다 부도를 내고, 지금까지 흘러온 것이었다. 시우는 그 모든 과정들이 저마다 어려운 고비로 점철되어 있었다고 생각되었다.

시우는 또 아내를 떠올렸다. 그가 결혼한 것은 회사에 입사하고 얼마 지나지 않아서였다. 회사 동료의 소개로 만난 아내에게 시우는 한눈에 반했다. 만나는 순간부터 이 여자는 내 여자다, 하는 생각이 들었다. 그러나 결혼을 하고 나서 그는 아내에게 잘해 준 것이

없었다. 늘 회사 일에 쫓겼고, 일과 관련된 술자리 때문에 항상 귀
가가 늦었다. 그러면서도 집에만 들어오면 피곤해하며 짜증을 냈
다. 다행히도 아내는 그런 그를 많이 이해해 주었고, 좀처럼 불평을
하지 않았다. 그렇기 때문에 더욱 아내한테 미안한 마음이 들었다.

회사에서 밀려나고 사업을 하다 부도를 냈을 때도 아내는 시우
에게 대놓고 원망을 한 적이 없었다. 심지어는 가족들이 뿔뿔이 흩
어지는 상황이 되었을 때도 아내는 그악스럽게 시우를 성토한 적
이 없었다. 그런 아내가 시우에게 이혼을 하자고 한 것이었다.

물론 시우는 아내의 심정을 이해할 수 있었다. 그러나 아내가 이
혼을 바란다는 것은 너무나 큰 충격이었다. 그 말 때문에 그는 건
잡을 수 없이 흔들리기 시작했던 것이다.

아이들의 모습도 떠올랐다. 아이들은 아무 탈 없이 잘 자라 주었
다. 그 점이 다행스럽고 고마웠다. 바쁜 생활 때문에 잔신경을 쓸
수는 없었어도, 시우는 늘 아이들 생각을 했다. 힘든 일을 겪다가
도 아이들 생각을 하면 기운이 솟고 용기가 생겼다. 아이들은 시우
에게 그런 존재였다.

그런데 그런 아이들이 흩어져 살기 시작하면서부터 문제를 일으
켰다. 특히 석진은 제멋대로 어긋나는 행동을 하는 바람에 자꾸만
불안했고, 다예는 손버릇이 나빠져서 걱정이었다. 석빈은 너무나
유약한 성격이라 조그마한 일에도 상처를 많이 받았다. 시우는 하
루빨리 가족들이 모여 살면서 아이들이 저마다 안고 있는 문제에서

벗어나기를 바랐다. 그러나 시우 자신은 이제 그런 기회를 만들 수 없게 되어 버린 것이었다.

그 외에도 시우는 어머니와 형제들을 떠올렸다. 친구들도 생각났고, 빚쟁이들의 모습도 눈앞에 어른거렸다. 이제 그들 모두와 작별해야 한다는 생각을 하자 형언하기 어려운 느낌에 사로잡혔다.

시우의 결심은 점점 굳어 갔다. 다른 가능성은 아무것도 떠오르지 않았다. 다만 한 가지, 자신이 이 세상에서 사라지는 것만 생각했다.

그러나 시우는 죽더라도 가족들을 위해 죽고 싶었다. 자신이 죽음으로써 아내와 아이들이 방 한 칸이라도 마련해 모여 살 수 있도록 해주고 싶었다. 그에게는 그렇게 할 수 있는 방법이 있었다.

그것은 그가 죽고 나서 보험금을 타는 일이었다. 그는 사업을 하는 동안 들어 놓은 몇 개의 보험이 있었다. 여유가 있어서 든 것이 아니라 대출을 받기 위해 억지로 가입한 것들이었다. 다행히 그 보험들은 부도가 나기 전에 완납된 상태였다. 그렇지 않았다면 벌써 계약이 해지되었을 것이고, 대출금 독촉에 시달리느라 더 힘들었을 것이다.

그가 죽고 나서 아내가 보험금을 타려면 자살을 해서는 안 되었다. 아니 자살을 하되 사고사인 것처럼 보여야 했다. 그것만이 시우가 가족들에게 해줄 수 있는 유일한 선물이었다. 그 생각을 하자 조금 용기가 생겼다.

그런 생각을 하며 걷던 시우는 갑자기 아내와 통화를 하고 싶었
다. 어떤 말을 하고 싶어서가 아니라 그냥 아내의 목소리를 듣고
싶어서였다. 시우는 전화기를 꺼내 들고 아내의 핸드폰 번호를 눌
렀다.

「여보세요.」

「여보…… 나야…….」

시우는 밝은 음성으로 말하려고 했지만 잘 되지 않았다. 마음과
는 달리 목소리가 떨렸다.

「왜요?」

아내의 목소리는 차가웠다.

「그냥…… 걸었어…… 지금 바빠?」

「바빠요. 무슨 일인지 빨리 말해요.」

「아니, 그냥…… 그동안 당신한테 너무 미안하다는 생각이 들어
서…….」

시우는 자꾸 목이 잠기는 것 같아서 헛기침을 했다. 수화기 너머
의 아내는 대꾸가 없었다.

「미안해…… 당신이 많이 힘들었을 거야…….」

「됐어요. 이제 그런 얘기 할 거 없어요. 앞으로 당신 일이나 잘하
고 살아요.」

아내가 냉랭한 음성으로 말했다. 그 말은 시우의 가슴속을 마구
후벼 팠다.

「난 당신을 사랑해. 아이들도 사랑하고…… 그리고 내가 그동안 잘하지 못한 건…… 마음이 없어서가 아니야.」

「당신은 그런 말 할 자격 없어요. 당신은 그저 당신 좋아하는 일 하다가 가족을 그 지경으로 만든 거잖아요. 그러니까 더 이상 말 하지 말아요.」

「여보…….」

「특별히 할 얘기 없으면 전화 끊어요. 나 일해야 돼요.」

아내는 전화를 끊어 버렸다. 시우는 전화기를 든 채 한참을 서 있었다. 현기증 같은 것이 그의 머릿속을 어지럽혔다.

시우는 다시 천천히 걸음을 옮겨 놓았다. 그의 머릿속에는 또 많은 생각들이 다투어 떠올랐다. 시우는 아무것도 생각하지 않으려고 애썼다. 그런데도 두서없이 떠오른 생각들은 함부로 뒤엉키면서, 혹은 갈래갈래 풀어지면서 그의 머릿속을 가득 메웠다. 시우는 그렇게 많은 생각들을 머리에 담은 채 천천히, 아주 천천히 걸었다.

폐차를 시키려다 내버려 둔 승용차는 몇 개월 전에 놓아두었던 그 장소에 있었다. 아내와 석빈이 처남네 집에 있게 되면서 시우는 차를 처남네 아파트 지하 주차장에 처박아 두었었다.

지하 주차장이었기 때문에 먼지도 많이 뒤집어쓰지 않은 것 같았다. 시우는 키를 꺼내 문을 열고 차에 올랐다. 오랫동안 환기가 되지 않은 좁은 공간에서 곰팡이 냄새 같은 것이 확 풍겨 왔다. 시우는 버튼을 눌러 창문을 내렸다. 시동을 걸기 위해 키를 꽂는데 조금 뻑뻑했다. 키를 돌리자 요란하게 진동하는 소리와 함께 시동이 걸렸다. 오랫동안 타지 않아서인지 꽤 많은 배기가스가 분출되는 것이 백미러를 통해 보였다.

시우는 기어를 후진으로 넣고 차를 천천히 뺐다. 기분 때문인지 차가 무거운 느낌이었다. 그러나 다른 이상은 느껴지지 않았다. 시우는 다시 기어를 1단으로 넣고 핸들을 돌려 출입구 쪽으로 천천히 차를 몰았다.

지상으로 올라온 시우는 아파트 입구 쪽으로 향했다. 오랜만에 하는 운전이라 감각이 서툴렀다. 시우는 천천히, 아주 천천히 차를 몰았다.

아파트 입구까지 나오는 동안 시우는 석빈을 만나고 싶다는 생각이 잠깐 들었다. 그 때문에 멈칫거리며 차를 세웠다. 그러나 아이를 보면 가슴만 더 아플 것 같았다. 어쩌면 아이에게 상처를 남길 수 있다는 생각도 들었다. 그는 머뭇거리다가 다시 차를 출발시켰다.

시우는 일단 시내 쪽으로 향했다. 이미 많이 어두워지긴 했지만 일을 결행하기에는 너무 이른 시각이었다. 어디선가 시간을 보내지 않으면 안 되었다.

시우가 자동차 사고를 생각한 것은 오랫동안 걷고 난 후였다. 걸어다니면서 보니 어디서나 자동차가 넘쳐나고 있었다. 그것들을 보다가 문득 그 많은 자동차 중의 하나가 자신을 덮친다면 일은 아주 간단하게 끝날 수 있을 것이라는 생각이 들었다. 그러나 그것은 끔찍한 일이었고, 다른 사람에게 못할 일을 시키는 것이기도 했다. 다음 순간 시우는 자신의 승용차를 떠올렸다. 그러곤 차라리 혼자 차를 타고 가다가 사고를 내는 것이 가장 좋은 방법일 것이라는 생각을 하게 된 것이었다.

긴장이 되어 자꾸만 손이 떨렸다. 시우는 핸들을 잡은 손에 힘을 주었다. 그러나 손만 떨리는 것이 아니었다. 팔과 다리에도 경련 같은 진동이 느껴졌다. 가슴도 심하게 뛰었다. 이마에서는 땀이 배어났다. 시우는 침착해야 한다고 자신을 타일렀다. 그러나 안정이 되지 않았다. 그는 심호흡을 하며 차를 몰았다.

시우가 아내에게 편지를 남겨야겠다고 생각한 것은 차가 시내 한복판으로 진입하고 나서였다. 아내는 지금 자신이 결행하고 있는 일을 상상도 하지 못하고 있을 것이었다. 그리고 사고 소식이 전해지면 그 충격 또한 너무 클 것이었다. 그 충격 때문에 아내는 일을 제대로 처리하지 못할 수도 있었다. 특히 보험금을 타는 일은 전혀 생각지 못할 것이었다. 회사 일로 돈이 필요해서 보험을 들었을 뿐 아내는 그 사실조차 모르기 때문이었다.

그 생각을 하자 시우는 초조해졌다. 그래서 그는 어딘가에 가서 아내에게 편지를 써야겠다는 생각을 했다. 시우는 두리번거리면서 차를 세울 수 있는 지점을 찾았다. 한참을 그렇게 헤맨 다음에야 어느 카페 앞에 차를 주차시킬 수 있었다.

카페 안에 들어간 시우는 커피를 주문하고, 종이와 펜을 가져다 달라고 했다. 그러곤 담배를 한 대 피워 물었다. 마음이 착잡했다. 시우의 머릿속에는 많은 생각들이 한꺼번에 쏟아지듯 떠올랐다. 그러나 그는 아내에게 무슨 말을 어떻게 남길지만 생각했다. 그것만이 이 순간 그가 해야 할 일이었다.

커피가 나오기 전에 종업원이 종이와 펜을 가져다주었다. 시우는 한참 동안 생각한 다음 아내에게 하고 싶은 말을 한 자씩 써 내려가기 시작했다. 처음에는 손이 떨려서 글씨가 제대로 써지지 않았다. 그러나 마음을 가라앉히며 또박또박 적어 나갔다. 편지를 쓰는 동안 시우는 울컥하는 감정이 솟구쳤다. 눈물이 핑 돌아 눈물방울이 종이 위에 떨어지지 않도록 고개를 쳐들었다. 그런 동작을 몇 번이나 한 다음에야 시우는 겨우 편지를 끝낼 수 있었다.

'이제 다 끝났다…… 이제 이 편지만 전해지면…… 그리고 내가 사라지고 나면…… 아내와 아이들은 함께 모여 살며 지금보다 나은 생활을 할 수 있을 것이다…… 그것이 내가 마지막으로 할 수 있는 일이야…….'

시우는 커피를 마시면서 속으로 생각했다. 그러고는 담배 연기를 깊이 들이마셨다. 편지를 쓸 때보다는 마음이 좀 가라앉는 것 같았다.

종업원에게 부탁하자 편지 봉투와 풀을 구해다 주었다. 시우는 편지를 그 안에 넣고 잘 봉했다. 그런 다음 카페를 나섰다.

이제 편지를 전하는 방법이 문제였다. 우표를 붙여서 우편함에 넣을 수도 있었지만 그것은 왠지 불안했다. 편지가 잘못 들어갈 수도 있기 때문이었다. 시우는 생각 끝에 처형네 집에 있는 아이들에게 그것을 맡겨야겠다는 결론을 내렸다. 그곳에서 처형네 집은 얼마 떨어져 있지 않았다. 시우는 시동을 걸고 차를 출발시켰다.

처형네 집 앞에서 전화를 거니 집에는 석진은 없고 다예만 있었다. 시우는 다예를 불러냈다. 이미 꽤 늦은 시각이었다. 그는 골목 어귀에서 담배를 피우며 다예를 기다렸다.

「웬일이세요, 아빠?」

어둠 속에서 다예의 목소리를 듣는 순간 시우는 코끝이 찡해 왔다.

「으응, 갑자기…… 갑자기 이 근처를 지날 일이 있어서…….」

「오셨으면 들어가시지 않고요. 이모가 모시고 들어오래요.」

「아, 아냐. 아빠 바빠서 바로 가야 돼.」

시우는 주머니에 들어 있는 돈을 모두 꺼냈다. 그러곤 그것을 다예한테 내밀었다.

「이걸로…… 오빠랑 나눠 써라. 그리고 이건…….」

시우는 아내에게 보내는 편지를 다예에게 건네주었다.

「엄마한테 전해 드려. 네가 읽어 보면 안 되고…… 꼭 엄마한테 드려야 돼, 알겠지?」

시우는 눈물이 비죽비죽 솟아나는 것을 억누를 수가 없었다. 골목 입구가 어두워서 다행히 다예는 그것을 보지 못했다. 시우는 다예의 손이라도 잡아 주고 싶었다. 그러나 눈물을 보이지 않기 위해 얼른 몸을 돌렸다.

「어서 들어가 봐. 아빠 빨리 가야 돼. 어서 들어가라니까.」

그때 이미 시우의 눈에서는 눈물이 주르륵 흘러내렸다. 멀뚱히 서 있는 다예를 뒤로하고 시우는 도망치듯 골목을 빠져나왔다. 승용차가 있는 지점까지 왔을 때는 벌써 흘러내린 눈물이 흥건히 뺨을 적시고 있었다.

승용차에 오른 시우는 거칠게 차를 출발시켰다. 그 바람에 하마터면 주차되어 있는 다른 차를 들이받을 뻔했다. 시우는 격렬하게 차를 몰았다. 그렇게 한참을 달리고 난 다음에야 그는 겨우 마음을 진정시킬 수 있었다.

시우는 교외 쪽으로 방향을 잡았다. 특별히 생각해 둔 곳이 없었기 때문에 시우는 무조건 시내와 반대 방향을 향해 달렸다.

한참을 달리다 보니 천호대교가 나왔다. 시우는 그곳을 건너지 않고 좌회전했다. 차는 어느새 경춘가도로 접어들었다. 그는 속도를 있는 대로 내며 달렸다.

그 길은 예전에 가족과 함께 주말 나들이를 다니던 곳이었다. 시우가 사업을 시작하기 전, 그러니까 대기업의 잘나가는 홍보실 직원이었을 때였다. 아이들은 주말마다 어딘가 놀러 가자고 졸랐고 아내도 은근히 동조하는 분위기였다. 시우는 일주일 내내 쌓인 피로 때문에 주말에는 밀린 잠을 자는 날이 많았다. 그러나 한 달에 한두 번은 아이들 등쌀에 그냥 누워 있을 수가 없었다. 차를 타고 가족이 함께 가기에 가장 만만한 곳이 춘천이었다. 춘천까지 들어 가지 않더라도 경춘가도에는 아이들과 함께 들를 수 있는 곳이 많 았다. 그래서 다른 특별한 계획이 없는 한 경춘가도는 가족의 나들 이 코스가 되어 버렸다.

시우가 회사에서 밀려날 무렵부터 가족 나들이가 뜸해졌다. 눈 치가 빠한 아이들은 더 이상 놀러 가자고 조르지 않았다. 아내 역 시 혹시라도 막내가 보챌까 봐 미리 단속을 하는 것 같았다. 그 후 시우가 사업을 시작하고 나서 몇 차례 더 그 길로 나들이를 간 적 은 있었다. 그러나 그건 예전 분위기를 다시 느끼고 싶어서 시우가 제안한 것이었다. 그러다 시우의 사업이 기울기 시작하면서 가족 나들이도 자연스럽게 중단되고 말았다.

어둠 속이지만 낯익은 건물이나 표지판들이 눈에 들어왔다. 그 것을 보며 시우는 야릇한 기분에 빠져 들었다. 가족과 함께 즐거운 마음으로 나들이를 다니던 길은 이제 죽으러 가는 길이 되어 버렸 다. 일부러 작정을 하고 선택한 것은 아니었지만 자신이 그 길로 들어선 것도 운명이라는 생각이 들었다. 죽는 순간까지 가족을 생 각하면서 죽으라는 신의 계시 같았다.

얼마를 달렸을까. 시우의 머릿속에 적당한 장소가 떠올랐다. 경 사가 아주 심했고, 길을 따라 내려가다 보면 급커브를 틀어야 하는 지점이었다. 그곳에서 커브를 제대로 틀지 못하면 아래 낭떠러지로 떨어질 것이었다. 더구나 그곳은 차량도 거의 다니지 않았었다. 낭떠러지 아래로 떨어지면 적어도 몇 차례는 차가 뒹굴 것 같았다. 시우는 그곳을 목표로 삼기로 마음먹었다.

결심을 하고 나자 몸이 와들와들 떨리기 시작했다. 얼굴은 물론이고 온몸에서 땀이 배어났다. 가슴이 심하게 뛰는 소리가 귓가에까지 들리는 것 같았다. 아내와 아이들의 얼굴이 떠오르며 현기증 같은 것도 느껴졌다. 그러나 시우는 마른침을 삼키며 마음을 가다듬었다.

시우는 경사진 길의 맨 윗부분에서 차를 출발시켰다. 그러곤 액셀러레이터를 힘껏 밟았다. 차는 가속도가 붙어서 쏜살같이 미끄러졌다. 아찔한 기분이 잠깐 그를 흔들고 지나갔다. 커브를 틀어야 하는 지점이 순식간에 눈앞에 나타났다. 그 순간 시우는 눈을 질끈 감았다. 눈을 감은 상태에서 시우는 길이 있는 방향과는 반대쪽으로 힘껏 핸들을 꺾었다.

15

사랑하는 나의 아내 지은에게

지은이라는 이름, 정말 오랜만에 불러 보는 것 같네. 결혼 전에 내가 정말 좋아하고, 듣기만 해도 가슴이 뛰어서 어쩔 줄 몰라 했던 이름이었는데…… 그 이름을 이렇게 다시 불러 보니 그 시절이 생각나고 여전히 가슴이 뛰어. 아니 그때보다 더 뛰어. 내가 당신의 이름을 불러 보는 것이 이게 마지막이라서 그런가 봐.

그래, 지은아. 나 이제 당신 곁을 떠나. 정말 죽을 때까지 사랑하고, 죽을 때까지 아껴 주고, 죽을 때까지 행복하게 해주려고 했는데…… 그렇게 못해 줘서 미안해. 만일 내가 죽어서도 그렇게 할 수 있다면…… 지은이 곁을 떠나지 않고 그렇게 할게.

막상 이렇게 떠난다고 생각하니 후회되는 게 너무 많아. 그중에서 지은이하고 아이들한테 못해 준 게 제일 많이 생각나. 내가 정말

바보 같았어. 가족을 그렇게 힘들게 하는 게 아니었어. 정말 그때는 생각 못했어. 나한테 정말로 소중한 사람들은 가족밖에 없는데, 왜 그때는 가족을 먼저 생각하지 못했는지 정말 나 자신이 너무나 원망스러워.

당신한테는 말할 기회가 없었지만, 내가 사업을 할 때 들어 놓은 보험이 몇 개 있어. 나 죽은 뒤에 인터넷으로 조회해 봐. 대출한 돈을 제한다고 해도 보험금이 좀 될 거야. 내가 가족들한테 남기는 마지막 선물이야. 그걸로 아이들을 잘 키워 줘. 부탁이야. 그리고 미안해.

나 때문에 혹독하게 고생한 우리 아이들한테도 너무 미안해. 그런 아이들에게 내가 마음의 짐을 지우고 떠날 수는 없어. 그러니까 아이들한테는 내 얘기 하지 마. 그냥 흔한 사고로 죽은 걸로 생각하게 해줘. 그리고 이 편지는 읽고 나서 바로 태워 버려. 꼭 태워 버려야 돼.

지은아, 이렇게밖에 할 수 없어서 정말 미안해. 힘들더라도 아이들과 꿋꿋하게 잘 살아 줘. 그것만이 내가 마지막으로 바라는 거야. 내 마지막 소원이야…….

부끄럽고 못난 당신의 시우.

쉴 새 없이 흘러내리는 눈물을 닦아 내며 지은은 남편의 편지를 읽고 또 읽었다. 다예로부터 편지를 전해 받고 난 다음부터 수도 없이 읽은 것이었다. 그래도 읽을 때마다 눈물이 솟구쳤다. 편지를 읽는 동안 떨어져 내린 눈물방울 때문에 곳곳에 얼룩이 져 있었다. 감정이 격해지는 바람에 힘껏 움켜쥔 부분은 심하게 구겨져 있기도 했다. 지은에게 이 편지는 남편이 자신과 아이들에게 보내는 절절한 애정의 소산물이었다. 비록 정돈되지 않은 흐름으로 어설프게 이어진 문장들이었지만, 그것이 오히려 마지막 순간을 생각하며 남편이 보낸 애절한 마음을 더 느끼게 해주었다.

지은이 그토록 오랫동안 많은 눈물을 흘린 것은 남편이 자신과 아이들을 위해 죽음을 선택했다는 것 때문만은 아니었다. 남편을 그렇게 내몬 것이 바로 자기 자신이라는 생각이 들어서였다.

남편에게서 희망을 앗아가 버린 것이 구체적으로 무엇인지는 알 수 없었다. 하지만 결정적인 계기가 된 것이 무엇인지는 충분히 느낄 수 있었다. 바로 이혼하자는 말이었을 것이다. 가족을 위해 안간힘을 쓰던 남편이 이혼하자는 말을 들었을 때의 심정이 짐작되고도 남았다. 물론 견딜 수 없이 힘들어서 정말 이혼이라도 하고 싶었던 것이 사실이다. 그런데 그 말이 남편을 그토록 절망스러운 상태로 내몰 것이라고는 짐작도 해보지 못했었다. 결국 지은은 자신만 생각하고 남편에 대한 배려는 전혀 하지 못했던 것이다. 그 때문에 이 같은 일이 일어났다고 생각하니 지은의 눈에서는 눈물이 하염없이 흘러나왔다.

경찰서에서 전화가 걸려 오고, 허겁지겁 병원으로 달려가고, 온몸이 피투성이가 된 남편의 몸이 수술실 안으로 실려 가는 것을 보고, 타는 가슴을 부여안고 발을 동동 구를 때만 해도 남편이 자살을 기도했다는 생각은 전혀 해보지 않았다. 하루 종일 병원 복도에서 오락가락하며 상태가 어떤지 기다리는 동안에도 마찬가지였다. 조사를 하러 나온 경찰이 사고 경위를 알려 주었을 때 역시 남편이 그 시간에 차를 몰고 그런 장소에 갔다는 것 자체가 믿기지 않아 의아해하고 있었을 뿐이다. 지은이 먼저 병원에 도착하고 나서 뒤이어 달려온 언니와 형부, 오빠와 새언니도 그런 쪽으로는 전혀 생각지 않았다.

그런데 수업을 마친 후에 소식을 들은 석진과 다예가 병원으로 달려왔고, 그제야 비로소 다예로부터 남편의 편지를 전해 받았던 것이다. 결국 그 편지는 남편이 그 안에 써놓은 당부와는 달리 온 가족이 함께 읽게 되었다. 처음 그 편지를 보면서 지은은 오열하며 바닥에 주저앉았다. 그때까지만 해도 남편의 상태가 어떤지, 살아날 가망이 있는지조차 알 수 없는 상황이었다.

의사를 만난 것은 그날 밤이 꽤 깊어서였다. 의사가 복도를 걸어오는 동안, 그리고 가족들을 둘러보며 입을 열기 전까지 지은은 가슴이 시한폭탄처럼 뛰었다. 그 순간에도 지은의 얼굴은 눈물로 범벅이 되어 있었다.

「너무 큰 사고를 당해서……」

　나이가 지긋한 의사는 침착하고 차분한 어조로 말을 꺼냈다. 지은은 바싹바싹 피가 마르는 것 같았다.

「다친 곳도 너무 많고…… 아직…….」

　지은은 더 참지 못하고 의사를 향해 달려들듯 매달렸다.

「살아날 수 있나요? 죽지는 않겠죠?」

　지영이 지은을 진정시키기 위해 뒤에서 그녀를 감싸 안았다. 의사의 표정이 밝지 않았기 때문에 마치 최악의 사태를 선고할 것처럼 보였다. 지은은 언니의 팔을 뿌리치며 의사의 소매를 잡고 매달렸다.

「말씀해 주세요, 선생님. 죽지는 않나요? 살 수 있는 건가요?」

　울부짖는 지은을 난감한 시선으로 내려다보던 의사는 여전히 담담한 어조로 말했다.

「검사를 더 해봐야겠지만…… 다행히도 뇌는 다치지 않은 것 같습니다. 그러나 몸의 다른 부분들이 워낙 심한 상태라…… 아직 뭐라고 말씀드리기는 곤란합니다. 사실 그 정도의 사고라면 그 자리에서 사망하지 않은 것이 기적입니다.」

　그 말은 마치 살아날 가망이 희박하다는 말로 들렸다. 그 순간 지은은 비명을 지르듯 외치며 의사에게 달려들었다.

「안 돼요, 안 돼. 선생님, 제발 살려 주세요. 그 사람은 살아야 돼요. 제발 부탁이에요, 선생님.」

　지영과 새언니가 억지로 지은을 붙잡고 있는 동안 의사는 오빠와 형부에게 따라오라는 눈짓을 했다. 그들이 멀어져 가는 모습을 보며 지은은 계속 울부짖었다.

「안 돼요…… 죽으면 안 돼…… 제발 살려 주세요…… 제발…….」

그러나 다음 날 의사를 만나고 온 형부를 통해서 듣게 된 말은 무척 희망적이었다. 정밀 검사 결과가 나왔는데, 뇌는 전혀 상하지 않았고, 팔과 다리는 하나씩 부러졌으며, 갈비뼈 두 대가 내려앉았고, 외상이 심하기는 해도 다행히 내장 기관에는 큰 손상을 입지 않았다는 것이었다. 특히 심장과 폐에서 큰 이상이 발견되지 않았기 때문에 생명에는 지장이 없다고 했다. 지은의 입에서는 저절로 '하느님, 감사합니다……'라는 말이 흘러나왔다.

다른 가족들이 모두 안도하는 표정을 지으며 이제 고비는 넘겼다, 어서 회복하기만 하면 된다, 천행이다, 뼈 부러진 것은 금세 아문다, 하는 말들을 늘어놓았다. 그 말들은 모두 지은을 안심시키기 위한 것이었다. 그러나 지은에게는 그 말들이 제대로 들리지 않았다. 남편이 죽지 않는다는 것이 그저 고마우면서, 한편으론 남편을 그 지경으로 만든 자신이 혐오스러워 견딜 수가 없었다.

언니가 함께 있어 주겠다고 했지만 지은은 그냥 혼자 병원에 남겠다고 했다. 몇 차례의 종용에도 지은이 고집을 꺾지 않자 언니와 형부, 그리고 오빠와 새언니는 한참을 머뭇거리다가 자리에서 일어났다.

「지금 네 마음이 정 그렇다니까 그냥 갈게. 그렇지만 내일부터는 교대로 있기로 하자. 그러다가 너, 몸 상하면 어떻게 간호하려고 그래? 회복되려면 꽤 걸릴 텐데. 마음 단단히 먹고…… 아무 탈 없이 완쾌되게 해달라고 기도해. 내일 일찍 나올게.」

떨어지지 않는 발걸음을 떼어 놓는 사람처럼 맨 나중까지 남은 지영이 그렇게 말하곤 천천히 돌아섰다.

아직 의식이 회복되지 못한 남편은 중환자실 침대에 누워 있었다. 중환자실에는 면회 시간 외에는 못 들어가도록 되어 있기 때문에, 지은은 병실 앞에 잇대어 놓인 플라스틱 의자에 앉아 면회 시간만을 기다려야 했다. 언제 깨어날지 모르는 사람을 그 불편한 의자에 앉아서 마냥 기다린다는 것은 분명 힘들고 고통스러운 일일 것이었다. 더구나 혼자 덩그마니 앉아 있는 것은 더욱 고역이었다. 그러나 지은은 그렇게 하고 싶었다. 속죄하는 마음으로 남편이 깨어나기만을 바라며 그렇게 기다렸다.

지은은 다시 편지를 꺼내 들었다. 중환자실이 있는 복도 의자에는 지은 외에도 몇 사람이 옹색한 자세로 앉아 있었다. 그들은 지은이 편지를 거듭 읽으며 눈물을 닦아 내는 모습을 힐끔거리며 바라보았다. 그러나 그런 시선 따위는 조금도 의식되지 않았다. 지은은 너무 많이 읽어서 외울 정도가 되어 버린 편지를 읽고 또 읽으며 하염없이 눈물을 흘렸다.

병실의 블라인드 사이로 아침 햇살이 스며들어 와 남편의 얼굴을 비추어 주었다. 침대 옆에 붙어 서서 지은은 그 햇살 때문에 남편의 얼굴이 더 초췌해 보인다고 생각했다. 그런데 그때 남편의 속눈썹이 경련을 하듯 조금씩 움직이기 시작했다. 지은의 가슴 역시 부르르 떨리며 요동치기 시작했다. 그 시간이 얼마나 되었는지는 알 수가 없었다. 꽤 오랜 시간이었던 것도 같고 아주 짧은 동안이었던 것 같기도 했다.

'제발……'

지은은 두 손을 모아 쥐며 마음속으로 외쳤다. 입 밖으로 소리를 내서 남편을 부르고 싶었으나 절대 안정을 취해야 한다는 의사의 말이 떠올라 지은은 입을 다물고 있었다.

'제발…… 제발 눈을 떠요…… 깨어나요, 여보…… 어서 눈을 떠봐요……'

지은은 속으로 계속 외쳐 댔다. 그렇게 내려다보고 있는데 남편의 눈꺼풀 아래가 씰룩거렸다. 좌우로 두세 번 꿈틀거리다 말았지만 틀림없이 눈동자를 움직였다. 지은은 마른침을 삼키며 남편의 얼굴을 자세히 볼 수 있도록 더 가까이 다가섰다.

그때 병실 문이 열리더니 석진과 다예, 석빈이 차례로 들어섰다. 석진과 다예는 언니와 형부를 따라서, 그리고 석빈은 오빠와 새언니를 따라서 저녁 무렵에 몇 차례 다녀간 적은 있었다. 그러나 셋이 함께 온 것은 처음이었다. 더구나 이른 아침이었다. 학교에 있어야 할 아이들이 갑자기 병실에 나타난 것을 보고서야 지은은 오늘이 일요일이라는 것을 깨달았다. 석진과 다예가 오빠네 집에 들러 석빈을 데리고 온 것 같았다.

아이들은 조용히 다가와서 제 아빠의 얼굴을 내려다보았다. 모두 어두운 표정이었지만 아이들이 그렇게 찾아오자 지은은 왠지 든든했다. 그리고 이 아이들을 위해서라도 남편이 빨리 깨어나야 한다는 생각을 하며 지은은 침대 쪽으로 고개를 돌렸다. 남편의 속눈썹과 눈꺼풀 속의 눈동자가 간헐적으로 움직였다. 곧 눈을 뜰 것 같으면서도 좀처럼 눈꺼풀이 열리지 않았다. 아이들은 지은을 잠깐 바라보았을 뿐 시선을 제 아빠에게 고정시킨 채 뗄 줄을 몰랐다.

어느 아이도 입을 벌려 말을 꺼내지 않았다. 그러나 지은은 그 아이들이 무슨 생각을 하는지 충분히 짐작할 수 있었다. 특히 남편이 남긴 편지를 함께 읽은 석진과 다예는 속으로 느낀 점이 많았을 것이었다. 아직 철이 덜 든 석빈도 형과 누나한테서 무슨 말을 들은 것 같았다. 지은은 남편과 아이들을 번갈아 바라보며 조마조마한 가슴을 억누르고 있었다.

「아빠!」

외마디 비명처럼 석빈이 소리를 지르는 순간 지은은 남편의 얼굴을 보았다. 속눈썹이 파르르 떨리며 남편의 눈꺼풀이 조금 위로 올라갔다. 남편은 눈이 부신 듯 미간을 찌푸리며 가늘게 실눈을 떴다. 지은은 자신도 모르게 붕대 밖으로 삐져나온 남편의 손을 힘껏 움켜쥐었다.

「여보.」

뒤이어 다예와 석진도 제 아빠를 불렀다. 남편은 실눈을 뜨다가 다시 눈을 감더니 또다시 눈꺼풀을 밀어 올리고, 또 눈을 감았다가는 힘겹게 실눈을 뜨는 동작을 반복했다. 그때마다 아이들이 바짝 다가서며 아빠를 불러 댔다. 그런 움직임이 한동안 반복되더니 비로소 남편이 눈을 번쩍 떴다.

「아빠.」

「여보.」

지은과 아이들이 한꺼번에 소리를 지르며 달려들었다. 그러나 남편은 그 소리를 못 들은 사람처럼 멀뚱하게 눈을 뜨고 있더니 천천히 눈꺼풀을 깜박거렸다. 천장을 오랫동안 바라보던 남편은 한참이 지나서야 고개를 조금 움직였다. 자신이 지금 어디에 있는지 알 수 없어서 두리번거리는 것이었다. 지은은 고개를 바짝 들이밀어 남편의 눈을 들여다보았다. 잠깐 흔들리던 남편의 눈동자가 지은의 눈과 마주치자 놀란 듯 동공이 커졌다.

그 순간 지은의 눈에서는 왈칵 눈물이 솟구쳤다. 그러자 마치 기다리기라도 했던 것처럼 아이들이 울음을 터뜨렸다. 지은은 울부짖으며 몸을 숙여 남편의 어깨를 감싸 안았다.

「여보…… 여보…….」

지은은 눈물이 흘러내리는 뺨을 남편의 볼에 마구 비볐다. 아이들 역시 아빠에게 달라붙어 울음 섞인 목소리로 아빠를 불러 댔다. 그러자 남편의 입에서 탄식 같은 한숨 소리가 새어 나왔다. 그러곤 뒤이어 겨우 알아들을 수 있는 희미한 목소리가 지은의 귓가에 스며들었다.

「미안해…….」

그 한마디가 지은에게는 얼마나 소중하게 느껴지는지 몰랐다. 그것은 남편이 지금 자신의 상태를 인지하고 있음을 의미하기 때문이었다. 하지만 한편으로는 죽으려고 했으나 죽지 못했다는 말 같아 지은은 가슴이 찢어질 것처럼 아팠다.

「아니에요, 여보. 제가 잘못했어요. 다 저 때문에 생긴 일이에요. 저를 용서하세요. 다시는 당신 마음 안 아프게 할게요. 다시는…….」

그때 남편의 눈가로 눈물이 주르륵 흘러내렸다. 남편의 눈물과 지은의 눈물이 맞닿은 뺨은 서로의 눈물이 섞여 미끈거렸다.

남편은 더 이상 아무 말도 하지 않았다. 그러나 지은은 남편이 무슨 말을 하고 싶어 하는지 다 알 것 같았다. 남편에게서 눈을 떼지 않는 아이들 역시 지은과 같은 생각일 것이었다.

언니와 형부, 오빠와 새언니가 병실 문을 열고 들어선 것은 그로부터 얼마 지나지 않아서였다. 그들은 남편이 깨어났다는 사실에 너무나 기뻐했다. 그런 모습을 보자 지은은 비로소 참으로 고맙다는 생각이 들었다. 남편에 대한 염려 때문에 다른 형제들이 밤낮으로 찾아와 주고 걱정해 준 것에 대해 감사하는 마음을 느낄 겨를도 없었던 것이다.

그런데 마치 약속이라도 한 듯 뒤이어 시어머니와 시동생 내외, 시누이 내외가 한꺼번에 몰려 들어왔다. 들어서면서부터 눈물을 흘리던 시어머니와 시누이는 남편이 깨어난 모습을 보자 걷잡을 수 없이 울음을 터뜨렸다. 그러곤 저마다 한마디씩 하며 남편의 의식이 돌아온 것을 확인하려 했다.

「이봐, 동서. 내가 누군지 알겠어?」

분위기가 조금 진정되자 형부가 남편에게 다가서며 물었다. 남편은 말없이 고개를 아래위로 조금 움직였다.

「됐어. 이제 걱정할 거 없어. 완전히 의식을 차렸으니까 몸만 회복하면 돼. 축하해. 자네 큰 고비 넘겼으니까 이제 아주 오래 살겠어.」

형부는 그렇게 말하며 기분 좋게 웃었다.

그때 의사가 병실 안으로 들어와 한 사람만 남고 모두 밖으로 나가라고 소리를 질렀다. 그 바람에 가족들이 모두 병실을 빠져나가기 시작했다. 지은은 다시 남편에게로 다가가서, 채 병실에서 나가지 않은 가족들과 의사가 있는데도 불구하고, 남편의 뺨에 입술을 갖다 대며 말했다.

「당신이 살아 줘서 너무 고마워요. 당신이 얼마나 소중한 사람인지 알았어요. 사랑해요, 여보……」

지은은 계속 남편의 얼굴에 자신의 얼굴을 비볐다. 뺨과 뺨이 맞

닿고 눈물과 눈물이 함께 섞였다. 지은은 언제까지라도 떨어지지
않을 것처럼 그렇게 얼굴을 비볐다. 그들 부부의 얼굴 위로 아침
햇살이 계속 쏟아져 내렸다.

길 위의 가족

초판 1쇄 인쇄일 · 2007년 1월 20일
초판 1쇄 발행일 · 2007년 1월 25일
지은이 · 권태현
펴낸이 · 임성규
펴낸곳 · 문이당

등록 · 1988. 11. 5. 제 1-832호
주소 · 서울시 성북구 동소문동 4가 111번지
전화 · 928-8741~3(영) 927-4990~2(편)
팩스 · 925-5406
ⓒ 권태현, 2007

홈페이지 http://www.munidang.com
전자우편 webmaster@munidang.com

ISBN 978-89-7456-354-7 03810

본 도서는 경기문화재단의 창작지원금을 받은 작품입니다.